AF204753

JOHN LE CARRÉ

Silverview

ROMAN

Aus dem Englischen
von Peter Torberg

ULLSTEIN

Besuchen Sie uns im Internet:
www.ullstein.de

Wir verpflichten uns zu Nachhaltigkeit
- Papiere aus nachhaltiger Waldwirtschaft und anderen kontrollierten Quellen
- Druckfarben auf pflanzlicher Basis
- ullstein.de/nachhaltigkeit

MIX
Papier
FSC FSC® C083411

Ungekürzte Ausgabe im Ullstein Taschenbuch
1. Auflage Oktober 2023
© 2021 by The Literary Estate of David Cornwell
© für die deutsche Ausgabe Ullstein Buchverlage GmbH,
Berlin 2021 / Ullstein Verlag
Die Originalausgabe erschien 2021
unter dem Titel *Silverview*
(Viking, PRH, London)
Wir behalten uns die Nutzung unserer Inhalte für Text und
Data Mining im Sinne von § 44b UrhG ausdrücklich vor.
Umschlaggestaltung: zero-media.net, München
nach einer Vorlage von www.wearesuperfantastic.com;
Titelabbildung: © FinePic®, München;
© MENAHEM KAHANA / Getty Images (Vogelschwarm);
© Johan from Friesland / shutterstock
Satz: LVD GmbH, Berlin
Gesetzt aus der Quadraat Pro
Druck und Bindearbeiten: CPI books GmbH, Leck
ISBN 978-3-548-06859-6

1

An einem regengepeitschten Vormittag gegen zehn Uhr im Londoner West End trat eine junge Frau mit um den Kopf gewickeltem Tuch und in einem weiten Anorak entschlossen in den Sturm, der über die South Audley Street fegte. Sie hieß Lily und befand sich in einem Zustand innerer Unruhe, der dann und wann in ein Gefühl der Empörung umschlug. Mit einer behandschuhten Hand beschirmte sie ihre Augen vor dem Regen, während sie mit finsterer Miene die Hausnummern studierte. Mit der anderen Hand schob sie einen mit einer Plastikhaube geschützten Buggy vor sich her, in dem ihr zweijähriger Sohn Sam saß. Manche Häuser waren so stattlich, dass sie gar keine Hausnummern hatten. Andere wiederum trugen zwar Hausnummern, gehörten aber zur falschen Straße.

Sie kam an einen protzigen Hauseingang, bei dem die ungewöhnlich gut erkennbare Hausnummer auf eine der Säulen gemalt war, stieg rückwärts die Stufen hinauf, den Buggy hinter sich herzerrend, blickte mürrisch auf das Namensschild neben den Klingeln und streckte den Finger nach dem untersten Knopf aus.

»Einfach fest drücken, meine Liebe«, erklärte eine freundliche Frauenstimme aus der Gegensprechanlage.

»Ich muss mit Proctor reden. Mit Proctor oder mit niemandem«, sagte Lily ohne Umschweife.

»Stewart ist schon auf dem Weg zu Ihnen, meine Liebe«, verkündete die freundliche Stimme; Sekunden später öffnete sich die Haustür, und ein schlaksiger Mann Mitte fünfzig mit Brille stand leicht nach links geneigt da und legte den langgezogenen Kopf mit der Höckernase halb scherzhaft fragend zur Seite. Neben ihm erschien eine matronenhafte weißhaarige Dame in Strickjacke.

»Ich bin Proctor. Kann ich Ihnen damit behilflich sein?«, fragte er mit einem Blick in den Buggy.

»Und woher weiß ich, dass Sie das sind?«, entgegnete Lily.

»Nun, weil Ihre verehrte Frau Mutter mich gestern Abend auf meinem Privattelefon angerufen und mich eindringlich darum gebeten hat, hier zu sein.«

»Allein, sagte sie«, wandte Lily ein und blickte die matronenhafte Frau düster an.

»Marie kümmert sich um das Haus. Sie hilft auch gern anderweitig, wenn nötig«, sagte Proctor.

Die ältere Frau trat vor, doch Lily wies sie mit einem Achselzucken ab, und Proctor schloss die Tür. In dem stillen Hausflur schob Lily die Plastikhaube hoch, sodass der Kopf des schlafenden Jungen auftauchte. Sein krauses Haar war schwarz, seine Gesichtszüge strahlten eine beneidenswerte Zufriedenheit aus.

»Er war die ganze Nacht wach«, sagte Lily und legte dem Kind eine Hand auf die Stirn.

»Ein hübscher Junge«, sagte Marie.

Lily schob den Buggy unter die Treppe, wo es am dunkelsten war, wühlte in dem Ablagefach unter dem Sitz herum, zog einen großen, unbeschrifteten weißen Umschlag hervor und baute sich vor Proctor auf. Sein angedeutetes Lächeln erinnerte sie an den ältlichen Priester, bei dem sie zu Internatszeiten ihre Sünden hatte beichten sollen. Sie konnte die Schule nicht leiden, sie konnte den Priester nicht leiden, und sie hatte jetzt nicht vor, Proctor leiden zu können.

»Ich soll warten, bis Sie das gelesen haben«, teilte sie ihm mit.

»Aber natürlich«, sagte Proctor freundlich und blickte durch die Brillengläser schräg auf sie herab. »Und darf ich noch sagen, wie leid mir das alles tut?«

»Wenn Sie eine Nachricht haben, dann soll ich sie mündlich überbringen«, sagte sie. »Sie wünscht keine Anrufe, keine Textnachrichten, keine E-Mails. Weder vom Dienst noch von sonst wem. Sie eingeschlossen.«

»Das ist auch alles sehr bedauerlich«, bemerkte Proctor nach einem kurzen Augenblick trüben Nachdenkens, dann drückte er prüfend mit den knochigen Fingern auf den Umschlag, als würde er ihn jetzt erst wahrnehmen: »Ein ziemliches Werk, das muss ich schon sagen. Wie viele Seiten sind das wohl?«

»Keine Ahnung.«

»Eigenes Briefpapier?«, noch immer tastete er den Umschlag ab, »das kann nicht sein. Niemand hat privates Briefpapier von diesem Format. Ganz normales Schreibmaschinenpapier, nehme ich an?«

»Ich habe nicht hineingeschaut. Hab ich doch schon gesagt.«

»Haben Sie, haben Sie. Nun«, fügte er mit einem komischen kleinen Lächeln an, das sie kurzzeitig entwaffnete, »an die Arbeit. Sieht so aus, als hätte ich da ganz schön was zu lesen vor mir. Entschuldigen Sie bitte, dass ich mich zurückziehe?«

In einem kargen Wohnzimmer am anderen Ende des Hausflurs saßen sich Lily und Marie auf klobigen, schottengemusterten Sesseln mit Armlehnen aus Holz gegenüber. Auf dem verkratzten Glastisch zwischen ihnen stand ein Blechtablett mit einer Thermoskanne Kaffee und Schokoladenkeksen. Lily hatte beides abgelehnt.

»Wie geht es ihr?«, fragte Marie.

»Den Umständen entsprechend, danke. Wenn man im Sterben liegt.«

»Ja, das ist natürlich sehr bedauerlich. Ist es ja immer. Aber wie ist ihre geistige Verfassung?«

»Sie hat noch alle Murmeln beisammen, falls Sie das meinen. Nimmt kein Morphin, davon hält sie nichts. Kommt zum Essen nach unten, wenn sie sich in der Lage fühlt.«

»Und sie hat ihren Appetit behalten, hoffe ich?«

Lily hatte genug, ging hinaus in den Flur und beschäftigte sich mit Sam, bis Proctor wieder auftauchte. Sein Zimmer war kleiner und dunkler als das Wohnzimmer, mit schmuddligen, sehr dicken Netzgardinen vor dem Fenster. Proctor, der darauf bedacht war, einen respektvollen Abstand einzuhalten, positionierte sich an der hinteren Wand neben dem Heizkörper. Lily gefiel sein

Gesichtsausdruck überhaupt nicht. »Sie sind der Onkologe im Ipswich Hospital, und was Sie zu sagen haben, ist nur für die engste Familie bestimmt. Sie werden mir mitteilen, dass sie sterben wird, aber das weiß ich schon, und was gibt es noch?«

»Ich gehe davon aus, dass Sie wissen, was in dem Brief Ihrer Mutter steht«, sagte Proctor kurzerhand und klang nun gar nicht mehr wie der Priester, bei dem sie nicht hatte beichten wollen, sondern wie eine erheblich realere Person. Als er bemerkte, dass sie widersprechen wollte, ergänzte er: »Zumindest im Groben, wenn schon nicht im Wortlaut.«

»Ich hab doch schon gesagt«, entgegnete Lily schroff, »nicht im Groben und sonst auch nicht. Mum hat mir nichts gesagt, und ich habe nicht gefragt.«

Das Spiel, das wir im Schlafsaal gespielt haben: Wie lange kann man das andere Mädchen anstarren, ohne zu blinzeln oder zu lachen?

»Also gut, Lily, betrachten wir das doch mal von der anderen Seite«, schlug Proctor mit provozierender Nachsicht vor. »Sie wissen nicht, was in dem Brief steht. Sie wissen nicht, worum es geht. Aber Sie haben dieser oder jener Freundin erzählt, dass Sie mal eben nach London wollen, um ihn abzugeben. Wem haben Sie davon erzählt? Das müssen wir unbedingt wissen.«

»Ich habe niemandem auch nur ein einziges verdammtes Wörtchen erzählt«, sagte Lily ganz bewusst direkt in das ausdruckslose Gesicht auf der anderen Seite des Zimmers. »Mum hat gesagt, das soll ich nicht, also hab ich es auch nicht getan.«

»Lily.«

»Was?«

»Ich weiß sehr wenig über Ihre persönlichen Lebensumstände. Zumindest weiß ich, dass Sie irgendeine Art von Partnerschaft haben müssen. Was haben Sie ihm gesagt? Oder ihr? Sie können doch nicht einfach für einen Tag aus Ihrem schicksalsgeplagten Haushalt verschwinden, ohne irgendeine Erklärung abzugeben. Ist doch mehr als menschlich, dass man ganz nebenbei seinem Partner, seiner Partnerin, einem Kumpel gegenüber sagt: ›Weißt du was. Ich fahr mal eben nach London und übergebe für meine Mutter persönlich einen supergeheimen Brief‹!«

»Das ist menschlich, sagen Sie? Für uns? So mit anderen zu reden? Mit einer flüchtigen Bekanntschaft? Was menschlich ist: Meine Mum hat mir gesagt, ich darf es keiner Seele sagen, also hab ich das auch nicht getan. Außerdem wurde ich geschult. Von Ihrem Haufen. Das habe ich unterschrieben. Vor drei Jahren hat man mir die Pistole an den Kopf gehalten und gesagt, ich sei erwachsen genug, um ein Geheimnis zu hüten. Außerdem habe ich keinen Partner. Und auch keine Mädelsclique, mit der ich herumquatsche.«

Eine neue Runde »Wer starrt am längsten?«.

»Und meinem Dad hab ich auch nichts erzählt, falls Sie das wissen wollen«, fügte sie in einem Ton hinzu, der nach Beichte klang.

»Hat Ihre Mutter von Ihnen verlangt, dass Sie ihm nichts erzählen?«, fragte Proctor recht streng.

»Sie hat nicht gesagt, dass ich es tun soll, also habe ich

es auch nicht getan. So sind wir. So ist das bei uns zu Hause. Wir laufen auf rohen Eiern. Vielleicht ist das bei Ihnen zu Hause auch so.«

»Dann sagen Sie mir doch bitte«, fuhr Proctor fort, ohne darauf einzugehen, wie man es bei ihm zu Hause mit so etwas hielt oder nicht hielt. »Nur aus Interesse. Welchen Grund haben Sie vorgeschoben, warum Sie heute nach London mussten?«

»Sie meinen, wie meine Legende lautet?«

Das hagere Gesicht auf der anderen Seite des Zimmers hellte sich auf.

»Ja, schätze, das meine ich«, räumte Proctor ein, als wäre eine Legende ein ganz neues Konzept für ihn und zudem noch ein erheiterndes.

»Wir schauen uns in unserem Viertel eine Vorschule an. In der Nähe meiner Wohnung in Bloomsbury. Um Sam auf die Warteliste setzen zu lassen, wenn er drei ist.«

»Großartig. Und tun Sie das auch? Schauen Sie sich wirklich eine Vorschule an, Sam und Sie? Treffen Sie sich mit den Lehrerinnen und alles? Melden Sie ihn tatsächlich an?« Proctor wirkte ganz wie der besorgte Onkel, und das ziemlich überzeugend.

»Kommt darauf an, wie Sam drauf ist, wenn wir hier raus sind.«

»Bitte tun Sie das, wenn es geht«, drängte Proctor. »Das würde die Sache so viel einfacher machen, wenn Sie wieder nach Hause kommen.«

»Einfacher? Wie ›einfacher‹?«, ging Lily erneut hoch. »Einfacher zu lügen, meinen Sie?«

»Es ist einfacher, *nicht* zu lügen, das meine ich«, verbesserte Proctor sie aufrichtig. »Wenn Sie sagen, Sam und Sie schauen sich eine Vorschule an, und Sie tun das wirklich, und Sie kommen nach Hause und sagen, Sie hätten sie sich angeschaut, wo wäre das denn gelogen? Sie haben doch schon genug um die Ohren. Ich kann mir kaum vorstellen, wie Sie das alles ertragen.«

Einen unsicheren Augenblick lang wusste sie, dass er es genau so meinte.

»Bleibt noch die Frage«, fuhr Proctor fort und kam damit wieder zum Geschäftlichen, »welche Antwort könnte ich Sie bitten, Ihrer überaus mutigen Mutter zu überbringen? Denn sie hat eine Antwort verdient. Und die soll sie auch haben.«

Er schwieg, als würde er auf ihre Hilfe hoffen. Als diese ausblieb, sprach er weiter.

»Wie Sie schon sagten, kann die Antwort nur mündlich sein. Und Sie werden sie allein überbringen müssen. Es tut mir sehr leid, Lily. Darf ich anfangen?« Er wartete nicht ab. »Unsere Antwort ist ein unverzügliches Ja zu allen Punkten. Also dreimal Ja. Wir werden ihre Nachricht beherzigen. Wir werden uns um ihre Bedenken kümmern. Alle ihre Bedingungen werden erfüllt. Können Sie sich das alles merken?«

»Mit den paar Sätzen komme ich schon klar.«

»Und natürlich einen riesengroßen Dank an sie für ihren Mut und ihre Loyalität. Und was Sie angeht genauso, Lily. Wieder mal. Es tut mir so leid.«

»Und mein Dad? Was soll ich dem sagen?«, fragte die keineswegs besänftigte Lily.

Wieder dieses merkwürdige Lächeln, wie ein Warn-
licht.

»Ja, hm. Sie können ihm alles über die Vorschule erzählen, die Sie noch besuchen werden, richtig? Schließlich ist das ja der Grund, warum Sie heute nach London
gekommen sind.«

Der Regen spritzte vom Pflaster auf, während Lily bis zur
Mount Street ging, wo sie ein Taxi anhielt und sich zur
Liverpool Street Station fahren ließ. Vielleicht hatte sie
tatsächlich vorgehabt, die Vorschule zu besichtigen. Sie
war sich nicht mehr sicher. Vielleicht hatte sie am vergan-
genen Abend tatsächlich etwas Derartiges angekündigt,
aber das bezweifelte sie, denn zu dem Zeitpunkt hatte ihr
Entschluss bereits festgestanden, sich niemals wieder irgendjemandem gegenüber zu rechtfertigen. Vielleicht
war sie ja auch erst auf den Gedanken gekommen, als
Proctor es aus ihr herausquetschen wollte. Sie wusste nur
eines: Proctor zuliebe würde sie nicht eine einzige blöde
Schule aufsuchen. Zum Teufel damit, mit sterbenden
Müttern und deren Geheimnissen, zum Teufel mit allem.

2

An demselben Vormittag trat ein dreiunddreißigjähriger Buchhändler namens Julian Lawndsley in einem kleinen Küstenstädtchen an den äußeren Gestaden von East Anglia aus der Seitentür seines nagelneuen Geschäfts, klappte die samtbezogenen Kragenspitzen seines schwarzen Mantels – ein Relikt aus der Zeit des vor zwei Monaten aufgegebenen Großstadtlebens – nach oben und machte sich auf, um sich über den einsamen Kiesstrand zu dem einzigen Café vorzukämpfen, das in dieser trübseligen Jahreszeit Frühstück anbot.

Er war nicht sonderlich freundlich gestimmt, weder sich selbst noch dem Rest der Welt gegenüber. Nach stundenlanger einsamer Inventur war er letzte Nacht in seine frisch renovierte Dachwohnung über dem Laden hinaufgestiegen, nur um festzustellen, dass er weder Strom noch fließend Wasser hatte. Das Telefon des Handwerkers war auf den Anrufbeantworter umgeschaltet. Statt sich ein Hotelzimmer zu suchen, sofern es in dieser Jahreszeit überhaupt eins gegeben hätte, hatte er vier Haushaltskerzen angezündet, eine Flasche Rotwein entkorkt, sich ein großes Glas eingeschenkt, zusätzliche Decken auf dem Bett verteilt, sich hineingelegt und in den Geschäftskonten vergraben.

Sie verrieten ihm nichts, das er nicht schon wusste. Seine spontane Flucht aus dem gnadenlosen Konkurrenzkampf hatte einen armseligen Start erwischt. Und wenn die Konten auch nicht den Rest der Geschichte offenlegten, so konnte er sich den selbst enthüllen: Er war nicht geschaffen für die Einsamkeit des Zölibates; die grölenden Rufe aus seiner jüngsten Vergangenheit ließen sich auch durch Distanz nicht zum Schweigen bringen, und sein Mangel an grundlegender literarischer Bildung, wie sie bei einem anspruchsvollen Buchhändler vorausgesetzt wurde, konnte er in ein paar Monaten nicht aufholen.

Das Café war eine geschindelte Hütte hinter einer Reihe aus edwardianischen Strandhäuschen unter einem düsteren Himmel voller kreischender Seevögel. Er hatte das Café bei seiner morgendlichen Joggingrunde entdeckt, doch war er nie auf die Idee gekommen, es zu besuchen. Eine kaputte grüne Leuchtreklame bot flackernd EI an, das S fehlte. Er zog die Tür auf, hielt sie gegen den Wind fest, ging hinein und schloss sie vorsichtig.

»Guten Morgen, mein Lieber!«, rief eine herzliche Frauenstimme aus der Küche. »Setzen Sie sich, wo Sie möchten. Ich komme sofort zu Ihnen, okay?«

»Guten Morgen«, rief er schwach zurück.

Ein Dutzend leerer Tische mit karierten Plastikdecken stand unter Neonröhrenlicht. Er suchte sich einen aus und zog die Speisekarte vorsichtig aus einem Gewirr an

Gewürzständern und Soßenflaschen. Das Geplapper eines ausländischen Nachrichtensprechers drang durch die offene Küchentür. Ein Rummsen, dann das Schlurfen schwerer Schritte hinter ihm verrieten die Ankunft eines weiteren Gastes. Julian schaute in den Wandspiegel und war wenig erfreut, darin die außergewöhnliche Gestalt von Mr Edward Avon zu entdecken, dem lästigen, aber einnehmenden Kunden vom Vorabend, ein Kunde, der allerdings nichts gekauft hatte.

Er hatte zwar das Gesicht noch nicht gesehen – Avon, der ununterbrochen in Bewegung zu sein schien, war viel zu sehr damit beschäftigt, seinen breitkrempigen Homburg abzulegen und den tropfnassen braunen Regenmantel über den Stuhl zu hängen –, doch der wilde weiße Wuschelkopf und die unerwartet zarten Finger, mit denen er in einer überschwänglichen Geste den *Guardian* aus den Tiefen seines Regenmantels zog und auf dem Tisch ausbreitete, waren unverwechselbar.

Am Vorabend, fünf Minuten vor Ladenschluss. Das Geschäft ist leer. So war es den Großteil des Tages gewesen. Julian steht an der Kasse und zählt die mageren Tageseinnahmen zusammen. Vor ein paar Minuten ist ihm die einsame Gestalt in Homburger und Regenmantel aufgefallen, die, mit einem zusammengerollten Regenschirm bewaffnet, auf der anderen Straßenseite steht. Nach sechs Wochen mit stockenden Umsätzen ist Julian ein wahrer Experte für das Erkennen von Menschen geworden, die das Geschäft anstarren, aber nicht betreten, und so langsam gehen ihm solche Leute auf die Nerven.

Hat der Mann ein Problem mit dem Erbsengrün, in dem das Geschäft gestrichen wurde? Ist er ein alter Anwohner, der auffällige Farben nicht mag? Sind es die vielen guten Bücher in der Auslage, die Sonderangebote für jeden Geldbeutel? Oder geht es um Bella, Julians zwanzigjährige Praktikantin aus der Slowakei? Um sie geht es schon mal nicht. Zur Abwechslung ist Bella nämlich im Lager damit beschäftigt, unverkaufte Bücher zu verpacken, um sie an die Verlage zurückzuschicken. Jetzt – Wunder über Wunder – überquert der Mann tatsächlich die Straße, nimmt den Hut ab, die Ladentür öffnet sich, und ein Mann Mitte sechzig mit weißem Wuschelkopf schaut sich nach Julian um.

»Sie haben geschlossen«, teilt ihm eine selbstbewusste Stimme mit. »Sie haben geschlossen, und ich komme ein anderes Mal wieder, ich bestehe darauf«, doch schon befindet sich ein schmutziger brauner Schuh in der Tür, der andere folgt ihm, begleitet vom Regenschirm.

»Nein, wir haben eigentlich noch geöffnet«, versichert ihm Julian ebenso freundlich. »Genau gesagt, schließen wir um halb sechs, aber wir sind flexibel, also kommen Sie nur herein, und lassen Sie sich Zeit«, und damit nimmt Julian seine Zählerei wieder auf, während der Fremde sorgsam seinen Regenschirm in dem viktorianischen Schirmständer verstaut und seinen Homburg an den viktorianischen Hutständer hängt, womit er dem Retrostil seinen Respekt erweist, der die ältere Kundschaft ansprechen soll, von der es in dem Städtchen nur so wimmelt.

»Suchen Sie etwas Bestimmtes, oder möchten Sie sich

nur umschauen?«, fragt Julian und dreht die Regalbeleuchtung hoch. Doch sein Kunde hört die Frage kaum. Sein breites, glatt rasiertes Gesicht, das so wandelbar wirkt wie das eines Schauspielers, erhellt sich in Verzücken.

»Ich hatte ja überhaupt keine Ahnung«, versichert er und weist mit einer ausladenden Handbewegung auf die Quelle seiner Verwunderung. »Endlich gibt es im Ort eine waschechte Buchhandlung. Ich bin erstaunt, muss ich schon sagen. Durch und durch.«

Und damit macht er sich an eine ehrfurchtsvolle Erkundung der Regale – Belletristik, Sachbuch, Heimatkunde, Reiseliteratur, Klassiker, Religion, Kunst, Dichtung, bleibt hier und da stehen, fischt einen Band heraus und unterzieht ihn der Prüfung des Bücherkenners: Umschlaggestaltung, Klappentext, Papierqualität, Bindung, Gewicht und Lesefreundlichkeit.

»Ich muss schon sagen«, wiederholt er.

Ist die Aussprache hundertprozentig britisch? Seine Stimme klingt voll, interessant und überzeugend. Aber hört man da nicht einen ganz leichten fremdsprachigen Einschlag heraus?

»Was müssen Sie denn sagen?«, ruft Julian aus seinem winzigen Büro herüber, in dem er gerade die E-Mails des Tages durchgeht. Der Fremde setzt mit einem anderen, vertrauensvolleren Ton in der Stimme neu an.

»Hören Sie. Ich nehme an, dass Ihr bezauberndes neues Geschäft unter anderer Leitung steht. Habe ich recht, oder bin ich völlig auf dem Holzweg?«

»Unter neuer Leitung, ja«, sagt Julian noch immer aus

dem Büro durch die offene Tür, und ja, da schwingt etwas Fremdsprachiges mit. Ganz leicht.

»Und ein neuer Besitzer, wenn man fragen darf?«

»Man darf, und die Antwort lautet Ja«, bestätigt Julian fröhlich und stellt sich wieder hinter die Kasse.

»Dann sind Sie also – verzeihen Sie.« Er beginnt noch mal von vorne, mit einem strengen, fast militärischen Ton in der Stimme: »Hören Sie – sind Sie zufällig, oder sind Sie es nicht, der junge Seemann höchstpersönlich, denn das müsste ich wissen? Oder sind Sie sein Stellvertreter? Sein Ersatzmann. Was auch immer?« Dann kommt er willkürlich zu dem Schluss, dass Julian sich von seinen eindringlichen Fragen angegriffen fühlen könnte: »Damit meine ich nichts Persönliches, das versichere ich Ihnen. Ich meine nur, auch wenn Ihr unbedeutender Vorgänger sein Sortiment *The Ancient Mariner* genannt hat, haben Sie, Sir, als sein erheblich jüngerer und, wenn ich so sagen darf, erheblich angenehmerer Nachfolger ...«

Doch da haben sich die beiden schon in ein durch und durch englisches, höfliches Sprachknäuel verwirrt, das sich erst auflöst, als Julian erklärt, dass er tatsächlich Betreiber und Besitzer zugleich ist, und der Fremde sagt: »Dürfte ich mich bedienen?«, und mit langen, spitzen Fingern flink einen Geschäftsflyer aus der Halterung zieht und ins Licht hält, um das Beweisstück mit eigenen Augen zu begutachten.

»Also spreche ich, und verbessern Sie mich, falls ich mich irre, mit Mr J. J. Lawndsley persönlich, dem alleinigen Inhaber von *Lawndsleys Bessere Bücher*«, stellt er fest und lässt den Arm effektvoll langsam sinken. »Wahrheit oder Dichtung?«, dreht er sich um und beobachtet Julians Reaktion.

»Wahrheit«, bestätigt Julian.

»Und das erste J, wenn man fragen darf?«

»Man darf: Julian.«

»Ein großer römischer Kaiser. Und das zweite J, um noch kühner zu sein?«

»Jeremy.«

»Und nicht andersherum?«

»Definitiv nicht.«

»Nennt man Sie Jay-Jay?«

»Ich persönlich würde einfach Julian bevorzugen.«

Der Unbekannte brütet darüber mit buschigen, hochgezogenen, rötlich-grau melierten Augenbrauen.

»Dann, mein Herr, sind Sie Julian Lawndsley, nicht sein Bildnis, nicht sein Schatten, und ich bin nur Edward Avon, wie der Fluss. Für die meisten mag ich Ted oder Teddy sein, unter meinesgleichen bin ich allein Edward. Wie geht es Ihnen, Julian?«, womit er eine Hand über den Tresen streckt und trotz der zarten Finger erstaunlich fest zudrückt.

»Hallo, Edward«, erwidert Julian heiter, zieht die Hand so schnell zurück, wie es der Anstand erlaubt, und wartet, während Edward Avon einen ziemlichen Aufwand betreibt, seinen nächsten Schritt zu überlegen.

»Erlauben Sie mir, Julian, eine Bemerkung, die womöglich persönlich und vielleicht anstößig ist?«

»Solange es nicht zu persönlich wird«, antwortet Julian argwöhnisch, aber in unbeschwertem Ton.

»Würde es Ihnen also etwas ausmachen, wenn man,

bei aller Bescheidenheit, eine vollkommen nebensächliche Bemerkung hinsichtlich Ihres äußerst beeindruckenden Warenbestands machte?«

»So viele Sie mögen«, erwidert Julian freundlich, und die Gewitterwolke verzieht sich.

»Es handelt sich um ein rein persönliches Urteil und spiegelt allein meine eigene Meinung in der Sache wider. Ist das klar für Sie?« Das ist es. »Dann fahre ich fort. Es ist meine wohlüberlegte Ansicht, dass in dieser prächtigen Gegend – oder in irgendeiner anderen Gegend, was das betrifft – kein Regal mit Werken von lokalem Interesse sich selbst als vollständig betrachten sollte, wenn darin nicht Sebalds *Ringe des Saturn* vertreten sind. Aber wie ich sehe, sind Sie nicht mit Sebald vertraut.«

Woran sieht er das?, fragt sich Julian, der allerdings gestehen muss, dass der Name ihm völlig neu ist, erst recht, da Edward Avon eine deutsche Aussprache benutzt hat.

»*Die Ringe des Saturn*, davor muss ich Sie umgehend warnen, ist kein Reisebericht in dem Sinne, wie Sie und ich das verstehen würden. Ich trage ein wenig dick auf. Können Sie mir verzeihen?«

Julian kann.

»*Die Ringe des Saturn* ist ein literarischer Taschenspielertrick erster Güte. Es geht um eine Pilgerreise, die im Marschland von East Anglia beginnt und das gesamte kulturelle Erbe Europas einbezieht, und zwar bis zum bitteren Ende. Sebald, W. G.«, diesmal in der englischen Aussprache und mit einer Pause, während der Julian den Namen aufschreibt. »Ehemals Professor für Europäische

Literatur an unserer hiesigen Universität von East Anglia, depressiv wie die Besten von uns und inzwischen leider tot. Trauern Sie um Sebald.«

»Das werde ich«, verspricht Julian und schreibt noch immer.

»Ich habe Ihre Gastfreundschaft überstrapaziert, mein Herr. Ich habe nichts erworben, ich bin zu nichts gut und habe großen Respekt vor Ihnen. Gute Nacht, mein Herr! Gute Nacht, Julian! Alles Gute für Ihr wunderbares neues Unternehmen – aber warten Sie! Geht es da in einen Keller?«

Edward Avons Blick ist auf eine Wendeltreppe gefallen, die sich in der hintersten Ecke der Abteilung mit den Schnäppchen befindet und teilweise von einem viktorianischen Wandschirm verdeckt wird.

»Leer, fürchte ich«, antwortet Julian und wendet sich wieder seinen Einnahmen zu.

»Aber warum denn leer, Julian? In einer Buchhandlung? Da darf es doch keine Lücken geben!«

»Ich denke noch darüber nach, um genau zu sein. Vielleicht wird es das Antiquariat. Mal sehen«, doch so langsam hat Julian genug.

»Darf ich mal schauen?«, hakt Edward Avon nach. »Nur aus reiner unverschämter Neugier? Darf ich?«

Wie könnte Julian das ablehnen?

»Der Lichtschalter ist links, wenn Sie nach unten gehen. Geben Sie auf der Treppe acht.«

Mit einer Julian überraschenden Leichtfüßigkeit verschwindet Edward Avon auf der Wendeltreppe. Julian lauscht, wartet, hört nichts und wundert sich über sich selbst. Warum habe ich das zugelassen? Der Kerl ist doch total übergeschnappt.

So flink, wie er verschwunden ist, taucht Avon wieder auf.

»Prächtig«, sagt er ehrfuchtsvoll. »Eine Schatzkammer zukünftiger Freuden. Ich gratuliere Ihnen uneingeschränkt. Noch einmal gute Nacht.«

»Und darf ich fragen, was *Sie* so machen?«, ruft Julian hinter Avon her, der bereits zur Tür geht.

»Ich, mein Herr?«

»Ja. Sind Sie selbst ein Schriftsteller? Künstler? Journalist? Wissenschaftler? Das sollte ich eigentlich wissen, aber ich bin neu hier.«

Die Frage scheint Edward Avon zu verwirren.

»Nun«, erwidert er, nachdem er offenbar eingehend darüber nachgedacht hat. »Sagen wir, ich bin eine britische Promenadenmischung, im Ruhestand, ehemals Wissenschaftler ohne größere Verdienste und einer von des Lebens Gelegenheitsarbeitern. Genügt Ihnen das?«

»Das muss es wohl, nehme ich an.«

»Dann sage ich Lebewohl«, erklärt Edward Avon und wirft ihm von der Tür aus einen letzten melancholischen Blick zu.

»Ihnen ebenfalls«, ruft Julian freundlich zurück.

Und damit setzt Edward Avon-wie-der-Fluss seinen Homburg auf, rückt ihn zurecht und tritt, mit dem Regenschirm in der Hand, mutig hinaus in den Abend. Doch zuvor ist Julian noch den schweren Alkoholschwaden ausgesetzt, die Avons Atem entströmen.

»Haben Sie entschieden, was Sie gerne essen möchten, mein Lieber?«, fragte die Inhaberin mit demselben starken mitteleuropäischen Akzent, in dem sie Julian auch begrüßt hatte. Doch bevor er darauf antworten konnte, war Edward Avons volltönende Stimme über das Grollen des Seewindes und das Knarzen und Knirschen der dünnen Wände des Cafés hinweg zu vernehmen:

»Guten Morgen, Julian. Ich hoffe, Sie haben bei dem ganzen Tumult gut geschlafen? Ich schlage vor, Sie probieren eins von Adriannas riesigen Omeletts. Die macht sie bemerkenswert gut.«

»Oh, okay. Danke«, erwiderte Julian, der noch nicht ganz in der Stimmung war, den Mann mit Vornamen anzureden. »Das versuche ich mal.« Und an die beleibte Kellnerin, die neben ihm stand, gerichtet: »Mit Vollkorntoast und einer Kanne Tee, bitte.«

»Fluffig, so wie ich sie für Edward mache?«

»Fluffig wäre toll.« Dann fragte er Avon schicksalsergeben: »Und das ist also Ihr bevorzugtes Lokal?«

»Wenn ich das Bedürfnis verspüre. Adrianna ist eines der bestgehüteten Geheimnisse im Ort, habe ich recht, meine Liebe?«

Trotz der bewussten Ausdrucksweise, fand Julian, klang die eindringliche Stimme an diesem Vormittag ein wenig kraftlos, was aber auch nicht weiter verwunderlich war, wenn man nach dem Atem vom Vorabend ging.

Adrianna marschierte glücklich zurück in die Küche. Dann setzte ein verlegener Waffenstillstand ein, der Seewind heulte, das zusammengeflickte Gebäude bog sich unter dem Druck, und Edward Avon studierte seinen

Guardian, während sich Julian damit begnügen musste, das vom Regen gepeitschte Fenster zu betrachten.

»Julian?«

»Ja, Edward?«

»Es gibt da einen ungeheuer erstaunlichen Zufall. Ich war nämlich ein Freund Ihres verstorbenen und betrauerten Vaters.«

Mit Wucht folgte die nächste Regenbö.

»Ach, tatsächlich? Wie erstaunlich«, erwiderte Julian so neutral wie möglich.

»Wir waren zusammen in demselben schrecklichen Internat eingesperrt. Henry Kenneth Lawndsley. Der große H. K. für seine Schulfreunde.«

»Er hat oft gesagt, dass die Schulzeit die beste seines Lebens gewesen sei«, sagte Julian, der vom Wahrheitsgehalt dieser Feststellung keineswegs überzeugt war.

»Und wenn man sich das Leben des armen Kerls anschaut, dann könnte man zu dem traurigen Schluss kommen, dass er nichts weniger als die Wahrheit gesprochen hat, leider«, sagte Avon.

Danach war nichts weiter zu hören als das Donnern des Windes und das fremdsprachige Gemurmel aus dem Radio in der Küche; Julian überkam der dringende Wunsch, wieder in seine leere Buchhandlung zurückzukehren, auch wenn er sich noch nicht ganz eingelebt hatte.

»Das könnte man wohl«, pflichtete er trübsinnig bei und war froh, Adrianna zu entdecken, die mit dem fluffigen Omelett und seinem Tee zurückkam.

»Darf ich mich zu Ihnen setzen?«

Ob Julian nun einwilligte oder nicht, Avon jedenfalls

war bereits mit der Kaffeetasse in der Hand aufgestanden, und Julian wusste nicht, was ihn mehr überraschen sollte: die eindeutigen Informationen, die der Mann zum unglücklichen Leben von Julians Vater hatte, oder Avons rote, tief in ihren Höhlen sitzende Augen und das Geflecht aus Sorgenfalten auf den mit silbrigen Stoppeln bedeckten Wangen. Wenn sich darin der Kater nach letzter Nacht zeigte, dann musste der Mann ein Besäufnis erster Güte hinter sich haben.

»Und hat Ihr lieber Vater mich jemals erwähnt?«, fragte der Mann, setzte sich, beugte sich vor und sah Julian flehend aus mitgenommenen braunen Augen an. »Avon? Teddy Avon?«

Nicht dass Julian sich daran erinnern könnte. Sorry.

»Und den *Patricians Club*? Hat er Ihnen gegenüber niemals die *Patricians* erwähnt?«

»Doch. Doch, das hat er«, rief Julian aus, und damit verschwanden auch die letzten Zweifel. »Der Debattierclub, aus dem nichts wurde. Von meinem Vater ins Leben gerufen und nach einer halben Sitzung verboten. Er wäre deswegen beinahe von der Schule geflogen. Zumindest erzählt er es so – hat er es so erzählt«, sagte er vorsichtig, denn die Erzählungen seines Vaters über sich selbst hielten nicht immer einer Überprüfung stand.

»H. K. war im Vorstand, ich sein Vertreter. Ich wäre auch beinahe geflogen. Am liebsten wäre es mir gewesen, sie hätten uns wirklich gefeuert«, fügte er an und trank einen Schluck Kaffee, »Anarchismus, Bolschewismus, Trotzkismus: Jede Doktrin, die das Establishment in Rage brachte, haben wir in Windeseile angenommen.«

»So hat er es auch beschrieben, ja«, stimmte Julian zu und wartete, ebenso wie Avon, darauf, dass der jeweils andere die nächste Karte ausspielte.

»Und dann ist Ihr Vater, du lieber Himmel, nach Oxford gegangen«, erinnerte sich Avon nach einer Weile mit einem bühnenreifen Schaudern, dazu senkte er die kraftlose Stimme noch, hob die buschigen Augenbrauen clownshaft in die Höhe, gefolgt von einem Seitenblick auf Julian, um zu sehen, wie dieser das aufnahm, »wo er in die Hände …«, womit er die eigene Hand mitfühlend auf Julians Unterarm legte, »aber vielleicht sind Sie ja religiös veranlagt, Julian?«

»Das bin ich nicht«, entgegnete Julian nachdrücklich und zunehmend wütend.

»Darf ich also fortfahren?«

Das übernahm Julian für ihn:

»Wo mein Vater in die Hände einer Gruppe von mit amerikanischem Geld finanzierten, evangelikalen, wiedergeborenen Hirnverdrehern mit kurzen Haaren und schicken Krawatten fiel, die ihn in die Schweizer Berge schleppten und in einen feuerspeienden Christen verwandelten. Wollten Sie das sagen?«

»Vielleicht nicht in diesen groben Worten, aber ich hätte es nicht besser zusammenfassen können. Und Sie sind gewiss nicht religiös?«

»Gewiss nicht.«

»Dann stehen Ihnen alle Grundlagen der Weisheit zur Verfügung. Und da war der arme Mann also nun in Oxford, ›glücklich bis unter die Halskrause‹, wie er mir schrieb, hatte das ganze Leben vor sich, und die Frauen flogen ihm zu – nun, sie waren seine Schwäche, aber warum auch nicht? –, und gegen Ende des zweiten Studienjahres ...«

»Haben sie ihn rumgekriegt«, schaltete Julian sich wieder ein. »Und zehn Jahre nachdem er zum Pfarrer der heiligen anglikanischen Kirche geweiht worden war, schwor er vor der ganzen versammelten Sonntagsherde seinem Glauben ab: *Ich, Reverend H. K. Lawndsley, in den geistlichen Stand erhoben, erkläre hiermit, dass Gott nicht existiert, Amen.* Wollten Sie darauf hinaus?«

Schlug Edward Avon etwa vor, dass sie sich nun im zügellosen Geschlechtsleben und anderen Ausschweifungen seines Vaters ergehen sollten, wie es in den Revolverblättern der damaligen Zeit ausgiebig breitgetreten worden war? Drängte er auf all die schmutzigen Einzelheiten dazu, wie die früher so stolze Familie Lawndsley ohne einen Penny aus dem Pfarrhaus geschmissen und auf die Straße gesetzt wurde? Und darüber, wie Julian selbst infolge des frühzeitigen Ablebens seines Vaters alle Hoffnungen auf die Universität fahren lassen musste und Laufbursche in einem Handelsunternehmen in der City wurde, das einem entfernten Onkel gehörte, um die Schulden seines Vaters abzuzahlen und Brot auf den Tisch seiner Mutter zu bringen? Denn wenn dem so wäre, dann wäre Julian binnen weniger Sekunden zur Tür hinaus.

Doch Edward Avons Gesichtsausdruck war weit entfernt von anzüglicher Neugier, sondern bot das perfekte Abbild tief empfundenen Mitgefühls.

»Und waren Sie auch dort, Julian?«

»Wo?«

»Waren Sie auch in der Kirche dabei?«

»Als es passierte, zufälligerweise ja. Wo waren Sie?«

»Ich wäre gern an seiner Seite gewesen. Kaum hatte ich gelesen, was ihm zugestoßen war – leider ein wenig spät –, da schrieb ich ihm umgehend und bot ihm das bisschen an Hilfe an, das ich zu geben hatte. Meine Freundschaft und das Geld, das ich besaß.«

Julian ließ sich Zeit, darüber nachzudenken.

»Sie haben ihm geschrieben«, wiederholte er fragend, als ein Teil seiner vorherigen Zweifel zurückkehrte. »Und haben Sie jemals eine Antwort erhalten?«

»Ich habe keine erhalten und auch keine verdient. Das letzte Mal, als Ihr Vater und ich uns sahen, da hatte ich ihn einen heiligen Trottel genannt. Ich konnte es ihm kaum übel nehmen, als er meine Hilfe ausschlug. Wir haben nicht das Recht, den Glauben eines anderen herabzusetzen, ganz gleich, wie abwegig er auch sei. Finden Sie nicht?«

»Schon möglich.«

»Als H. K. seinem Glauben abschwor, da war ich natürlich stolz auf ihn. So wie ich nun stellvertretend stolz auf Sie bin, wenn ich das sagen darf, Julian.«

»Was sind Sie?«, rief Julian aus und lachte reflexartig. »Weil ich H. K.s Sohn bin und eine Buchhandlung habe?«

Edward Avon fand daran nichts zum Lachen.

»Weil Sie wie Ihr Vater den Mut hatten, sich loszusagen: er von Gott und Sie vom Mammon.«

»Was soll das denn heißen?«

»Wenn ich recht verstehe, waren Sie ein erfolgreicher Börsenmakler in der City.«

»Wer hat Ihnen das gesagt?«, fragte Julian trotzig.

»Nachdem ich gestern Abend Ihren Laden verlassen habe, habe ich Celia überredet, mich an ihren Computer zu lassen. Es kam alles sofort ans Licht, die ganze traurige Wahrheit. Ihr armer Vater, mit fünfzig verstorben, ein Sohn, Julian Jeremy.«

»Ist Celia Ihre Frau?«

»Celia von *Celias Schätze*, Ihre verehrte Nachbarin in der High Street und Anlaufstelle für die stetig wachsende Schar an reichen Londoner Wochenendgästen.«

»Und warum mussten Sie sich zu Celia schleichen? Warum sind Sie nicht gleich im Laden damit herausgerückt?«

»Ich war zwiegespalten. Das wären Sie auch gewesen. Ich hatte mir Hoffnungen gemacht, war mir aber nicht sicher.«

»Sie hatten sich auch schon eine ordentliche Erfrischung gegönnt, wenn ich mich richtig erinnere.«

Avon schien das nicht gehört zu haben:

»Der Name hatte mich sofort angezogen. Ich wusste ja nur zu gut, dass es einen Skandal gegeben hatte. Ich hatte keine Ahnung, wie sich das Drama abgespielt hat, und auch nicht, dass Ihr armer Vater verstorben war. Wenn Sie H. K.s Sohn waren, konnte ich mir gut vorstellen, wie Sie gelitten haben.«

»Und mein mutmaßlicher Bruch mit der City?«, fragte Julian, der sich nicht so leicht beschwichtigen lassen wollte.

»Celia erwähnte, Sie hätten von einem Tag auf den anderen eine lukrative Stelle in der City aufgegeben, was sie einigermaßen verblüfft hat.«

Julian wäre an diesem Punkt sehr gern wieder auf die gewisse Angelegenheit zurückgekommen, dass Edward Avon behauptete, seinem Vater in der Stunde der Not alles Erdenkliche an Hilfe angeboten zu haben, doch Edward Avon hatte da andere Vorstellungen. Er hatte sich erstaunlich schnell erholt. Frischer Eifer blitzte in seinen Augen auf, und seine Stimme hatte ihre blumige Fülle wiedergefunden:

»Julian. Im Namen Ihres lieben Vaters, und da die Vorsehung uns zweimal innerhalb weniger Stunden zusammengeführt hat. Was Ihren großen, schönen Keller angeht. Haben Sie mal daran gedacht, welche Schätze sich dort verbergen ließen, welches Wunderwerk dieser Kellerraum darstellen könnte?«

»Nun, um ehrlich zu sein, habe ich darüber noch nicht wirklich nachgedacht, Edward«, erwiderte Julian. »Sie etwa?«

»Ich habe seit unserer Begegnung kaum etwas anderes getan.«

»Das freut mich«, meinte Julian leicht skeptisch.

»Nehmen wir mal an, Sie schaffen in diesem noch unberührten, großartigen Raum etwas, das noch niemand versucht hat, etwas so Verlockendes und Originelles, dass es zum Gesprächsthema aller gebildeten Kunden und Möchtegerngebildeten in der Gegend wird?«

»Nehmen wir das mal an.«

»Kein Antiquariat. Keine beliebige Bücherfundgrube ohne jeden Charakter, sondern einen sorgfältig ausgewählten Schrein der anspruchsvollsten Denker unserer Zeit – aller Zeiten. Ein Ort, an dem Mann oder Frau, wer immer ahnungslos von der Straße hereinkommt, erhellt, bereichert wieder hinausgeht und nach mehr verlangt. Warum lächeln Sie?«

Also einen Ort, an dem ein Kerl, der sich kürzlich selbst zum Buchhändler erklärt hatte, nur um dann festzustellen, dass eine solche Aufgabe mit spezifischen Fähigkeiten und Wissen einherging, sich ganz unbescholten und klammheimlich genau dieses Wissen aneignen könnte, während es den Anschein hätte, er würde die dankbare Allgemeinheit an seinem eigenen Repertoire teilhaben lassen.

Doch noch während ihm diese unwürdigen Überlegungen kamen, begann Julian bereits, um ihrer selbst willen an diese Idee zu glauben. Doch das musste Edward Avon noch nicht wissen.

»Einen Augenblick lang haben Sie sich wie mein Vater angehört. Tut mir leid. Fahren Sie fort.«

»Es geht nicht einfach um die großen Autoren, das wäre zu offensichtlich. Nein, es geht um die Philosophen, Freidenker, Begründer großer Bewegungen, selbst jener, die wir verabscheuen. Nicht ausgewählt von der toten Hand der herrschenden kulturellen Elite, sondern von *Lawndsleys Noch Besseren Büchern* persönlich. Nennen wir das Ganze ...«

»Wie zum Beispiel?«, fragte Julian, der ganz durcheinander war.

Avon hielt inne, um die Spannung des Publikums noch zu steigern:

»Nennen wir es die *Literarische Republik*«, verkündete er, lehnte sich zurück, verschränkte die Arme und beobachtete Julian.

In Wahrheit hatte Julian zwar zu Beginn gedacht, dass dies wohl die bombastischste Verkaufsmasche war, mit der er es jemals zu tun gehabt hatte, eine, die mit verdächtiger Genauigkeit auf das Wissen um seine eigenen kulturellen Defizite anspielte – ganz zu schweigen von der generellen ungeheuren Dreistigkeit dieses Mannes, dessen Redlichkeit er weiterhin heftig infrage stellte –, doch musste er zugeben, dass Edward Avons große Vision sein Innerstes ansprach und sich auf genau die Motivation bezog, die ihn, Julian, überhaupt an diesen Ort geführt hatte.

Literarische Republik?

Er kaufte es ihm ab.

Das hatte etwas.

Das hatte Stil, aber mit universeller Wirkung. Also warum nicht?

Und er hätte Avon wohl eine deutlich ermutigendere Antwort geben können als seine abgedroschene Finanzwelt-Floskel im Stil von »Klingt ja ziemlich interessant, darüber muss ich mal nachdenken«, wenn Edward Avon nicht bereits aufgestanden gewesen wäre, auf dem Weg zum Tresen seinen Homburg, Regenmantel und Regenschirm mitgenommen hätte und dann dort gestanden hätte, um sich angeregt mit der überschwänglichen Adrianna zu unterhalten.

Aber in welcher Sprache taten sie das?

In Julians Ohren klang es nach der des Sprechers aus

dem Küchenradio. Edward Avon sprach so, Adrianna lachte und antwortete in derselben Sprache.

Edward raffte sich auf und scherzte den ganzen Weg bis zur Tür weiter mit Adrianna. Dann drehte er sich noch mal zu Julian um und warf ihm ein letztes erschöpftes Lächeln zu.

»Ich bin ein wenig geschafft. Ich hoffe, Sie verzeihen mir. Wie schön, H. K.s Sohn kennengelernt zu haben. Außergewöhnlich.«

»Mir ist davon nichts aufgefallen. Ich fand Sie beeindruckend, ehrlich gesagt. Ich meine, das mit der *Literarischen Republik*. Ich hoffe, Sie schauen vielleicht mal vorbei und geben mir einen Rat.«

»Ich?«

»Warum nicht?«

Wenn ein Mann seinen Sebald kennt, Wissenschaftler ist, Bücher liebt und Zeit zur Verfügung hat, warum dann also nicht?

»Ich eröffne über dem Laden ein Café«, fuhr Julian fort. »Mit Glück ist es nächste Woche so weit. Kommen Sie doch mal vorbei, und wir unterhalten uns.«

»Mein lieber Freund, was für ein großzügiges Angebot. Ich werde mein Allerbestes geben.«

Dann wagte sich Edward mit unter dem Homburg hervorfließenden weißen Haaren hinaus in den Regen, und Julian ging zum Bezahlen zum Tresen.

»Mögen Sie Ihr Omelett nicht, mein Lieber?«

»Sehr lecker. Es war nur ein wenig zu viel. Sagen Sie mal, in welcher Sprache haben Sie beide sich gerade unterhalten?«

»Mit Edward?«

»Ja. Mit Edward.«

»Auf Polnisch, mein Lieber. Edward ist ein guter polnischer Junge. Sie wissen das nicht?«

Nein. Das wusste er nicht.

»Sicher. Er ist sehr traurig. Hat eine kranke Frau. Sie stirbt bald. Sie wissen das nicht?«

»Ich bin neu hier«, erklärte er.

»Mein Kiril ist Pfleger. Er arbeitet im Ipswich General Hospital. Er hat's mir gesagt. Sie spricht nicht mehr mit Edward. Sie wirft ihn raus.«

»Seine Frau hat ihn rausgeworfen?«

»Vielleicht will sie alleine sterben. Manche Menschen, die tun das. Sie wollen nur sterben, vielleicht in den Himmel gehen.«

»Ist seine Frau Polin?«

»Nein, mein Lieber.« Ein herzliches Lachen. »Englische Lady«, und dabei legte sie sich einen Finger unter die Nasenspitze, um Hochnäsigkeit anzudeuten. »Sie möchten Wechselgeld?«

»Danke, nein. Tolles Omelett.«

Zurück im Schutz seines Ladens überkommen Julian heftige Zweifel. Er hatte ja bereits ein paar Trickbetrüger erlebt, aber wenn Edward einer von ihnen war, dann gehörte er einer ganz anderen Liga an. War es vorstellbar, dass er heute Morgen um acht Uhr draußen im Platzregen herumgelungert hatte – auf die geringe Chance wartend, dass Julian aus seinem Laden kam – und ihm dann zu Adriannas Café gefolgt war, nur um ihn zu bearbeiten? War Avon zufällig jene zusammengekauerte Gestalt gewesen, die er in einem Hauseingang die Straße herunter unter einem Regenschirm bemerkt hatte?

Doch um was in aller Welt ging es hier letztendlich?

Und wenn das Schlimmste, was Avon wollte, Gesellschaft war, hatte Julian dann nicht die Pflicht, sie dem alten Schulfreund seines verstorbenen Vaters zu erweisen, erst recht, da dessen im Sterben liegende Frau ihn rausgeworfen hatte?

Und der entscheidende Punkt: Woher konnte Edward Avon oder sonst wer gewusst haben, dass Julians Wasser und Strom abgestellt gewesen waren?

Julian schämt sich seiner unwürdigen Gedanken und sucht einen Ausgleich, indem er einer Reihe unfähiger Handwerker gegenüber am Telefon eine Tirade loslässt, und sich dann an den Computer setzt und die Website des West-Country-Internats seines Vaters aufruft, das gerade im Sumpf von Ermittlungen wegen möglichen Kindesmissbrauchs steckt.

Er stellt fest, dass sich in den Aufzeichnungen ein AVON, Ted (sic) findet, mit dem Vermerk: »Nachzügler« in Oberstufe. Verweildauer: ein Jahr.

Als Nächstes startet er ein paar erfolglose Suchaktionen, erst nur nach Edward Avon, dann nach Edward Avon, Akademiker, dann nach Edward Avon, Pole. Er stößt auf keine passenden Ergebnisse.

Im örtlichen Telefonbuch gibt es keinen Eintrag zu irgendwelchen Avons. Er versucht es bei einer Online-Auskunft: Rufnummer unbekannt.

Gegen Mittag erscheinen unangemeldet Handwerker

und bleiben bis zum Nachmittag. Die Wasser- und Stromversorgung ist wiederhergestellt. Am Abend blättert Julian durch die noch ausstehenden Bestellungen seltener und gebrauchter Bücher seines Vorgängers und stößt dabei zufällig auf eine eselsohrige Karte mit dem Namen AVON darauf, kein Vorname, keine Adresse, keine Telefonnummer.

AVON, männlich oder weiblich, interessiert sich für gebundene Ausgaben der Werke eines gewissen Chomsky N. in gutem Zustand. Wahrscheinlich noch so ein unbekannter Pole, verwirft er den Gedanken beiläufig und will die Karte schon entsorgen, als er einknickt und im Computer nach Chomsky, N. sucht:

Noam Chomsky, Verfasser von über hundert Büchern. Analytischer Philosoph, Kognitionswissenschaftler, Logiker, Aktivist, Kritiker des US-amerikanischen Staatskapitalismus und der Außenpolitik, mehrfach inhaftiert. Gilt weltweit als führender Intellektueller und als Vater der modernen Linguistik.

Mit dieser Einsicht geht er, nach dem üblichen einsamen Abendessen in seiner endlich benutzbaren Küche, zu Bett und stellt fest, dass er an nichts anderes denken kann als an Edward Avon. Bislang, so findet er, hat er zwei miteinander unvereinbare Versionen dieses Mannes kennengelernt.

Während des Einschlafens denkt er darüber nach, ob er den geheimen Wunsch nach einer Vaterfigur in sich entdeckt hat. Er kommt zu dem Schluss, dass ein Vater mehr als genug war, vielen Dank!

3

Der große Tag stand vor der Tür, der Tag aller Tage, auf den Stewart Proctor und seine Frau Ellen schon den ganzen Monat gewartet hatten: der einundzwanzigste Geburtstag der Zwillinge Jack und Katie, der dank göttlicher Fügung auf einen Samstag fiel. Drei Generationen von Proctors, vom siebenundachtzigjährigen Onkel Ben bis zum drei Monate alten Neffen Timothy, hatten sich in Stewarts und Ellens großem, zweckmäßigem und abgeschiedenem Haus auf dem Grundstück in den Berkshire Hills eingefunden.

Die Proctors hätten sich niemals selbst als Oberschichtler bezeichnet, Gott bewahre. Schon allein bei dem Wort »Establishment« stellten sich den Familienmitgliedern die Nackenhaare auf. Und *privilegiert* klang ebenso schlimm wie *Elite*. Die Familie war liberal, südenglisch, progressiv, weiß und widmete sich hingebungsvoll ihren Aufgaben. Man war prinzipientreu und engagiert. Und zwar auf allen Ebenen der Gesellschaft. Das Geld, über das man nicht sprach, steckte in Stiftungen. Zur Schulausbildung schickte man die Klügsten nach Winchester, die Zweitklügsten nach Marlborough und ein paar andere hier und da hin, und wenn Notwendigkeit oder Prinzip es verlangten, an eine staatliche Schule. Am Wahltag stimmte keiner aus der Familie für die Konservativen. Und wenn doch, dann achtete man penibel darauf, es für sich zu behalten.

Nach neuester Zählung konnten die Proctors auf zwei erfahrene Richter verweisen, zwei Kronanwälte, drei Ärzte, einen Zeitungsredakteur, keinen Politiker, Gott sei Dank, und eine reiche Ernte an Spionen. Einer von Stewarts Onkeln war während des Krieges Visabeamter in Lissabon gewesen, und wir alle wussten, was das hieß. In den Anfangstagen des Kalten Krieges hatte das schwarze Schaf der Familie eine unheilvolle Rebellenarmee in Albanien aufgestellt und dafür einen Orden bekommen.

Und was die Frauen anging, so gab es zu der damaligen Zeit kaum eine Proctor, die nicht in der klösterlichen Abgeschiedenheit von Bletchley Park oder Wormwood Scrubs gelebt hatte. Wie alle Familien dieser Art, wussten auch sämtliche Proctors von Geburt an, dass das spirituell Allerheiligste der herrschenden Klasse von Großbritannien in ihren Geheimdiensten verborgen lag. Diese Erkenntnis, über die man nie offen sprach, ging mit einem hohen Maß an Solidarität einher.

Man musste schon sehr unhöflich sein, um Stewart zu fragen, was er eigentlich beruflich tat. Oder warum er mit fünfundfünfzig, nach einem Vierteljahrhundert im Außenministerium in London oder in einer Reihe von diplomatischen Vorposten, nicht irgendwo Botschafter war, permanenter Staatssekretär von irgendwas oder wenigstens Sir Stewart.

Aber man wusste es.

Dies also war die Familie, die sich am Vorabend jenes sonnigen Samstagmittags im Frühling versammelte. Man wollte gemeinsam essen, Pimm's und Prosecco trinken, alberne Spiele spielen und den Geburtstag der Zwillinge feiern. Jack, drittes Jahr Biologie, und Katie, drittes Jahr Englische Literaturwissenschaft, hatten es einfädeln können, sich von ihren Universitäten zu entfernen, und halfen an diesem Freitagabend ihrer Mutter Ellen in der Küche beim Marinieren der Chicken Wings, bei der Vorbereitung der Lammkoteletts, sie holten Holzkohle und Eiswürfel und sorgten konsequent dafür, dass Ellen immer einen Gin Tonic griffbereit hatte, denn obwohl sie wahrlich keine Trinkerin war, schwor sie doch Stein und Bein, sie könne nicht kochen ohne einen steifen Drink in der Nähe.

Nur der Krocketrasen war auf Stewarts Geheiß nicht gemäht worden und wartete auf dessen Rückkehr mit dem Zug um zwanzig nach sieben von der Paddington Station. Als das Tageslicht schwand, beschloss Jack, den Rasen selbst zu mähen, denn offenbar gab es *Ärger in der Firma*, wie die Familie zu sagen pflegte, und Stewart würde die Nacht wohl in der Wohnung am Dolphin Square verbringen, bevor er am nächsten Morgen den Spatzenfurz-Express nehmen konnte, noch so ein Familienausdruck für den allerersten Frühzug.

Es herrschte also eine gewisse Anspannung, die sich aus der Frage speiste, ob er es überhaupt rechtzeitig zur

Feier nach Hause schaffen würde oder ob der Ärger in der Firma ihn in London aufhalten würde, bis – was für ein Glück! –, pünktlich um neun Uhr am Samstagmorgen, der alte grüne Volvo den Hügel von der Hungerford Station heraufgetuckert kam, ein unrasierter Stewart am Steuer, der grinste und winkte wie ein Rennfahrer, woraufhin Ellen nach oben eilte, um ihm ein Bad einzulassen. Katie brüllte: »Er ist da, Mum!«, und rannte los, um Eier und Speck zu bereiten, und ihre Mutter brüllte zurück: »Jetzt gebt dem armen Mann doch mal Raum zum Luftholen, in Gottes Namen!« Denn Ellen war Irin, vor allem dann, wenn es eine gemeisterte Krise zu feiern gab.

Und nun geschah endlich alles in Echtzeit: Rockmusik dröhnte in Orkanwucht aus dem Verstärker, den Jack behelfsmäßig aus dem Wohnzimmer geholt hatte; Tanz auf der Veranda neben dem spartanischen Swimmingpool – die Proctors beheizten ihre Pools nie –, Boule in der alten Sandkiste der Zwillinge. Die Kinder spielten Krocket, je sechs pro Team, Jack, Katie und ihre Studienfreunde machten sich am Grill nützlich, und Ellen, die sich auf dem Liegestuhl ausgestreckt hatte wie eine alte Witwe, wirkte nach all den Mühen in langem Sommerkleid, Strickjacke und mit dem schlabbrigen Strohhut über ihrem berühmten rotbraunen Haar entspannt und schön. Stewart verschwand immer mal wieder in seinem Arbeitszimmer in der alten Spülküche hinter dem Haus, um in sein ultrasicheres grünes Telefon zu sprechen, wobei er seine Worte genau wählte und so wenige benutzte wie möglich. Ein paar Minuten darauf kehrte er dann zurück und war wieder ganz der aufmerksame, zurückhaltende, fröhliche Gastgeber, als den sie ihn kannten – immer ein Wort auf den Lippen für diese alte Tante oder jenen neuen Nachbarn, erspähte das Glas Pimm's, das dringend eines Nachschubs bedurfte, oder entfernte schnell eine leere Flasche Prosecco, über die sonst noch jemand gestolpert wäre.

Und als es gegen Abend kalt wird und nur noch Familie und Partner anwesend sind, ist es Stewart, nach einem weiteren kurzen Besuch in der alten Spülküche, der sich im Wohnzimmer an den Bechstein setzt und sein traditionelles Geburtstagsständchen hält, Flanders und Swanns *Hippopotamus Song*; als Zugabe dann Noël Cowards Ermahnung an Mrs Worthington – *On my knees, Mrs Worthington, please, Mrs Worthington* –, ihre Tochter nicht auf die Bühne zu bringen.

Die Jungen singen mit, dann erfüllt rätselhafterweise der süße Duft von Marihuana die Luft, während Stewart und Ellen erst so tun, als würden sie nichts davon bemerken, nur um dann festzustellen, dass sie hundemüde sind und mit einem »Schlafenszeit für uns Alte, ihr entschuldigt uns?« nach oben und zu Bett gehen.

»Was zum Teufel ist los, Stewart, sag es mir«, fragt Ellen so liebenswürdig wie möglich in ihrem schnellen irischen Akzent, wobei sie in ihren Schminkspiegel spricht. »Seit du heute Morgen zurückgekommen bist, läufst du herum wie ein aufgescheuchtes Huhn.«

»Völliger Quatsch«, protestiert Proctor. »Ich war die reinste Stimmungskanone. Hab mein Lebtag noch nicht besser gesungen. Eine halbe Stunde lang habe ich mich mit deiner lieben Tante Meghan unterhalten und Jack im Krocket vernichtet. Mehr kann man nicht verlangen.«

Mit größter Behutsamkeit nimmt Ellen ihre Diamantohrringe ab, schraubt erst den Verschluss hinter jedem Ohr ab, legt sie in die mit Satin ausgeschlagene Schachtel und verstaut die Schachtel dann in der linken Schublade ihres Schminktischs.

»Und du bist kein aufgescheuchtes Huhn, schau dich doch an. Du hast dich noch nicht mal ausgezogen.«

»Um elf bekomme ich einen Anruf auf dem grünen Telefon, und ich gehöre verflucht, wenn ich in Morgenmantel und Pantoffeln vor den jungen Leuten durchs Haus schlurfe. Da komme ich mir ja vor wie neunzig.«

»Und fliegen wir jetzt alle in die Luft? Wieder eine von diesen Krisen?«, fragt Ellen.

»Wahrscheinlich ist eh nichts dran. Du kennst mich doch. Ich werde dafür bezahlt, mir Sorgen zu machen.«

»Nun, ich hoffe ernsthaft, dass Sie dich ordentlich dafür bezahlen, Stewart. Denn seit Buenos Aires habe ich dich nicht mehr in solch einer Verfassung gesehen.«

In Buenos Aires hatte er als stellvertretender Stationsleiter in der Zeit nach dem Falklandkrieg gedient, mit Ellen als seiner verdeckten Nummer zwei. Ellen, Absolventin des Trinity College, Dublin, ist ebenfalls früher beim Geheimdienst gewesen, und was Proctor und die Hälfte der Leute im Dienst angeht, ist das die einzig wahre Sorte Ehefrau.

»Wir werden nicht wieder in den Krieg ziehen, falls du darauf hoffen solltest«, sagt er, um das Geplänkel fortzuführen, wenn es sich denn um Geplänkel handelt.

Ellen dreht eine Wange dem Spiegel zu und schminkt sich ab.

»Geht es mal wieder um einen nationalen Sicherheitsfall?«

»Ja.«

»Kannst du mir davon erzählen, oder handelt es sich um einen von diesen Fällen?«

»Einer von diesen Fällen, sorry.«

Die andere Wange.

»Bist du hinter einer Frau her? Du hast deine Frauenaura an dir, das erkennt doch jeder.«

Nach fünfundzwanzig Ehejahren ist Proctor noch immer fasziniert von Ellens übernatürlichen Fähigkeiten.

»Wenn du schon so fragst, ja, es handelt sich um eine Frau.«

»Ist sie beim Dienst?«

»Da muss ich passen.«

»Ehemals beim Dienst?«

»Passe wieder.«

»Kennen wir sie?«

»Passe.«

»Hast du mit ihr geschlafen?«

In all den Jahren hat sie ihm niemals eine solche Frage gestellt. Warum ausgerechnet heute Nacht? Und warum gerade mal eine Woche bevor sie sich auf eine lange geplante Reise durch die Türkei begibt, unter der Leitung ihres geradezu lächerlich gut aussehenden Archäologie-Tutors von der Reading University?

»Nicht dass ich mich erinnern könnte«, erwidert er leichthin. »Nach allem, was ich mitbekommen habe, schläft die fragliche Lady nur mit der ersten Mannschaft.«

Billig und der Wahrheit zu nahe. Hätte ich nicht sagen dürfen. Ellen zieht die Nadeln aus ihrem unvergleichlich rotbraunen Haar und lässt es über die nackten Schultern fließen, wie das schöne Frauen schon seit Anbeginn der Zeit tun.

»Pass gut auf dich auf, Stewart«, mahnt sie ihr Spiegelbild. »Nimmst du morgen früh den Spatzenfurz?«

»Sieht ganz so aus.«

»Vielleicht sage ich den Kindern, es handelt sich um ein Cobra-Treffen. Das wird sie begeistern.«

»Aber das stimmt doch gar nicht, um Himmels willen, Ellen«, protestiert Proctor vergeblich.

Ellen entdeckt einen Fleck unter einem Auge und betupft ihn mit einem Wattepad.

»Und ich hoffe doch, dass du nicht die ganze Nacht in der Spülküche herumlungerst, Stewart? Ansonsten wäre das eine Verschwendung der Lebenszeit einer Frau. Und eines Mannes auch.«

Unter Gejohle auf allen Fluren bahnt sich Proctor seinen Weg durchs Haus in die alte Spülküche. Das grüne Telefon steht auf einem roten Sockel, der an einen Postbriefkasten erinnert. Als das Telefon vor fünf Jahren installiert worden war, hatte Ellen aus einer Laune heraus einen Teewärmer darüber gestülpt, damit es geschützt ist. Daran hatte sich nichts geändert.

4

In der Woche nach Julians zweifacher Begegnung mit Edward Avon mangelt es wahrlich nicht an Ablenkungen.

Ein heimlich eingereichter Bauantrag eines Nachbarn droht dem Lager das letzte Tageslicht zu rauben.

Nach der abendlichen Rückkehr von einem Treffen der Buchhändler vor Ort erwartet ihn nicht Bella, sondern ein verschlossener Laden und eine geblümte Dankeskarte auf der Ladenkasse, in der sie ihre unsterbliche Liebe zu einem holländischen Fischer verkündet.

Und im kostbaren Kellerraum, der sich in Julians Gedanken schon längst als zukünftige Heimstatt der *Literarischen Republik* etabliert hat, steigt Feuchtigkeit in den Mauern auf.

Doch trotz all dieser Katastrophen gehen ihm die vielen Gesichter des Schulfreundes seines verstorbenen Vaters nicht mehr aus dem Kopf. Immer wieder glaubt er, Edwards Schatten im Regenmantel am Schaufenster vorbeihuschen zu sehen, ohne dass sich der Homburg zu ihm drehen würde. Warum kommt der verdammte Kerl nicht herein und schaut sich um? Du musst ja nichts kaufen, Edward oder wie immer Du heißt.

Je länger Julian über Edwards beeindruckenden Plan nachdenkt, desto mehr treibt die Idee Blüten in ihm. Aber passt der Name wirklich? Ist er nicht vielleicht ein wenig überzogen? Klingt *Republik der Leser* vielleicht ansprechender? *Leserepublik* oder *Neue Republik der Lesewelt*, oder wie wär's mit *Lawndsleys Republik der Leser*? Oder warum halten wir es nicht ganz schlicht und wählen *Republik der Literatur*?

Julian sagt zu niemandem ein Wort – es ist ja auch kein Edward da, zu dem er etwas hätte sagen können – und unternimmt einen gezielten Ausflug zur Druckerei in Ipswich, um sich dort ein paar Vorentwürfe für eine ganzseitige Anzeige in der Lokalzeitung erstellen zu lassen. Edwards erster Namensvorschlag ist immer noch der beste.

Das alles hält Julian in schwachen Momenten allerdings nicht davon ab, sich Edward für seine übergriffigen Theorien zu seinem Vater und Julian vorzunehmen:

Ich habe mich von der City *losgesagt*? So ein Blödsinn. Ich war vom ersten Tag an ein hellwacher Angreifer, kein Gläubiger. Ich kam, ich nahm, ich siegte, ich machte den Abgang. Schluss. Aus. Vorbei.

Was meinen armen Vater betrifft: Nun ja, vielleicht war H. K. ja tatsächlich so etwas wie ein vom Glauben Abgefallener. Wenn du die Hälfte aller frommen Ladys der Gemeinde flachgelegt hast, dann sollten Gott und du vielleicht tatsächlich entscheiden, es gut sein zu lassen.

Und was ist mit dem herzerwärmenden Freundschaftsangebot, dem Geld und dem, was Edward Avon seinem alten Kumpel H. K. sonst noch in der Stunde seiner Not versprochen haben soll? Nun, dazu fällt Julian nur ein: Beweis es, wenn wir uns das nächste Mal sehen.

Denn man könnte über Reverend H. K. Lawndsley (schmerzlich ausgeschieden) sagen, was man will, aber wenn es darum ging, nutzlosen Krempel aufzuheben, war er unerreicht. Nichts war zu unbedeutend, um nicht für die zukünftigen, fiktiven Biografen bewahrt zu werden: keine Predigtnotiz, keine unbeglichene Rechnung, kein Brief – ob er von einer abgelegten Liebschaft stammte, einem rasenden Ehemann, Handwerker oder Bischof – entging seinen egomanischen Fängen.

Und in dem ganzen Schlackeberg lässt sich hier und da der seltene Brief eines der wenigen Freunde finden, die er noch hatte. Ein, zwei boten tatsächlich Hilfe an. Doch von seinem alten Schulfreund Edward, Ted oder Teddy – kein Piepser.

Zum Teil sind es auch diese Ungereimtheiten, verbunden mit der großen Ungeduld, die *Literarische Republik* auszurufen, sobald die Feuchtigkeit erst mal gebannt ist, die Julian dazu veranlassen, alle Skrupel abzulegen und seiner hart schuftenden Kollegin im Weinberg der High Street einen Besuch abzustatten, Miss Celia Merridew von *Celias Schätze*, unter dem Vorwand des Gesprächs über ein Revival des verblichenen örtlichen Kunstfestivals.

Celia wartete in der Tür auf ihn, breitbeinig; sie war mindestens sechzig und rauchte in der unerwarteten Sonne einen Zigarillo. Sie trug einen Kimono in Papageiengrün und Orange, auf Höhe ihres üppigen Busens prangte eine Kette aus glitzernden Perlen, und das hennagefärbte Haar hatte sie zu einem Knoten zusammengebunden und mit japanischen Kämmen fixiert.

»Nicht einen Penny, junger Mr Julian«, warnte sie ihn freundlich, als er sich näherte. Und als er ihr versicherte, dass er es nur auf ihre moralische Unterstützung abgesehen hatte: »Falsche Adressatin, mein Lieber. Moral ist nicht einen Pfifferling wert. Kommen Sie auf einen Drink mit in meinen Salon.«

Eine handschriftliche Notiz an der Glastür bot KOSTENLOSE STERILISIERUNG VON KATZEN an. Celias Salon erwies sich als ein müffelndes Hinterzimmer voller ramponierter Möbel, staubiger Uhren und ausgestopfter Eulen. Celia Merridew zog eine silberne Teekanne mit Preisschild aus einem uralten Kühlschrank und goss einen ginhaltigen Drink in zwei viktorianische Römer. Ihr Hassobjekt des Tages war der neue Supermarkt.

»Die werden Sie erledigen und mich gleich mit«, prognostizierte sie in ihrem satten Lancashire-Akzent. »Das ist alles, wofür sich die Mistkerle interessieren: uns ehrliche Händler aus dem Weg zu räumen. Kaum stellen die fest, dass man halbwegs über die Runden kommt, eröffnen die eine riesige Buchabteilung und werden nicht ruhen, bis in Ihrem Laden eine Wohltätigkeitsorganisation hockt. Also gut, reden wir über Ihr Festival. Ich habe schon von Hummeln gehört, die fliegen, obwohl sie es nicht können. Allerdings nicht, wenn sie schon tot sind.«

Julian spulte seine in der Zwischenzeit einstudierte Rede ab. Er denke darüber nach, ganz formlos eine Arbeitsgruppe zusammenzustellen, um die Möglichkeiten zu sondieren, sagte er. Ob Celia sich vorstellen könne, sich einzubringen?

»Ich möchte, dass mein Bernard dabei ist und Händchen hält«, forderte sie.

Bernard, ihr Gemahl: Gemüsegärtner, Freimaurer, Teilzeitmakler und Vorsitzender im Planungsausschus im Bezirksrat. Julian versicherte ihr, dass Bernards Anwesenheit eine Bereicherung wäre.

Dann folgte eine Runde Small Talk, Celia versuchte, ihn zu taxieren, und Julian ließ es zu. Was ist denn mit Jones, dem Gemüsehändler, der sich bei der Bürgermeisterwahl aufstellen lassen möchte, ungeachtet dessen, dass alle, abgesehen von seiner Frau, wissen, dass er eine Prostituierte geschwängert hat? Und die preisgünstigen Häuser, die sie hinter der Kirche errichtet haben: Wer wird sich die wohl leisten können, wenn die Makler und Anwälte erst mal ihren Schnitt gemacht haben?

»Und wir waren also auf einer Privatschule, mein Lieber?«, fragte Celia und musterte ihn genüsslich mit ihren scharfen kleinen Augen. »Eton, nehme ich an, genau wie die Regierung.«

Nein, Celia. Öffentliche Schule.

»Nun, gebildet genug drücken Sie sich ja aus, muss ich sagen. Genau wie mein Bernard. Und ich nehme an, Sie haben eine nette Freundin, oder nicht?«, setzte sie ihre unverfrorene Einschätzung fort.

Im Augenblick nicht, Celia, nein. Eine Ruhephase, könnte man sagen.

»Aber Frauen mögen wir schon am liebsten, oder, mein Lieber?«

Ganz bestimmt, antwortete er, gab sich aber zurückhaltend, um nicht allzu übereifrig zu klingen, während sie sich vorbeugte und sein Glas auffüllte.

»Allerdings habe ich ein paar Dinge über Sie gehört, junger Mr Lawndsley. Mehr, als ich jetzt durchblicken lasse, um ehrlich zu sein, was ich ganz gern bin. Ein teuflischer Trader. Einer der ganz Großen auf seinem Gebiet, hab ich vernommen. Und mehr Freund als Feind, was ja in der City recht ungewöhnlich ist, sagt man, wo man sich doch gerne direkt an die Gurgel geht. Wie laufen die Geschäfte, mein Lieber, oder sollte ich darüber lieber den Mantel des Schweigens legen?«, plapperte sie drauflos, begleitet von dem provokanten Anheben ihres langen Rockes, schlug die Beine übereinander und nahm noch einen Schluck.

Das war Julians Gelegenheit, die Fährte zu verwischen, indem er über ein paar Umwege ganz zufällig auf das amüsante Thema seines merkwürdigen Kunden zu sprechen kam, der mit ein, zwei Drinks intus kurz vor Ladenschluss ins Geschäft gepoltert gekommen war, das Sortiment einer gründlichen Prüfung unterzogen hatte und Julian eine halbe Stunde lang aufgehalten hatte, ohne ein einziges Buch zu kaufen; ein Kunde, der sich vorgestellt hatte als – doch er musste gar nichts weiter sagen:

»Das ist Teddy, mein Lieber!«, rief Celia in gespielter Entrüstung. »Er war ganz aus dem Häuschen! Kam schnurstracks zu mir, um online zu recherchieren. Aber als er erfuhr, dass Ihr Vater verstorben ist – und das nach all den Schwierigkeiten, in denen er eh schon steckte –, ach herrje, herrjemine«, sagte sie und schüttelte den Kopf, was Julian als einen kombinierten Verweis auf seinen Vater und Edwards kranke Frau verstand.

»Der arme, arme Teddy«, fuhr Celia fort und inspizierte ihn erneut mit wachsamem Blick. Und ohne Pause: »Sie hatten nicht zufällig mit ihm geschäftlich zu tun, mein Lieber, als Sie noch ein City-Mogul waren?«, fragte sie mit gespielter Unschuld. »Direkt oder indirekt, wie wir es nennen würden? Um zwei Ecken sagt man wohl dort?«

»Geschäftlich? In der City? Mit Edward Avon? Ich habe ihn erst vor ein paar Tagen kennengelernt und bin ihm danach zufällig beim Frühstück über den Weg gelaufen«, ihm kam ein unangenehmer Gedanke, »warum fragen Sie? Sie wollen mich doch wohl nicht vor ihm warnen?«

Celia ging nicht auf seine Frage ein und unterzog ihn weiter ihrem prüfenden Blick:

»Mr Edward Avon ist ein guter Freund von mir, verstehen Sie, mein Lieber«, erklärte sie anspielungsreich. »Ein besonderer Freund.«

»Ich wollte nicht neugierig sein, Celia«, warf Julian hastig ein, aber auch das wurde überhört.

»Noch besonderer, als Sie vielleicht glauben. Das wissen nicht viele Menschen, mal abgesehen von meinem Bernard.« Sie nahm nachdenklich einen Schluck und musterte ihn weiter unverwandt. »Es macht mir nichts aus, dass Sie es wissen, bei all den eindrucksvollen Kontakten, die Sie mit der City verbinden, ich möchte nur sicher sein, dass Sie nichts ausplaudern. Vielleicht biete ich Ihnen irgendwann mal eine Beteiligung an. Nicht dass Sie das nötig hätten, nach allem, was ich höre. Kann ich das, das müsste ich wissen?«

»Mir vertrauen?«

»Ich frage nur.«

»Nun, dass müssen Sie selbst beurteilen, Celia«, sagte Julian unschuldig und war sich ziemlich sicher, dass es nichts mehr gab, das sie noch aufhalten konnte.

Es handelte sich um eine lange Geschichte, erklärte sie ihm: Es war nun zehn Jahre her, dass ihr Teddy eines sonnigen Vormittags zum ersten Mal durch diese Tür da hereingeschneit kam mit einer Einkaufstüte voller Seidenpapier im Schlepptau. Er hatte eine chinesische Porzellanschale herausgezogen, auf den Tresen gestellt und wollte wissen, was sie bestenfalls wert sei.

»Kaufe ich, oder verkaufe ich, frage ich ihn, denn ich kannte ihn ja nicht mal, woher auch? Er spaziert herein, sagt ›Ich bin Teddy‹, als wäre er mein bester Freund, dabei habe ich ihn noch nie im Leben gesehen. Sie bitten mich also um ein kostenloses Wertgutachten, aber so verdiene ich meinen Lebensunterhalt nicht, dafür nehme ich ein halbes Prozent von dem, was ich als Wert schätze. Kommen Sie schon, Celia, sagte er, seien Sie nicht so. Nur eine grobe Schätzung. Wenn ich kaufe, zehn Pfund, sage ich, und da bin ich schon großzügig. Machen Sie zehntausend daraus, und sie gehört Ihnen, sagt er. Dann zeigt er mir das Gutachten von Sotheby's. Achttausend. Na, ich kannte ihn ja nicht, richtig? Er hätte irgendein Scherzkeks sein können. Außerdem kam er mir wie ein Ausländer vor. Und was weiß ich schon von Ming blauweiß? Das hätte sich jeder denken können, der durch mein Schaufenster schaut.

Wer sind Sie überhaupt, frage ich ihn. Avon, antwortet er, Edward mit Vornamen. Na, sage ich. Doch nicht der Avon, der mit Deborah Garton verheiratet ist und auf Silverview wohnt? Genau der, sagt er, aber Teddy für Sie. So ist er nun mal.« Julian musste sich erst mal orientieren:

»Silverview, Celia?«

»Das große dunkle Haus am anderen Ortsende, mein Lieber. Auf halber Höhe unter dem Wasserturm, bezaubernder Garten, jedenfalls früher mal. Hieß in den Tagen des Colonels *The Maples*, bis Deborah alles geerbt hat. Jetzt heißt es Silverview, aber fragen Sie Celia nicht, warum.«

»Und wer war der Colonel?«, fragte Julian und versuchte angestrengt, sich Edward in diesem unpassenden Umfeld vorzustellen.

»Deborahs Vater, mein Lieber. Wohltäter des Städtchens, Kunstsammler, Gründer und Förderer der Ortsbücherei, konnte die Hände nicht bei sich behalten. Mein Bernard hatte einen Vertrag mit ihm, den Garten zu hegen und zu pflegen. Deborah lässt ihn immer noch hin und wieder kommen. Und es war auch der Colonel, der ihr all das wunderschöne blau-weiße Porzellan vermacht hat«, fuhr Celia mit einem grimmigen Seufzer fort. »Eine wahrhafte *Grande Collection*«, beharrte sie, wobei sich *grande* französisch anhören sollte.

»Und als Teddy eines Tages bei Ihnen auftauchte, hoffte er, heimlich ein Stück Familienporzellan zu verhökern«, vermutete Julian, sah aber nur, wie Celia den Mund vor Entsetzen aufriss und wieder schloss.

»Teddy? Seine eigene Frau um ihr Erbe bringen? So etwas würde er niemals tun, mein Lieber! Er ist grundehrlich, mein Teddy, lassen Sie sich da nur nichts anderes erzählen!«

Entsprechend belehrt, wartete Julian darauf, weiter verbessert zu werden.

»Nein, was Teddy im Ruhestand tun möchte«, sagte Celia, »unter Einsatz des Kapitals, das er in all den Jahren gebildet hatte, in denen er im Ausland unterrichtete, und zwar an Orten, an denen man nicht tot über dem Zaun hängen möchte – während Deborah ihren Wohltätigkeitsaufgaben nachkam und was sie sonst noch so trieb –, ist, die Qualität der *Grande Collection* des Colonels in absolute Höhen zu treiben, und zwar teils durch wertvollere Tauschstücke, teils durch Ankauf.

Außerdem möchte er seine Celia gern als Zwischenhändlerin haben, als Scout, Einkäuferin und Vertreterin, und alles auf höchst privater und vertraulicher Basis, mit einer jährlichen Grundprovision von zweitausend Pfund in bar für ihre Mühen, dazu ein vorher vereinbarter prozentualer Anteil am jährlichen Umsatz, bar oder ähnlich, ohne dass jemand das Finanzamt belästigt, und was würde Celia davon halten? Na, was würden Sie davon halten?«

»Und das alles bei einem kurzen Besuch in Ihrem Laden?«, rief Julian aus und erinnerte sich an das unheimliche Tempo, mit dem Edward im Verlauf des Verzehrs eines einzigen Käseomeletts potenzieller Mitbegründer und Berater der *Literarischen Republik* geworden war.

»Drei Besuche, mein Lieber«, verbesserte sie ihn. »Einer noch am selben Nachmittag, und am nächsten Morgen taucht er mit einem Umschlag mit zwei Riesen in kleinen Scheinen auf, die hatte er schon für die Gelegenheit vorbereitet, dass ich zusage. Und jedes Mal, wenn er ein Stück verkauft, kriege ich einen Anteil nach seinem Gutdünken – wogegen ich gar nichts haben kann, weil ich ja merke, dass er das gesamte Geschäft sowieso ganz allein hinter den Kulissen abwickeln wird.«

»Und was haben Sie gesagt?«

»Nun, ich meinte, ich müsse erst meinen Bernard fragen. Und dann meinte ich noch, was ich schon früher hätte sagen müssen, bevor ich ihn besser kannte, warum um alles in der Welt kommen Sie damit zu mir? Schließlich kauft oder verkauft man ja kein erstklassiges chinesisches Porzellan in einem Kramladen, oder? Außerdem läuft das heutzutage ja alles über Computer und eBay, und ich habe noch nicht mal einen, ganz zu schweigen davon, dass ich damit umgehen könnte. Wir sind Technikfeinde, mein Bernard und ich, und darauf sind wir stolz. Weiß doch jeder im Ort, dass wir technikfeindlich sind. Aber das hat ihn überhaupt nicht gestört. Das wusste er schon beim Hereinkommen, hat er gesagt, und er hatte sich schon alles im Kopf zurechtgelegt. Celia, meine Liebe, sagt er zu mir, Sie müssen keinen Finger krümmen und bleiben genau so, wie Sie sind. Ich bin die ganze Zeit über an Ihrer Seite. Ich besorge einen Computer. Ich installiere ihn und arbeite damit. Ich suche die Stücke aus, die ich kaufen und verkaufen will. Ich schaue mir die Auktionspreise an. Ich bitte Sie nur darum, sagte er, dass Sie die Gespräche führen, Sie sind mein Vorzimmer, ich übernehme die Leitung im Hintergrund, wenn nötig, denn ich mag es, im Schatten zu bleiben, und damit wäre mein Ruhestand ausgefüllt.«

Celia spitzte die Lippen, trank einen Schluck und zog an ihrem Zigarillo.

»Und das haben Sie zu zweit durchgezogen?«, fragte Julian verwirrt. »Zehn Jahre lang, wie Sie sagten? Teddy kauft und verkauft, Sie kassieren die Provision und den Anteil?«

Julians Verwirrung steigerte sich noch durch die Tatsache, dass Celias Laune sich dramatisch verdüstert hatte.

Zehn lange Jahre war von Tag eins an alles bestens gelaufen. Der Computer wurde pünktlich geliefert und fand sein eigenes kleines Heim – da drüben, mein Lieber, auf dem geschwungenen Sekretär, keine zwei Meter neben Ihrem Platz. Edward tauchte auf, wann immer ihm danach war, sicher nicht jeden Tag, teilweise nicht mal jede Woche. Er setzte sich mit seinen ganzen Katalogen und Handelsblättern dorthin und tippte herum, dann gönnten sie sich ein ginhaltiges Mixgetränk, und Celia nahm die Anrufe entgegen und diente als Strohfrau.

Und ganz gleich, was passierte, jeden Monat gab es einen Umschlag für sie, und sie zählte noch nicht mal nach, so sehr vertrauten sie einander. Und wann immer Edward geschäftlich unterwegs war, was manchmal der Fall war, kam der Umschlag per Einschreiben, zusammen mit einer Bemerkung, wie sehr er ihre wunderschönen Augen vermisste oder ähnlich albernes Gefasel, denn Teddy wusste alle Register zu ziehen; als junger Mann musste er der Schrecken der Frauenwelt gewesen sein.

»In welchen Geschäftsangelegenheiten war er denn unterwegs, Celia?«

»In internationalen, mein Lieber. Bildungsthemen und solche Sachen. Edward ist ein Intellektueller«, meinte sie in einem überheblichen Klang.

Ein Seufzer, ein sittsames Zupfen am Halsausschnitt, für den Fall, dass sie Julian unabsichtlich auf falsche Gedanken gebracht hatte, dann kam sie auf den Moment zu sprechen, in dem ihre zehn Jahre im Paradies endeten.

Sonntagnacht vor einer Woche. Elf Uhr, das Telefon klingelt. Celia und Bernard haben die Füße hochgelegt und schauen fern. Celia hebt ab. Ihre Imitation von Deborah Avon klingt halb nach Lancashire, halb nach der Queen:

»Spreche ich zufällig mit Celia Merridew? Ja, Deborah, sage ich, hier spricht Celia. Ich möchte Sie darüber informieren, dass Edward und ich entschieden haben, uns unverzüglich von unserer Sammlung an chinesischem Porzellan zu trennen. Sich davon zu trennen, Deborah? Sie meinen doch nicht etwa Ihre *Grande Collection*? Doch, Celia, genau die meine ich. Wir möchten sie aus dem Haus haben, am liebsten spätestens morgen. Also gut, Deborah, sage ich. Und wo sollen wir sie unterbringen? Man schiebt ja eine *Grande Collection* nicht über Nacht in irgendeine Ecke, oder? Nun, Celia, sagt sie, wie ich feststelle, haben Sie im Laufe der Jahre ein kleines Vermögen aus Edward herausgeschlagen, und da Edward mir versichert, dass Sie genügend Stauraum haben, wie wäre es, Sie würden das Porzellan dort einlagern?

Und wie wäre es, du würdest es in deinem Hinterzimmer einlagern?, dachte ich, behielt das aber für mich, dem armen Teddy zuliebe. Am nächsten Nachmittag um vier Uhr sind wir auf Einladung Ihrer Majestät auf *The Maples*, korrigiere, auf Silverview. Bernard trägt Kartons und Sägespäne, ich Polsterfolie und Seidenpapier. Teddy wartet kreidebleich an der Tür, ihre Ladyschaft ist oben in ihrem Boudoir und hört laut klassische Musik.«

Celia brach ab, aber nicht für lang:

»Na ja, ich weiß ja, dass sie krank ist. Tut mir leid. Ich will ja nicht behaupten, dass meine Ehe die tollste der Welt ist, das würde ja auch nicht stimmen, aber diese Person würde ich meinem ärgsten Feind nicht wünschen. Das ganze Haus riecht regelrecht danach. Man weiß zwar nicht, was man da riecht, aber man ahnt es.«

Julian dachte darüber nach, während Celia sich mit einem Schluck aufmunterte.

»Ich frage Teddy leise, worum geht es hier eigentlich, Teddy? Nichts, erwidert er. Deborah und ich haben mit Blick auf ihre tragische Erkrankung beschlossen, auf weitere Anschaffungen zu verzichten, das ist alles. Na ja. Bis Bernard und ich alles hinten im Laden verstaut haben, ist es nach Mitternacht, und ich grüble, was ich wegen der Versicherung anstellen soll, wo doch diese Clans von Rumänen und Bulgaren durch die Gegend streifen. Bernard breitet sich einen Stapel Decken auf dem Boden aus. Ich lege mich auf den viktorianischen Diwan dort. Gegen Mittag ruft Teddy an. Dabei hasst er es zu telefonieren. Unsere Händler werden sich umgehend um den Abtransport kümmern, Celia. Deborah wird zu gegebener Zeit einen Privatverkauf einleiten, was ja ihr gutes Recht ist. Teilen Sie mir doch bitte freundlicherweise mit, was ich Ihnen für Transport und Versicherung schulde. Teddy, sage ich, es geht mir nicht ums Geld, überhaupt nicht. Verraten Sie mir nur, was los ist. Celia, antwortet er, das habe ich Ihnen doch schon gesagt. Wir verzichten auf weitere Anschaffungen, mehr gibt es dazu nicht zu sagen.«

War sie fertig mit der Geschichte? Es hatte ganz den Anschein, denn sie wartete darauf, dass er etwas sagte.

»Und was hat Bernard dazu gemeint?«, fragte Julian.

»Sie braucht das Geld für ihre Behandlung. Blödsinn, hab ich da gesagt. Sie hat das Geld ihres Vaters, ihre private Krankenversicherung und wer weiß noch alles von ihren Vermittlungen. Außerdem könnte sie mit ihrer *Grande Collection* die halbe Harley Street kaufen und würde noch Wechselgeld rauskriegen«, entgegnete Celia verächtlich und drückte den Zigarillostummel aus. »Also, was meinen Sie dazu, kluger Mr Julian? Denn wenn Sie der hervorragende junge Bursche sind, wie man mir sagt, und unser Teddy ja der Schulfreund Ihres verstorbenen Vaters ist und wegen der unglückseligen Krankheit seiner Frau seine ehemalige enge Freundin Celia verleugnet

– und ich einfach zu viel Taktgefühl besitze, um ihn in einer solchen Zeit zu belästigen –, dann kommt Ihnen vielleicht eine Information unter«, meinte sie nun ziemlich wütend, nach der plötzlichen Gesichtsröte und der zunehmenden Lautstärke zu urteilen, »ob von Teddy selbst oder von einem Ihrer vielen City-Freunde und Bewunderer, was die Veräußerung einer gewissen einzigartigen Sammlung besten blau-weißen chinesischen Porzellans angeht. Vielleicht hat sie sich ja einer dieser chinesischen Millionäre geschnappt, von denen man so liest. Oder einer Ihrer Kollegen in der City. Was ich nur sagen will«, und damit kamen wir zum Höhepunkt, »ich habe bei diesem Verkauf nicht einen Penny verdient, wenn Sie also bitte so freundlich wären und ein Ohr offen hielten, dann wäre ich Ihnen sehr verbunden, junger Mr Julian, und würde mich dementsprechend erkenntlich zeigen, falls Sie verstehen, was ich meine. Die blau-weiße Celia hat man mich in der Branche genannt. Die Zeiten sind vorbei, nehme ich an. Für immer. Ach, Mist! Das wird Simon sein, der mein Gold kaufen will.«

Ein Missklang aus Schweizer Kuhglocken hatte Simons Eintreffen angekündigt. Überraschend behände sprang Celia auf, zog die Falten ihres Kimonos über die Hüften und richtete sich die Kämme im hennaroten Haar.

»Nehmen Sie bitte die Hintertür, mein Lieber? Ich halte nichts davon, die Geschmacksrichtungen zu vermischen«, sagte sie und machte sich auf den Weg in den Laden.

5

Während seine Kinder an Ellens fiktivem Entwurf von ihrem Vater womöglich sogar Gefallen hatten, an dem Bild, wie er in irgendeinem Verlies in Whitehall hockte und mit den Meistern des Geheimen Universums konferierte, befand sich der Mann tatsächlich gerade in der zweiten Klasse eines sonntäglichen Bummelzugs, der unter viel Klappern und Knirschen am Bahnsteig einer der abgelegeneren Stationen zum Stehen kam.

Dem flüchtigen Auge erschien er wie ein Mann von früher, aus der Zeit gefallen, und das war wohl auch seine Absicht: nicht der neueste Geschäftsanzug, schwarze Schuhe, blaues Hemd, Krawatte von unbestimmter Farbe.

Ein würdiges Mitglied der Gemeinde, hätte man denken können; ein Gemeindevertreter, der dankbar war für ein paar sonntägliche Überstunden.

Und wie die anderen Reisenden studierte er seine Textnachrichten.

<Hi Dad! Okay, wenn ich mir den Volvo ausleihe, wenn Mum nicht da ist? Jack.>

<MUM: BUDDEL NICHT AN DER SYRISCHEN GRENZE HERUM!!! *Sag's Ihr, Dad!!! Hab Dich lieb, Katie* ☺>

Von seiner Assistentin Antonia um 23:30 Uhr in der vorherigen Nacht: <*Globale Recherche bestätigt* KEIN *aufgezeichnetes historisches unabhängiges Segment, A.*>

Und von seinem stellvertretenden Chef: <*Stewart, um Himmels willen, machen Sie uns nicht die Pferde scheu. B.*>

Am anderen Ende des Bahnhofsvorplatzes stand ein Laster der Royal Air Force mit weißen Markierungen auf der Motorhaube. Hinter dem Lenkrad saß ein gelangweilter Corporal und beobachtete, wie Proctor sich ihm näherte.

»Name?«

»Pearson.«

Der Corporal schaute auf seiner Liste nach.

»Zu wem?«

»Todd.«

Der Corporal streckte eine Hand durchs Fenster. Proctor reichte ihm eine abgenutzte Karte in einer Plastikhülle. Der Corporal schüttelte den Kopf, nahm die Karte aus der Hülle, schob sie in einen Schlitz im Armaturenbrett, wartete und gab sie ihm zurück.

»Wissen Sie, um welche Uhrzeit Sie zurückkommen?«

»Nein.«

Proctor setzte sich neben den Fahrer und starrte auf die flachen Felder hinaus, die an ihnen vorbeisausten. Die *Suffolk-Hundeschau* sollte demnächst stattfinden. Ein ganzes Regiment an Plakaten entlang der Straße verriet ihm das, aber er konnte das Datum nicht erhaschen. Nach einer halben Stunde wies ein Pfeil auf eine ausgefahrene Betonpiste, auf der in der mittleren Spur Gras wuchs. Vor ihnen erhob sich ein ominöser Torbogen wie der Eingang zu einem früher mal bedeutenden Hollywoodstudio. Darüber flog bis in alle Ewigkeit eine häufig überlackierte Spitfire auf Stelzen. Proctor stieg aus. Wachleute in Kampfanzügen hielten ihre Schnellfeuergewehre wie Babys in den Armen. Über Proctor baumelten die Flaggen von Großbritannien, den USA und der NATO schlaff in der Morgensonne.

»Wissen Sie, wann Sie zurückkommen?«

»Das haben Sie mich schon mal gefragt. Nein.«

In dem mit Sandsäcken geschützten Kontrollpunkt, der rätselhafterweise mit Papiergirlanden behängt war, glich ein weiblicher Flight Sergeant mit einem Klemmbrett seinen Ausweis mit einer Liste ab.

»Und Sie sind nur dieses eine Mal hier, Zivilangestellter mit britischer Zugangserlaubnis, Kategorie Drei«, teilte sie ihm mit. »Ist das korrekt, Mr Pearson?«

Es war korrekt.

»Und es ist Ihnen bekannt, Mr Pearson, dass Sie auf dem Gelände die ganze Zeit über von einem autorisierten Vertreter des Basispersonals begleitet werden müssen«, ermahnte sie ihn und blickte ihm dabei in die Augen, wie man es ihr beigebracht hatte.

Proctor sitzt auf der Rückbank eines Jeeps, der im Beerdigungstempo über ein glitzerndes Meer aus frisch gemähtem Rasen tuckert, vorn die Flight Sergeant und ein anderer Corporal am Steuer, und denkt an alles Mögliche, nur nicht an seine heikle Mission. Er denkt an Kricketspiele in seiner Privatschulzeit, an süßen Tee und Brötchen im Pavillon. Er denkt an Ellen, die in ihrer Schürze durch die Küche schwebt und wartet, wer Frühstück möchte. In einer Woche wird sie ihre große archäologische Reise antreten. Seit wann genau interessiert sie sich so leidenschaftlich für das alte Byzanz? Antwort: Seit dem Tag, an dem sie die Garderobe für ihre Reise erstmals auf dem Gästebett gegenüber dem Schlafzimmer ausgelegt hat. Er denkt an seinen Sohn Jack und wünscht sich, er würde sich mehr für Politik interessieren und weniger dafür, es in der City zu was zu bringen. Er denkt an seine Tochter Katie und ihren rugbyspielenden Freund. Hat sie ihm von ihrer Abtreibung erzählt? Warum sollte sie auch, er ist ja nicht dafür verantwortlich. Und dann hat er wieder das anklagende Bild der armen Lily vor sich, wie sie ihren Buggy die Treppe hinunter in den prasselnden Regen zerrt.

Der ohrenbetäubende Lärm der Jets riss ihn gewaltsam wieder in die Gegenwart zurück, gefolgt von den Tönen eines Jagdhorns und der Stimme einer Texanerin, die Namen über eine Lautsprecheranlage gurrt. Specialist Enrico Gonzalez hatte in der Lotterie gewonnen. Applaus aus der Dose. Der Jeep umrundete ein militärisches Disneyland aus tarnfarben gestrichenen Hangars und schwarzen Bombern und rollte dann einen grasbewachsenen Buckel hinunter auf ein Durcheinander aus grünen Hütten zu, die einen Ring bildeten und mit blauen Fahnen markiert waren. Die Fahnen umstanden ein Rondell, die Hütten waren von einem Drahtzaun umgeben. Die Flight Sergeant mit dem Klemmbrett führte ihn im Laufschritt an Reihen von Tulpen vorbei zu einem Bungalow mit Veranda. Die Rotholzdielen waren so strahlend gebohnert, dass er die Abdrücke seiner Sohlen darin sehen konnte. Auf einer dünnen Tür verkündete eine Tafel VERBINDUNGSOFFIZIER I/C UK ANKLOPFEN UND EINTRETEN. Ein gut gebauter Mann in Proctors Alter oder darüber saß an seinem Schreibtisch und studierte eine Akte.

»Mr Pearson möchte Sie sprechen, Mr Todd«, erklärte die Flight Sergeant, doch erst musste Todd noch eine Unterschrift leisten, bevor er sich zu erkennen gab.

»Hallo, Mr Pearson«, sagte er, erhob sich hinter seinem Schreibtisch und streckte ihm der Form halber die Hand hin. »Wir sind uns noch nicht begegnet, oder? Wie schön, dass Sie an einem Sonntag kommen konnten. Ich hoffe doch, dass wir Ihnen nicht das Wochenende verdorben haben. Danke, Flight Sergeant!«

Die Tür schloss sich, die Schritte der Flight Sergeant hallten den Flur entlang. Todd blieb am Fenster stehen, bis sie eindeutig an den Tulpen vorbeigegangen war.

»Können Sie mir mal verraten, was zum Teufel Sie hier machen, Stewart?«, fragte er. »Sich wie ein blinder Passagier in meine Basis zu schleichen? Ich wohne hier, um Himmels willen.«

Und nachdem er außer einem verständnisvollen Nicken keine weitere Antwort bekam:

»Wie soll ich Ihre Anwesenheit erklären, wenn das Telefon klingelt und mein Freund Hank von der anderen Seite der Landebahn fragt: ›Hi, Todd, hab gehört, Proctor ist bei dir. Warum bringst du ihn nicht auf einen Drink mit in die Messe?‹ Was soll ich ihm dann sagen, hm?«

»Es tut mir leid, Todd. Ich nehme an, die Zentrale hat einfach gehofft, dass am Sonntag alle draußen beim Golfen sind.«

»Und selbst wenn! Hier rennen ständig irgendwelche Leute vom CIA und weiß Gott woher durch die Gegend. Na gut, nicht ständig, aber oft genug. Sie sind Proctor, der Doktor, um Himmels willen. Chef der Inlandssicherheit, oberster Hexenjäger. Man kennt Sie. Was, wenn jemand Sie bemerkt? Das gibt riesigen, endlosen Stunk, und der bleibt an mir hängen. Setzen Sie sich. Trinken Sie einen Kaffee, verflucht. Himmel noch mal!«

Und nachdem er über eine Sprechanlage auf dem Schreibtisch »zwei Kaffee, aber schnell, bitte, Ben« geordert hatte, ließ er sich auf seinen Bürostuhl plumpsen und presste sich vor Verzweiflung die Fingerspitzen an die Schläfen.

Falls man beim Dienst noch irgendwelche Vorzugsbehandlungen zulassen würde, was Proctor bezweifelte, dann gab es nur wenige Männer, die sie mehr verdient hätten. Und wenn Loyalität belohnt würde, dann hatte sich der verhängnisvoll gut aussehende Todd, der bei seiner Arbeit an den schlimmsten Gefahrenherden, die man beim Dienst im Angebot hatte, nie seine unerschütterliche Loyalität verloren hatte – und im Zuge dessen zwei Tapferkeitsmedaillen eingeheimst und zwei Frauen verloren hatte –, nach Proctors Ansicht seine Belohnung in höchstem Maße verdient.

»Und zu Hause ist alles in Ordnung, hoffe ich, Todd?«, fragte er freundlich. »Alle gesund und munter und so?«

»Alles gut, danke der Nachfrage, Stewart, alles bestens«, erwiderte Todd und wurde sofort hellwach. »Die Zentrale hat mir noch ein Jahr gegeben, danach ist Schluss, wie Sie sicher gehört haben. Ich habe einen Wintergarten angebaut, das sollte den Wert des Hauses noch ein wenig erhöhen, falls ich verkaufen will. Ich denke darüber nach. Bin mir noch nicht sicher.«

»Und wie läuft es mit Janice?«

»Wir stehen noch in Kontakt, danke der Nachfrage, Stewart. Und wir sind gute Freunde. Ich bin immer noch sehr in sie verliebt, wie Ihnen wahrscheinlich klar ist. Sie denkt darüber nach, wieder zu mir zurückzukommen. Bin mir nicht ganz sicher, ob das richtig wäre, aber vielleicht versuchen wir es noch mal miteinander. Und Ellen geht es auch gut?«

»Bestens, danke. Ist auf dem Sprung nach Istanbul. Ich soll Grüße von ihr ausrichten. Und die Kinder?«

»Die sind ja fast erwachsen. Ich halte aber ihre Zimmer noch in Schuss. Dominic ist ein bisschen verloren. Das Wanderleben war nicht hilfreich. Manche Geheimdienst-Kinder lieben das Herumziehen, andere nicht. Er sei clean, meint er, was nicht ganz mit dem übereinstimmt, was man in der Entzugsklinik gesagt hat. Kochen ist sein neuestes Ding. Wollte schon immer Koch werden. Ist mir zwar völlig neu, aber was willst du machen? Vielleicht ist das ja was für ihn. Solange er dranbleibt.«

»Und Ihre hinreißende Tochter? Die Sie zur Weihnachtsfeier mitgebracht haben?«

»Um Liz muss ich mir keine Sorgen machen, Gott sei Dank. Ihr Malerfreund scheint in der Welt der modernen Kunst ziemliches Aufsehen zu erregen, wenn man so etwas mag. Ich persönlich schon. Ob sich das allerdings finanziell auswirkt, ist eine ganz andere Frage. Ich schiebe ihr was von dem Rest zu, nachdem die Ex-Frauen ihren Batzen einkassiert haben, hoffen wir also, dass er das dicke Geld macht, bevor ich völlig abgebrannt bin«, sagte Todd und lächelte kläglich ob dieser Aussicht.

»Ja, wirklich«, pflichtete ihm Proctor herzlich bei, als endlich der Kaffee kam.

Als Todd den klapprigen Cherokee mit einer Geschwindigkeit über die drei Kilometer leere Landebahn jagte, die Proctor auf hundertdreißig Sachen schätzte, wenn der Tacho funktioniert hätte, war er für ein paar wunderbare Sekunden wieder der schneidige Wüstenkämpfer, der er früher mal gewesen war.

»Sie sind also wegen eines rein technischen Fehlers hier«, brüllte er über den Lärm hinweg. »Verstehe ich das richtig?«

»Ja«, brüllte Proctor zurück.

»Kein menschliches Versagen. Ein technischer Fehler. Richtig? So wie dieser Schrotthaufen hier.«

»Völlig richtig.«

»Ein kurzzeitiges Phänomen, so das Hauptquartier. Das war am Freitagnachmittag gegen vier.«

»Kurzzeitig, ja. Keine Schuldzuweisungen. Rein technisch«, bestätigte Proctor.

»Um neun Uhr gestern Abend galt es als ein Aussetzer. Was ist schlimmer? Kurzzeitiges Phänomen oder Aussetzer?«

»Keine Ahnung. Deren Wortwahl, nicht meine.«

»Und heute Morgen war es dann eine Fünf-Sterne-Bresche. Wie zum Teufel macht man aus einem Aussetzer in nur zehn Stunden eine Bresche und nennt das dann einen technischen Fehler? Eine Bresche bedeutet allen Standards nach menschliches Versagen. Richtig?«

Mithilfe der Handbremse waren sie glücklich zum Stehen gekommen. Todd drehte den Zündschlüssel und wartete, dass der Motor ausging. Dann saßen die beiden Männer nebeneinander in der angespannten Stille.

»Also ganz ehrlich, Stewart, wie zum Henker kann eine Bresche eine rein technische Angelegenheit sein?«, hob Todd erneut an. »Ich meine, eine Bresche, dazu braucht es Menschen. Da geht es nicht um bescheuerte Glasfaserkabel oder Tunnel. Da geht es um Personen, richtig?«

Doch Proctor hatte nicht vor, auf diese Argumentation einzugehen.

»Todd. Meine Befehle lauten, umgehend die Installationen zu inspizieren und potenzielle Fehlfunktionen zu melden. Punkt.«

»Sie sind doch noch nicht mal ein verdammter Techniker, Stewart, um Himmels willen«, lamentierte Todd, während sie ausstiegen. »Sie sind ein Bluthund. Davon rede ich.«

Der oberirdische Konferenzraum war ein zwölf Meter langer, fensterloser Eisenbahnwaggon mit einem Monitor am anderen Ende. Fensterattrappen waren mit Plastikblumen geschmückt und mit blauem Himmel ausgemalt. In der Mitte stand ein Furnierholztisch mit Computern über die ganze Länge des Raums, zu beiden Seiten Schulstühle.

»Und hier hat Ihre interdisziplinäre Arbeitsgruppe all die harte Arbeit erledigt, Todd?«, fragte Proctor.

»Das tut sie immer noch, wenn die Lage es erfordert, was zugegeben nicht allzu oft der Fall ist. Wir sind hier oben, solange alles sonnig ist, und bei Alarm ruckzuck drüben im Falkenhorst.«

»Falkenhorst?«

»Unser dafür vorgesehenes Atomschutzdrecksloch hundert Meter unter uns. Ich habe gehört, dort unten hätte ein Zettel an der Tür geklebt, bis ihn jemand stibitzt hat: HIER DENKT MAN DAS UNDENKBARE. Nicht sonderlich witzig, aber in solchen Abschreckungseinrichtungen ist man über jeden Lacher froh. Soll ich Sie herumführen?«

»Warum nicht?«

Todds Führung war eine Kurzversion, die er für die immer kleiner werdende Gruppe an Würdenträgern entwickelt hatte, die sich von Zeit zu Zeit blicken ließ. In ein paar Jahren, so Proctors Prognose, würde eine gut informierte Dame vom National Trust oder von English Heritage denselben, einer strengen Zensur unterzogenen Vortrag zur Erbauung von Touristen präsentieren.

Die Ausstattung, erklärte Todd, stamme aus dem Kalten Krieg, was Proctor nicht weiter überraschen dürfte. Sie diente nur einem einzigen Zweck, nämlich der Aufbewahrung von Atomwaffen, dem Abschuss von Atomwaffen und, wenn nötig, dem Schutz vor Atomwaffen und der Aufrechterhaltung der Truppenführung:

»Deshalb befinden sich die Lagerkammern und ein verfluchtes Labyrinth in der Unterwelt. Tunnel, die alle

Basen der Region miteinander verbinden, vom Kampf-kommando zum Bomberkommando, vom taktischen Kommando zum strategischen Kommando und zu Gott höchstpersönlich. Alles höchst geheim, auch für Sie und mich. Der Insiderspruch lautet: Die Amis haben ganz East Anglia ausgehöhlt und uns nur die Kruste überlassen. Ursprünglich waren in den Tunneln Kabelschächte. Als Kabel aus der Mode kamen, folgte Glasfaser, heute Stand der Technik. Und das bleibt auch so, bis dass der Tod uns scheidet und lange darüber hinaus. Also?«

»Also«, sagte Proctor.

»Und am Ende der Glasfasertunnel hundert Meter unter der Erde gibt es unseren komplett geschlossenen Kreis. Abgeschottet und absolut exklusiv für uns. Keinerlei Verbindung zur Außenwelt. Niemand kann das System dazu benutzen, Weißware zu Sonderpreisen zu kaufen oder auf die verzweifelten Hilferufe von spanischen Gefangenen zu reagieren, niemand schaut sich in einem Anflug von Dummheit schmutzige Filmchen an. Kein minderjähriger Hacker oder neugieriger holländischer Anarchist kann sich da jemals reinmogeln. Physikalisch unmöglich. Wie also die blöde Direktion auf ihre Bresche kommt, wenn kein menschlicher Eingriff dahinterstecken soll ...«

Todd setzte sich auf einen der Schulstühle, lehnte sich zurück und starrte mit einem ironischen Ausdruck an die Decke, während er auf eine Antwort wartete. Doch Proctor konnte ihm nichts anbieten als ein mitfühlendes Lächeln. Auch er fragte sich, wie lange der Affenzirkus noch andauern sollte.

»Erzählen Sie mir doch mal ein wenig darüber, wie Ihr Team tatsächlich in der Praxis gearbeitet hat, Todd«, sagte Proctor ernst. »Und natürlich immer noch arbeitet, wenn es nötig ist.«

Mit halsbrecherischer Geschwindigkeit waren sie in Todds Büro zurückgerast, um ein Clubsandwich und eine Cola light zu sich zu nehmen.

»So wie es immer gearbeitet hat, soweit ich weiß«, antwortete Todd zögerlich.

»Und wie genau war das? Ist das?«

»Na ja, wenn wir vom elften September reden oder von *Shock and Awe* oder was auch immer, dann war hier rund um die Uhr Showtime. Die Basis verwandelte sich in eine Art Pentagon-*Thinktank* mit britischem Anhang. Fünf-Sterne-Generäle flogen hin und her wie die Schwalben. Lametta aus Langley, von der NASA, aus dem Verteidigungsministerium und dem Weißen Haus. Was auch immer. Dazu unser eigenes Team aus dem ganzen Land: Professor Dingsda vom Chatham House, Doktor Soundso vom Institute of Strategic Studies, ein paar Klugscheißer vom All Souls College oder was auch immer. Und schon legten sie damit los, rund um die Uhr das Undenkbare zu denken. *Dr. Seltsam.* Notfallpläne für den Weltuntergang. Wo die Grenze zu ziehen ist. Wer wann mit Atombomben beschmissen wird. Alles weit über meiner Gehaltsklasse, vielen Dank. Und über deren wahrscheinlich auch.«

»Und hat man sich damals auch mit Einzelheiten beschäftigt? Oder haben sich alle nur am Weltspielchen ausgelebt?«, fragte Proctor.

»Oh, auch heute noch gibt es ein paar regionale Unterkomitees. Russland nach der Sowjetunion hat ein eigenes Komitee. Südostasien hatte auch mal ein eigenes. Der Nahe Osten arbeitet und arbeitet. Bis zu einem gewissen Punkt.«

»Bis zu welchem Punkt?«

»In den Zeiten von Bush und Blair war es extrem. Dann kam ein amerikanischer Präsident, der es ein wenig ruhiger angehen ließ, und die Geschäfte liefen etwas lockerer. Stewart?«

»Ja, Todd?«

»Geht es hier um eine technologische Bresche oder nicht? Ich habe nämlich keinerlei Freigabe für das kleinste Fitzelchen Papier, das diesen Laden verlässt. Ich gehöre nicht zum magischen Kreis, und das möchte ich auch gar nicht. Also, die Direktion tappt völlig im Dunkeln, oder?«

»Ich glaube, die schauen sich den magischen Kreis ganz genau an, Todd«, antwortete Proctor, der beschlossen hatte, dass der rechte Zeitpunkt zum Einschreiten gekommen war.

Sie standen in dem Drecksloch hundert Meter unter der Erde, für Insider der Falkenhorst, und Proctor knackten von dem Abstieg noch immer die Ohren. Der gleiche Furnierholztisch mit den Schulstühlen. Der gleiche riesige, ausgeschaltete Monitor. Die gleiche Reihe an Computern. Das gleiche hässliche Neonröhrenlicht an der Decke. Die gleichen falschen Fenster mit Plastikblumen und blauem Himmel. Der Eindruck von einem langsam sinkenden Schiff. Der Gestank von Verfall, vergangener Zeit und Öl.

»Briten auf dieser Seite, Amerikaner auf der anderen Seite«, hob Todd an. »Die Computer bilden ein geschlossenes Netzwerk.«

»Es gibt also keinerlei Außenverbindung?«

»Als die Basen sich über ganz East Anglia verteilten, schon. Nachdem eine nach der anderen geschlossen wurde, wurde auch die Verbindung gekappt. Sie befinden sich nun hundert Meter unterhalb der letzten aktiven strategischen Basis der Amerikaner und Briten auf den Britischen Inseln, Sondereinsätze ausgenommen. Um eine technische Lücke auszunutzen, müssten al-Qaida oder die Chinesen oder sonst wer ein verflucht großes Loch mitten auf der Landebahn über uns hundert Meter in die Tiefe bohren und am nächsten Morgen wieder verschwunden sein.«

»Und wenn morgen Alarm geschlagen werden würde, sagen wir mal in Richtung des Unterkomitees ehemalige Sowjetunion, damit sie sich umgehend versammeln«, sagte Proctor, bemüht, so weit wie nur möglich von seinem eigentlichen Interesse abzulenken, »dann hieße das: Man holt alle Mitspieler zur Basis, schafft sie hier herunter und zieht die Zugbrücke hoch. Und wenn Professor Dingsda aus dem Chatham House den Zug verpasst hat ...«

»Pech für ihn.«

»Und für das Unterkomitee Naher Osten, das Ihrer Ansicht nach ein wenig mehr um die Ohren hat, gilt dasselbe.«

»Abgesehen von Deborah.«

»Deborah?«

»Debbie Avon, die beste Nahost-Analystin beim Dienst, um Himmels willen. Zumindest war sie das. Sie kennen doch Debbie. Sie hat Sie mal aufgesucht, hat sie mir berichtet. Sie hat mich gefragt, ob Sie der Richtige wären, wenn sie ein persönliches Sicherheitsproblem zu klären hätte. Ich sagte Ja.«

»Sie *war*, Todd?«

»Debbie liegt im Sterben. Hat die Direktion Ihnen das gar nicht mitgeteilt. Na, wenn das kein technischer Fehler ist, was dann?«

»Woran stirbt sie?«

»Krebs. Kämpfte schon seit Jahren dagegen an. Erst ging er zurück, aber dann kam er wieder, und jetzt ist sie im Endstadium. Sie rief mich an, um sich zu verabschieden, und sie hat sich entschuldigt, falls sie ab und zu mal eine blöde Kuh gewesen sein sollte. Nicht ab und zu, sagte ich, *immer*. Ich hab Rotz und Wasser geheult, und sie war eben Deborah. Ich kann einfach nicht fassen, dass Ihnen niemand Bescheid gegeben hat.«

Kurze Unterbrechung, in der sie beide finden, dass man sich in der HR-Abteilung mal dringend am Riemen reißen sollte.

»Dann meinte sie zu mir, ich sollte die Verbindung zu ihr gleich cutten, weil sie sie nicht mehr bräuchte. Ich meine, Himmel.«

»Wann war das genau, Todd?«

»Vor einer Woche. Dann rief sie mich erneut an, ob ich das auch erledigt hatte. Typisch.«

»»Abgesehen von Deborah«, meinten Sie vorhin.«

»Habe ich das? Ja, da gab es so einen glücklichen Zu- fall. Debbie hat acht Kilometer von hier ein prächtiges Anwesen. Das gehörte ihrem Vater, als er noch beim Dienst war. Wie sich herausstellte, lag das Anwesen di- rekt an der Pipeline zu einer Basis bei Saxmundham, die über den Jordan gegangen ist. Und mitten im heftigsten Nahostschlamassel hatte Debbie eine schwere Zeit und bekam Chemo, aber so ist sie nun mal, sie wollte unsere Sache nicht vernachlässigen. Und der Geheimdienst wollte seine Topanalystin nicht verlieren. Es kostete so gut wie gar nichts, sich zu ihr durchzubohren und sie an- zuschließen.«

Todd hatte einen schrecklichen Gedanken:

»Aber um Himmels willen, Stewart, nicht auszuden- ken, wenn das die technische Bresche sein sollte! Sie sitzt am Ende der Kette, saß, und meilenweit nichts um sie he- rum.«

Darauf erwiderte Proctor nur: Immer mit der Ruhe, Todd, wir alle wissen doch, was in der Direktion los ist, wenn die ihre fünf Minuten haben.

Während sie in Todds Büro auf die Flight Sergeant und ihren Jeep warteten, kam ihre Unterhaltung erneut auf die arme Deborah Avon zurück.

»Ich war nie bei ihr zu Hause«, sagte Todd bedauernd. »Und jetzt ist es zu spät. Ich wäre sofort bei ihr, wenn sie mich ließe. Aber der Geheimdienst war die eine Sache und ihr Privatleben eine ganz andere. Irgendwo gibt es noch einen Ehemann, hab ich gehört, aber nicht ihr eigener. Eine Art Herumtreiber, meinte mal jemand. Ein bisschen Lehre, ein bisschen Entwicklungshilfe. Häufig im Ausland. Von Kindern keine Rede. Ich habe sie mal gefragt, wen sie denn in ihrem Leben hätte. Sie meinte nur, ich solle mich um meinen eigenen Dreck kümmern. Haben Sie sie gefunden?«

»Die Bresche? Ich glaube nicht. Ein Sturm im Wasserglas, so wie es aussieht. Keine Ahnung, worauf die hinauswollen. Wenn ich mich nicht in ein paar Tagen noch mal melde, dann können Sie davon ausgehen, dass nichts dran ist. Und geben Sie acht auf Ihren Sohn, Todd«, fügte er hinzu, als der Jeep draußen hielt. »Das Land kann alle guten Köche brauchen, die es nur kriegen kann.«

Proctor steht vor der Toilettentür in dem polternden Bereich zwischen zwei Zugwaggons und tippt eine Textnachricht an seinen Vizechef:

<Undokumentierte Verbindung bestätigt. Unterbrechung der Verbindung vor einer Woche auf persönlichen Wunsch der Zielperson.>

Am liebsten würde er noch hinzufügen: Wieder mal ein Beispiel für die Unfähigkeit der Direktion, eins und eins zusammenzuzählen, aber wie immer beherrscht er sich.

6

Per Expresslieferung treffen zwölf Taschenbuchexemplare von W. G. Sebalds *Die Ringe des Saturn* ein. Julian nimmt sich eins mit und schafft es, jeden Abend vor dem Einschlafen ein paar Dutzend Seiten zu lesen und die großen Namen der Weltliteratur zu googeln.

Er fährt nach London, schaut nach seiner Wohnung und erinnert die Maklerschaft daran, dass er dringend verkaufen möchte. Er erhält die Antwort, dass der Immobilienmarkt durch die Decke geht, also warum nicht noch ein paar Monate warten und fünfzigtausend Pfund mehr kassieren?

Um der alten Zeiten willen ruft er eine Ex-Freundin an, die kurz davor ist, einen reichen Börsenmakler zu heiraten. Der reiche Börsenmakler ist außer Sichtweite, und die Zeiten sind wohl doch nicht so alt, wie er dachte. Nur um Haaresbreite kommt er mit halbwegs intakter Ehre davon.

Er unternimmt eine eintägige Pilgerfahrt in die nahe gelegene Ortschaft Aldeburgh, sitzt zu Füßen der Inhaber einer unabhängigen, landesweit bekannten Buchhandlung, spricht über Festivals und Buchclubs, gelobt, zu studieren und zu lernen. Im Anschluss ist er überzeugt davon, es niemals zu schaffen, ganz gleich, wie viele Sebalds er liest; als dann der Frühling in den Frühsommer übergeht, bessert sich seine Laune wieder. Echte Menschen kommen in den Laden und kaufen tatsächlich Bücher. Edward Avon ist allerdings nicht darunter, und mit jedem Tag, der vergeht, wird die *Literarische Republik* immer mehr zu einem fernen Traum.

Ist es möglich, dass Deborah nicht mehr lebt und Julian es nur nicht mitbekommen hat? Wenn es nach dem Lokalblatt geht, scheint man das nicht anzunehmen, genauso wenig wie der Regionalsender einen Hinweis gibt, und Celia und Bernard machen gerade Urlaub auf Lanzarote.

»Teddy, er kommt nicht mehr, mein Lieber«, erklärt ihm Adrianna, als er im Zuge seiner morgendlichen Joggingrunde im *Schmierigen Löffel* auftaucht. »Vielleicht sagt sie, Edward, mein Guter, bleib zu Hause.«

Und Kiril?

»Kiril arbeitet nicht mehr im Krankenhaus, mein Lieber. Kiril ist jetzt privat.«

Ein Ersatz für Bella muss gefunden werden. Eine einzige Anzeige löst eine Flut an ungeeigneten Bewerbungen aus. Julian führt zwei Gespräche pro Tag.

Nach Ladenschluss geht er spazieren. Das morgendliche Joggen dient dem Körper, der abendliche Marsch der Seele. Seit er das Geschäft gekauft hat, hat er sich vorgenommen, demnächst seine festen Schuhe anzuziehen und die Umgebung seines neuen Wohnorts zu durchstreifen.

Und zwar nicht nur die Straßen, die die Sommerurlauber so lieben, mit der *normannischen, aus Ziegeln und Feuersteinen errichteten Kirche, die unseren treuen Einwohnern tausend Jahre lang als Wachturm gedient hatte und als Landmarke für unsere mutigen Männer zur See* – wie der Reiseführer aus dem letzten Jahr verrät, auf 5 Pfund 96 heruntergesetzt, während eine Neuauflage schon ewig erwartet wird. Und es geht Julian auch nicht nur um die pastellfarbenen viktorianischen Hotels, die altmodischen Pensionen und prächtigen edwardianischen Villen an der Uferpromenade. Julian hat die *echten* Straßen im Sinn, die Arbeiterhäuser und die drei Meter breiten Hintergassen der Fischer, die wie mit dem Lineal gezogen von der baumgesäumten Anhöhe bis zum Kiesstrand reichen.

Jetzt, da endlich der Umbau der Buchhandlung abgeschlossen ist, abgesehen vom Regaleinbau im Keller, den er erst mal verschoben hat, fühlt er sich frei genug, mit all dem aufgestauten Elan eines Mannes in die Gegend hinauszuschreiten, der bestrebt ist, die Grenzen seines neuen Lebens zu erweitern und sein altes Leben hinter sich zu lassen. Keine voll klimatisierten Fitnessstudios mit Höhensonnen und Saunen mehr für ihn, vielen Dank; keine Alkoholexzesse mehr zur Feier eines weiteren riskanten, gesellschaftlich nutzlosen Finanzcoups, auch nicht die unvermeidlichen One-Night-Stands im Anschluss. Der Londoner ist tot. Willkommen sei der kleinstädtische Single und Buchhändler mit einer Mission.

Ja schon, ab und zu, wenn er die Gelegenheit zu Blickkontakt mit einer hübschen Frau hat, packt ihn die Erinnerung an seine wilden Zeiten, und in einem Akt der

Reue bittet er zerknirscht die respektablen Häuser mit ihren Spitzengardinen und flackernden Fernsehern um Verzeihung. Doch sobald er um die nächste Ecke geht oder eine andere Straße überquert, legt sein Schuldbewusstsein eine Pause ein. Ja, ja, ich war so ein Typ und ein noch schlimmerer. Aber ich bin ein geläuterter Mann. Ich habe den Glanz des Goldes gegen den Geruch von altem Papier getauscht. Ich führe ein Leben, das diesen Namen verdient, und es kommt noch mehr.

Nur Matthew, der zweiundzwanzigjährige arbeitslose Bühnenbildner, den Julian in seiner Verzweiflung für eine Weile angeheuert hat, stellt Julians Entschlossenheit infrage. Als Matthew vom Schreibtisch im Lager aufblickt und Julian in voller Montur vor sich sieht – derbes Schuhwerk, Regenschutz, Wachshut –, während der strömende Regen draußen schon den ganzen Tag auf die Hauptstraße niedergeht, gibt er einen Ruf ehrlicher Bestürzung von sich:

»Sie gehen doch nicht bei diesem Wetter raus, oder? Sie werden sich den Tod holen.« Und als er darauf keine Antwort, sondern nur ein nachsichtiges Lächeln erhält: »Ich möchte gar nicht wissen, wofür Sie sich selbst bestrafen, Julian, ehrlich nicht.«

Kein Wunder also, dass Julian sich im Zuge seiner abendlichen Touren, öfter, als er zugeben mag, dabei ertappt, wie er den bewaldeten Hügel am anderen Ende der Ortschaft hinaufstapft und einen mit Pfützen bedeckten Weg überquert, der neben den Mauern eines verlassenen Schulgebäudes verläuft, um dann einen Hang hinunterzusteigen, der zu einem fein gearbeiteten schmiedeeisernen Tor mit dem Namen SILVERVIEW darüber führt. Auf einem gepflasterten Vorhof stehen in der Dunkelheit drei Fahrzeuge: ein alter Land Rover, ein Beetle und ein Minivan mit der Aufschrift eines örtlichen Krankenhauses.

Unterhalb des Hauses fiel der Garten in zwei Ebenen zum Meer hin ab. Gab es ein Revival der ehelichen Harmonie? Wie er so zum Haus hinüberschaute, bemühte er sich angestrengt, daran zu glauben. Adrianna und ihr Kiril seien am Turteln. Edward saß in diesem Augenblick treu neben Deborahs Bett, so wie Julian neben dem seiner Mutter gehockt hatte, in der Hölle von Pflegeheim mit dem muffigen Gestank von verkochtem Essen und hohem Alter, dem Geklapper alter Servierwagen und den Gesprächen unterbezahlter Krankenschwestern auf dem Flur.

Bald stellte er fest, dass es noch eine andere Ansicht des Hauses gab, eine bessere, wenn man kein Problem damit hatte, unerlaubt ein Grundstück zu betreten – er hatte jedenfalls keins.

Dreißig Meter hügelabwärts in Richtung der neuen Klinik, über den Parkplatz an der Hinterseite, unter Missachtung des doch sehr übertriebenen Hinweises, das Betreten sei bei Androhung der Todesstrafe verboten, unter einem Drahtzaun hindurchgeduckt, einen Schutthügel neben dem Umspannwerk hinaufgestiegen, und schon schaut das Haus seinen Betrachter abweisend an; vier große Fenstertüren im Erdgeschoss, alle mit zugezogenen Vorhängen, die nur zu den Seiten schmale Streifen Licht durchscheinen lassen; ein fünftes Fenster, das wohl zur

Küche gehört; im ersten Stock eine weitere Reihe von Fenstern, von denen nur zwei erhellt sind, eins an jedem Ende des Hauses, so weit wie möglich voneinander entfernt.

Und vielleicht war es eines dieser Fenster, das Julian bei einem seiner Streifzüge die einsame Gestalt des weißhaarigen Edward Avon enthüllte, der auf und ab ging. Und vielleicht funktionierte es, sich den Mann herbeizuwünschen, denn wen entdeckte er am Abend darauf, nachdem Julian den Vormittag damit verbracht hatte, einem zögerlichen Stadtrat gegenüber die Vorzüge eines Kunstfestivals zu preisen, ein paar Minuten nach Verkaufsschluss in der Ladentür, wenn nicht Edward Avon in Homburg und Regenmantel, der um Einlass bat?

»Ich bin doch nicht aufdringlich, Julian? Haben Sie einen Augenblick Zeit für mich?«

»Solange Sie wollen!«, rief Julian lachend und wand sich dann wie schon zuvor unter der überraschenden Kraft des Händedrucks.

Doch er widerstand dem Drang, Edward sofort in den leeren Keller zu scheuchen. Vorher gab es noch eine gewisse Angelegenheit aus dem Weg zu räumen. Für diesen Zweck bot seine neu eröffnete Kaffeebar ein weniger emotionales Ambiente.

Das *Gulliver's* ist Julians Köder für bücherlesende Mütter und ihren Nachwuchs. Es befindet sich am Ende einer magischen Treppe voller Elfen und Feen mit spitzen roten Hüten. An den Wänden lächelt ein freundlicher Gulliver, der Bücher an kleine Menschen verteilt. Plastikstühle in Kinderformat, Tische und Bücherschränke schmücken den Bereich mit dem leicht zu reinigenden Fußboden. Hinter der Kaffeetheke erstreckt sich ein rosa Spiegel mit Gullivermotiven über die gesamte Wand.

Julian zieht an der neuen Kaffeemaschine zwei doppelte Espresso. Edward holt einen Flachmann aus der Seitentasche seines Regenmantels und gießt einen Schluck Scotch in beide Tassen. Wittert dieser überaus sensible Mann eine gewisse Spannung in der Luft? Inzwischen hatte Julian die Gelegenheit, sich Edward im Schein der Deckenbeleuchtung anzuschauen. Er hat sich verändert, wie sich wohl jeder verändert, dessen Frau im Sterben liegt: Der Blick ist mehr nach innen gerichtet, das Kinn kantiger, entschlossener, das wallende weiße Haar gebändigter. Das ansteckende Lächeln ist allerdings so entwaffnend wie immer.

»Es gibt noch einen Punkt, den wir klären müssen, wenn das in Ordnung ist«, setzt Julian an und schlägt zur Vorwarnung einen gediegenen Ton an. »Es geht dabei um Ihre Beziehung zu meinem verstorbenen Vater.«

»Aber natürlich! Unter allen Umständen, mein Freund. Sie haben jedes Recht dazu.«

»Ich meine mich zu erinnern, dass Sie mir erzählt haben, Sie hätten ihm einen sehr selbstlosen Brief geschrieben und ihm Geld, Trost und alles, was er sonst bräuchte, angeboten, als Sie in einer britischen Zeitung gelesen hatten, er sei seines Amtes enthoben und in Schimpf und Schande davongejagt worden und all das.«

»Das war das Mindeste, das ich als sein Freund tun konnte«, erwidert Edward ernst und trinkt im rosa Spiegel von seinem aufgepeppten Kaffee.

»Alles sehr lobenswert. Allerdings bin ich nach seinem Tod seine gesamte Korrespondenz durchgegangen. Dad war ein Hamsterer. Er hat so gut wie nichts weggeworfen.«

»Aber meinen Brief an ihn haben Sie nicht gefunden?« Edwards unruhiges Gesicht zeigt ehrliche Bestürzung.

»Na ja, es gab da einen rätselhaften Brief«, sagt Julian. »Ein Briefumschlag mit einer britischen Marke und dem Poststempel von Whitehall. In dem Umschlag steckte ein handgeschriebener Brief – na ja, eher ein Gekritzel, um ehrlich zu sein – auf dem Briefpapier der Britischen Botschaft in Belgrad. Darin wurde ihm Geld und Hilfe angeboten, unterschrieben mit *Faustus*.«

In Edwards Gesicht im Spiegel ist kurzzeitig Schrecken zu erkennen, dann fängt er sich wieder und setzt ein amüsiertes Lächeln auf, doch Julian macht weiter.

»Ich habe also zurückgeschrieben. *Sehr geehrter Herr Faustus*, vielen Dank und so weiter, aber es tut mir leid, Ihnen mitteilen zu müssen, dass mein Vater verstorben ist. Drei Monate später schickte mir die Botschaft den Brief mit der pampigen Notiz zurück, dass es dort keinen Herrn Faustus gebe und auch nie gegeben habe«, kommt er zum Punkt, doch Edwards Gesicht lächelt ihn im Spiegel nur noch strahlender an.

»*Ich* bin Ihr Faustus«, verkündet Edward. »Als ich auf diese schreckliche Schule kam, schrieben mir meine Mitschüler aus gut verständlichen Gründen eine gewisse Fremdartigkeit und einen Hang zum Grübeln zu. Deshalb nannten sie mich Faustus. Als ich H. K. später in seiner Not schrieb, hatte ich gehofft, dass der Gebrauch des alten Spitznamens bei ihm eine freundliche Saite anschlagen würde. Leider habe ich mich wohl getäuscht.«

Die Erleichterung, die Julian bei dieser Neuigkeit überkommt, ist größer, als er sich hätte vorstellen können; das fällt auch Edward auf, und ihre lachenden Gesichter begegnen sich im Spiegel.

»Aber was um alles in Welt haben Sie ausgerechnet in Belgrad gemacht?«, will Julian wissen. »Das muss doch mitten im Bosnienkrieg gewesen sein.«

Edward beantwortet diese Frage nicht so schnell, wie Julian erwartet hätte. Ein Schatten ist auf sein Gesicht gefallen, und er zupft sich nachdenklich an der Lippe.

»Nun, mein lieber Freund, was macht man in einem Krieg?«, fragt er einleuchtenderweise. »Man tut sein Bestes, um ihn zu beenden, natürlich.«

»Lassen Sie uns nach unten gehen«, schlägt Julian vor.

Die beiden standen Schulter an Schulter. Keiner hatte ein Wort gesagt, beide waren in ihre Gedanken versunken. Die Feuchtigkeit war beseitigt worden. Der Keller, so der Handwerker, war nun eine große Trockenbatterie. Die *Literarische Republik* hätte keinen Schaden zu befürchten.

»Exzellent«, verkündete Edward ehrfürchtig. »Sie haben die Wände neu gestrichen, wie ich sehe.«

»Ich fand das Weiß ein wenig zu kalt. Denken Sie nicht?«

»Ist das eine Klimaanlage?«

»Ein Ventilator.«

»Und die neuen Steckdosen?«, fragte Edward mit einer Stimme, die nicht zu verbergen versuchte, dass ihn noch ein anderer Gedanke beschäftigte.

»Ich habe gesagt, sie sollen sie überall verteilen. Je mehr, umso besser.«

»Und der Geruch?«

»Der sollte sich in zwei Tagen gelegt haben. Und ich habe Muster für die Regale. Schauen Sie doch mal, wenn Sie Interesse haben.«

»Habe ich. Aber erst muss ich Ihnen noch etwas sagen. Wie Sie wissen, aber zu höflich sind, zu erwähnen, leidet meine Frau Deborah an einer unheilbaren Krankheit.«

»Das wusste ich, Edward. Es tut mir sehr leid, und wenn es irgendetwas gibt, womit ich helfen ...«

»Das haben Sie bereits. Mehr, als Sie sich vorstellen können. Seit Sie die Idee hatten, eine klassische Sammlung zu gründen, und mich darum baten, bei diesem Projekt zu helfen, ist mir Ihr Plan zu einer Stütze geworden.«

Ich hatte die Idee?

Edward hatte aus den Tiefen seiner Manteltasche ein Bündel längs gefaltetes Kanzleipapier gezogen, das zum Schutz vor dem Regen in einer Plastikhülle steckte.

»Sie erlauben?«, fragte er.

Im Schein der neu installierten Deckenbeleuchtung begutachtete Julian mit wachsender Begeisterung, wenn auch nur geringer Ahnung, etwa sechshundert Buchtitel mit ihren Verfassern, sorgfältig in einer rührend befremdlich wirkenden Handschrift aufgelistet. Edward hatte ihm taktvoll den Rücken zugedreht und untersuchte die Steckdosen.

»Und würden Sie meine Vorschläge für eine vernünftige Grundlage halten, auf der man aufbauen kann?«, fragte er.

»Mehr als das, Edward. Fantastisch. Wirklich. Wann fangen wir an?«

»Und es fallen Ihnen keine Lücken auf?«

»Nichts, was mir sofort ins Auge springen würde.«

»Manches davon wird schwer zu bekommen sein. Höchstwahrscheinlich werden wir für längere Zeit nicht alles vorrätig haben. Das liegt in der Natur des Unterfangens, das Sie auf den Weg gebracht haben. Das Ganze ist ein Diskurs unter Büchern, kein Museum.«

»Großartig.«

»Da bin ich erleichtert. Und diese Tageszeit passt generell? Meine Frau macht da immer ihr Nickerchen.«

Rasch entwickelte sich eine abendliche Routine. Kaum hatte Matthew sein Fahrrad auf die Straße hinausgeschoben und sich verabschiedet, da kam Edward zur Tür herein. Seine Stimmung war unberechenbar. An manchen Abenden wirkte er derart mitgenommen, dass Julian ihn sofort nach oben ins *Gulliver's* scheuchte, wo er in einem verschlossenen Schrank eine Flasche Scotch aufbewahrte. Manchmal schaffte es Edward nur ein paar Minuten lang und verschwand schon wieder; andere Male blieb er ein paar Stunden.

Mit seinen Stimmungen wechselte, wie Julians stets wachsame Ohren erkannten, auch seine Art zu sprechen, von klangvoll oder launisch bis hin zum gehobenen Englisch der sogenannten vornehmen Schichten. Während er diese Persönlichkeitsänderungen registrierte, fragte Julian sich, wie viel davon Edwards Schauspielkunst geschuldet und wie viel der wahre Mann war. Wo hatte er sich diese Varianten angeeignet? Wessen Sprechweise ahmte er nach? Doch Julian wollte nicht zu kritisch sein. Ich spende einem Leidgeprüften Hilfe und Trost, wie er es meinem Vater gegenüber getan hat. Und im Gegenzug – sprach der nicht kleinzukriegende Finanzfuzzi aus ihm – bietet Edward mir professionellen Rat für lau und seine Lektionen. Bohren wir also nicht weiter nach.

Ein weiterer Nebeneffekt bestand darin, dass er zum ersten Mal nette Dinge über seinen Vater zu hören bekam: Geschichten darüber, wie viel Schneid der junge H. K. hatte, über sein gutes Herz und seine Beliebtheit in seiner Rolle als führender Aktivist der Schule gegen den Vietnamkrieg.

»Und das Beste an ihm war, würde ich sagen, dass er nie erwachsen wurde«, verkündete Edward bei einem aufgepeppten Espresso. »H. K. hielt das Kind in sich lebendig, so wie wir es alle tun sollten.«

»Und haben Sie das Ihre auch lebendig erhalten?«, fragte Julian ein wenig zu vorlaut für seinen eigenen Geschmack. »Oder sind Sie ein Fall von einmal ein *Patrician*, immer ein *Patrician*?«

War er zu weit gegangen? Edwards lebhaftes Gesicht hatte sich melancholisch verdüstert, dann erschien wieder sein strahlendes Lächeln, wie so oft. Ermutigt setzte Julian nach:

»Nach dem wenigen, was ich weiß, scheinen Sie ja erheblich erwachsener gewesen zu sein, als es mein Vater jemals war. Dad ging nach Oxford und kam zu Jesus. Wohin sind Sie gegangen? Sie waren doch ein Gelegenheitsarbeiter des Lebens, wie Sie gesagt haben.«

Edward nahm es erst nicht gut auf, seine eigenen Worte gespiegelt zu bekommen.

»Sie interessieren sich für meinen Stammbaum? Bitten Sie mich darum?« Doch bevor Julian Einspruch erheben konnte: »Ich bin nicht mehr in dem Alter, Ihnen etwas vorzulügen, Julian. Mein eigener Vater war ein nicht sonderlich talentierter Kunsthändler mit großem Charme. Er floh aus Wien, als es schon zu spät war, und hat, wie wir es pflichtbewusst ausdrücken, seine Dankbarkeit England gegenüber nie verloren. Ich ebenfalls nicht.«

»Edward, ich wollte wirklich nicht ...«

»Nach dem Tod meines Vaters – vorzeitig, genau wie bei Ihrem lieben Vater – tat sich meine Mutter mit einem ebenso charmanten Geiger zusammen, ebenfalls ein Mann mit Talenten, aber ohne Geld, und die beiden zogen nach Paris, um in vornehmer Armut zu leben. Es war der fehlgeleitete Wunsch meines Vaters gewesen, dass ich mein Studium in England beenden sollte. Er schaffte es, eine kleine Summe zu diesem grässlichen Zweck beiseitezulegen. Sind das genug Informationen über mich, oder muss ich fortfahren, mich zu erklären?«

»Mehr als genug. Ich hatte nicht die Absicht ...«, doch ging ihm etwas ganz anderes durch den Kopf. Ich höre eine Melodie, und sie kommt aus meinem eigenen Mund. Ich habe ebenfalls ab und zu den Hang, meine Eltern zu idealisieren.

Gnädigerweise hatte Edward das Thema gewechselt:

»Sagen Sie, Julian, dieser Matthew. Schätzen Sie ihn sehr?«

»Ziemlich, ja. Er wartet auf den Sommer, wenn die Theater wieder öffnen. Er hofft, dass er engagiert wird, und ich hoffe nicht.«

»Können Sie darauf zählen, dass er ab und zu mal für Sie einspringt, falls nötig?«

»Sicher. Ab und zu mal. Warum?«

Reine Neugier, offenbar, denn Edward ging nicht darauf ein. Stattdessen wollte er wissen, ob Julian noch einen Computer zu viel hätte? Mehrere, meinte Julian. Ob es dann nicht vernünftig wäre, wenn *Die Republik* eine eigene E-Mail-Adresse bekäme, da Edward ja nach seltenen oder nicht mehr lieferbaren Büchern suchen müsse? Auch dem stimmte Julian fröhlich zu.

»Natürlich, Edward, kein Problem. Ich werde Ihnen den Computer einrichten.«

Am folgenden Abend hatte Edward seinen Computer, *die Republik* verfügte über ein eigenes E-Mail-Postfach, und Julian hatte plötzlich das verrückte Bild von sich als Celias Nachfolger vor Augen.

Aber Nachfolger als was? Von seiner Zeit in Finanzkreisen ist er es gewohnt, ausgebeutet zu werden und andere auszubeuten. Er ist es gewohnt, dass die Menschen sagen, sie würden das eine tun, während sie etwas vollkommen anderes machen. Wenn er als Celias Ersatz geplant wäre, dann könnte er sich vorstellen, dass Edward den Computer dafür einsetzte, die *Grande Collection* hinter ihrem Rücken zu verhökern. Er hatte ihr versprochen, ihr Bescheid zu geben, falls er etwas aufschnappte, also sollte er sich vielleicht mal nach unten schleichen und nachschauen. Das tut er. Detaillierte Anfragen bei Antiquaren und Verlagen. Bestellungen von Katalogen seltener und vergriffener Auflagen. Nichts über wertvolles chinesisches Porzellan – weder im Postausgang noch im Papierkorb. Und im Laufe der Zeit trudeln weitere Gedanken großer Männer und Frauen einzeln oder im Doppelpack ein.

»Julian, mein lieber Freund.«

»Edward.«

Es geht um Julians Wohnung in London. Nutzt Julian sie noch ab und zu? Nein, das tut er nicht, aber möchte Edward sie vielleicht mal ausleihen? Mein lieber Freund, die Zeiten sind Gott sei Dank lange vorbei. Aber dachte Julian zufällig daran, in den kommenden paar Tagen eine Fahrt dorthin zu unternehmen?

Daran dachte Julian nicht. Allerdings könnte er ja immer einen Grund finden, angesichts all der Anwälte, Steuerberater und noch abzuschließenden Geschäfte.

Dann wäre es womöglich nicht zu viel verlangt, wenn er Julian darum bitten würde, einen kleinen Auftrag für ihn zu erledigen?

Ganz im Gegenteil, versicherte ihm Julian.

Und hatte Julian irgendeine Vorstellung davon, wann diese noch offenen Geschäfte seine Anwesenheit erfordern würden? Vor allem, da die Angelegenheit, um die es Edward geht, durchaus eiliger, wenn nicht gar dringlicher Natur ist.

»Wenn es so dringlich ist und Ihr Gewissen belastet, Edward, dann kann ich schon morgen fahren«, erwiderte Julian freundlich.

»Ich darf wohl auch annehmen, dass Sie auf dem Feld der Liebe nicht unerfahren sind?«

»Das dürfen Sie, Edward, wenn Sie mögen«, sagte Julian mit einem verwirrten Lachen, und ihn durchfuhr eine Welle der Neugier, die er zu verbergen versuchte.

»Und wenn ich Ihnen beichten würde, dass ich viele Jahre lang eine Beziehung mit einer gewissen Dame aufrechterhalten habe, ohne dass meine Frau davon weiß? Würde das eine Abneigung bei Ihnen hervorrufen?«

Sprach hier H. K.s bester Freund? Oder der verstorbene H. K. persönlich?

»Nein, Edward, das würde keine Abneigung bei mir hervorrufen, also erzählen Sie schon.«

»Und wenn es sich bei dem Auftrag, um den ich Sie bitte, darum handelte, eine vertrauliche Nachricht an diese Dame zu überbringen, könnte ich dann unter allen Umständen auf Ihre absolute, unumstößliche Diskretion zählen?«

Das konnte Edward. Und aufgrund dieser Voraussetzung erteilte er Julian seine Anweisungen, die atemberaubend präzise ausfielen:

Das Everyman Cinema gegenüber der U-Bahn-Station Belsize Park ... ein Exemplar von Sebalds *Ringe des Saturn* als Erkennungszeichen ... zwei weiße Plastikstühle zur rechten Seite ... alternativ am anderen Ende des Eingangsbereichs ... Sollte das Kino aus irgendeinem Grund geschlossen sein, dann gehen Sie in die Brasserie nebenan, die zu dieser Uhrzeit leer ist ... Setzen Sie sich ans Fenster und sorgen Sie dafür, dass man den Sebald sieht.

»Und wie soll ich die Dame erkennen?«, fragte Julian voll grenzenloser Neugier.

»Das wird nicht nötig sein, Julian. Sie wird den Sebald sehen und Sie ansprechen. Sie werden ihr einfach den Brief geben und wieder gehen.«

Julian kam auf einen absurden Einfall:

»Und wie soll ich sie nennen? Mary?«

»Mary ist völlig ausreichend«, antwortete Edward ernst.

Schlief Julian in jener Nacht? Kaum. Fragte er sich, worauf er sich in Gottes Namen da eingelassen hatte? Wiederholt. Dachte er daran, Edward anzurufen und ihm mitzuteilen, dass er die Sache abblasen müsse? Nicht ein einziges Mal. Auch nicht daran, einen Freund oder eine Freundin anzurufen, um nach Rat zu fragen? Edwards fest versiegelter Umschlag lag auf seinem Nachttisch, und er hatte in jeder nur erdenklichen Sprache sein Ehrenwort gegeben.

Julian stand früh auf und zog sich seine beste Freizeitkleidung an. Was trägt denn der gut gekleidete Mann bei einem Blind Date mit der Geliebten eines Freundes seines Vaters im Everyman Cinema in Belsize Park? Mit Edwards Umschlag und einer Taschenbuchausgabe der *Ringe des Saturn* in der Aktentasche, kämpfte er sich in den Pendlerzug um zehn nach acht von Ipswich zur Liverpool Street und von dort aus nach Belsize Park, wo er pünktlich zur vereinbarten Zeit auf einem weißen Plastikstuhl im leeren Eingangsbereich des Everyman Cinema Platz nahm und den Sebald vor sich ablegte.

Und dort erschien, so nahm er an, Mary, öffnete die Glastür und ging zielstrebig auf ihn zu. Und ganz eindeutig ließ sich sofort erkennen, dass es sich hier nicht um eine flüchtige Liebschaft handelte, sondern um eine beeindruckende ältere Dame mit Stil und Entschlossenheit.

Er war aufgestanden, den Sebald in der linken Hand, und schaute sie an. Die rechte Hand hatte er auf Brusthöhe gebracht, um Edwards unbeschrifteten Umschlag aus der Innentasche seines Leinenjacketts zu ziehen. Doch er zögerte noch, wartete ab, bis sie etwas sagte. Mittelbraune, ordentlich mit Lidschatten geschminkte Augen. Seidige, olivfarbene Haut. Alter unbestimmbar: alles von 45 bis 65. Kaum sichtbares Make-up, nicht allzu konventionelle Geschäftskleidung. Langer, eleganter Rock, aber mit praktischen, tiefen Taschen. Es hätte ihn nicht überrascht, wenn sie so direkt aus einer Konferenz in der City spaziert gekommen wäre. Er wartet weiter, dass sie etwas sagt. Sie sagt nichts.

»Ich glaube, ich habe einen Brief für Sie«, sagt er.

Sie denkt darüber nach und betrachtet ihn. Ein furchtloser Blickkontakt.

»Wenn Sie sich für Sebald interessieren und von Edward kommen, dann haben Sie einen Brief für mich«, stimmt sie zu.

Lächelt sie? Und wenn, mit ihm oder über ihn? Der Akzent könnte Französisch sein. Sie streckt die Hand aus. Saphir am Ringfinger, kein Nagellack.

»Soll ich ihn sofort lesen?«

»Das hat Edward nicht gesagt. Vielleicht sollten Sie es zur Vorsicht lieber tun.«

»Zur Vorsicht?«, sie scheint sich nicht sicher zu sein, ob ihr das behagt.

»Wir könnten nach nebenan gehen und einen Kaffee trinken, wenn Ihnen das lieber ist. Statt hier zu stehen«, versucht er, die Unterhaltung so lange wie möglich auszudehnen.

Wie von Edward vorhergesagt, ist die Brasserie leer. Julian wählt eine Sitznische für vier Personen. Mary bittet um Wasser mit Eiswürfeln, am liebsten Badoit. Julian bestellt eine große Flasche, zwei Gläser, Eis und Zitrone extra. Mit einem Messer vom Essbesteck öffnet Mary den Briefumschlag. Einfaches weißes A4-Papier. Edwards Handschrift auf Vorder- und Rückseite. Auf den ersten Blick fünf Seiten.

Mary hält den Brief seitlich außerhalb seines Blickfelds. Der rechte Ärmel ist ihr ein wenig hochgerutscht. Eine lange, erhabene Narbe auf der olivfarbenen Haut. Selbst zugefügt? Nicht bei dieser Frau.

Sie faltet die Seiten zusammen und steckt sie wieder in den Umschlag. Sie öffnet die beiden Gs ihrer Gucci-Handtasche, schiebt den Umschlag hinein und schließt sie wieder. Ihre flinken Hände wirken dadurch nur umso schöner.

»Es ist doch zu lächerlich«, sagt sie. »Ich habe kein Schreibpapier bei mir.«

Julian versucht es bei der Bedienung. Sie hat auch kein Papier. Er erinnert sich daran, ein paar Häuser weiter einen Gemischtwarenladen gesehen zu haben. Warten Sie kurz auf mich? Warum fragt er das? Was soll sie denn sonst tun?

»Und einen Umschlag, bitte«, sagt sie.

»Selbstverständlich.«

Er rennt so schnell er kann den Bürgersteig entlang, muss dann aber an der Kasse warten. Als er zurückkehrt, sitzt sie exakt so da, wie er sie zurückgelassen hat, nippt an ihrem Eiswasser und beobachtet die Tür. Ein Schreibblock Basildon Bond, blassblau. Eine Packung farblich passender Umschläge. Für Sie.

»Und Sie haben Klebeband mitgebracht. Damit ich den Umschlag sicher verschließen kann?«

»Das war die Idee.«

»Sollte ich Ihnen nicht vertrauen?«

»Na ja, das hat Edward auch nicht.«

Sie hätte wohl gern gelächelt, doch sie ist zu sehr damit beschäftigt, hinter vorgehaltener Hand zu schreiben, während Julian demonstrativ wegschaut.

»Wie heißen Sie eigentlich?«

»Julian.«

»Er kennt Sie unter diesem Namen?«, fragt sie schreibend und mit gesenktem Kopf.

»Ja.«

»Wann bekommt er diesen Brief?«

»Morgen Abend. Wenn er in meine Buchhandlung kommt.«

»Sie haben eine Buchhandlung?«

»Ja.«

»Wie geht es ihm im Inneren?«, fragt sie.

Meint sie damit: Wie geht es Edward damit, dass seine Frau im Sterben liegt? Oder meint sie, wie Julian vermutet, etwas völlig anderes?

»Er ist recht tapfer, angesichts der Umstände.« Welche Umstände?

»Wann haben Sie Gelegenheit, allein mit ihm zu sprechen?«

»Morgen.«

»Und Sie nehmen mir das nicht übel?«

»Was denn? Nein. Überhaupt nicht.«

Sie meint damit das Klebeband, fällt ihm auf. Mit kräftigem Griff rollt sie ein Stück ab und klebt den Umschlag zu.

»Wenn Sie mit ihm sprechen, erzählen Sie ihm, was Sie gesehen haben. Es geht mir gut, ich bin gefasst, ich habe meinen Frieden gefunden. So haben Sie mich gesehen, oder nicht?«

»Ja.«

Sie reicht ihm den Umschlag.

»Dann beschreiben Sie mich so, wie Sie mich gesehen haben. Das wird er sich wünschen.«

Sie steht auf. Er geht mit ihr bis an die Tür. Sie dreht sich um, legt ihm zum Dank eine Hand auf den Oberarm und berührt seine Wange flüchtig mit ihrer Wange. Vom nackten Hals steigt ihr Duft auf. Sie geht hinaus, und Julian bemerkt, dass der von einem Chauffeur geführte Peugeot in der Parkbucht auf sie wartet. Der Fahrer eilt heran, um ihr die Hintertür zu öffnen, der Großstadterfahrene schreibt sich das Autokennzeichen in sein Notizbuch und fährt dann mit der U-Bahn zur Liverpool Street.

Gegen elf Uhr nachts schloss Julian den Laden auf; er war so müde wie noch nie in seinem Leben. Deshalb dauerte es einen Augenblick, bis er begriff, was er da vor sich sah – noch einen Briefumschlag, wie von Geisterhand an die Glastür geklebt, dazu ein Klebezettel von Matthew:

NACHRICHT VON EINER DAME!!

Julian fand, er hatte eigentlich schon genügend heimliche Schreiben für einen Tag gehabt, doch öffnete er den Umschlag.

Lieber Julian (wenn Sie erlauben),
ich habe so viele gute Dinge über Sie gehört. Wie interessant, dass Ihr Vater mit meinem Gatten in der Schule war. Und wie lieb von Ihnen, ihm eine dringend nötige Abwechslung zu verschaffen. Wie Sie wissen, habe ich dank meines Vaters seit zehn Jahren die Schirmherrschaft über unsere prächtige Stadtbücherei inne, die ihm immer sehr am Herzen lag und in der Sie Ausschussmitglied sind. Dürfte ich Sie daher aus all diesen Gründen zu einem einfachen Abendessen zu uns einladen?
Mir geht es in letzter Zeit nicht besonders gut, daher werden Sie mit uns vorliebnehmen müssen, wie es eben gerade geht. Jeder Abend ist für uns passend, daher kommen Sie bitte so bald als möglich.

Mit freundlichen Grüßen
Deborah Avon

»Was für eine Dame?«, wollte Julian am nächsten Morgen von Matthew wissen, kaum dass er den Laden geöffnet hatte.

»Schäbiger brauner Dufflecoat, aber äußerst entzückende Augen.«

»Alter?«

»Wie Sie. Haben Sie gestern Abend *Doktor Schiwago* gesehen?«

»Nein, habe ich nicht.«

»Sie hat dasselbe Tuch um den Kopf getragen wie Lara. Es sah genauso aus. Ich war schockiert.«

7

»Stewart, mein Lieber! Das ist ja großartig! Und was für eine Überraschung! Aber das hätte doch nicht sein müssen«, rief Joan an der Tür und nahm sein Gastgeschenk in Form von zwei Flaschen Burgunder entgegen.

Dem Stadtplan nach zu urteilen, hätte Proctor mit einem charmanten, von Clematis bewachsenen Landhaus in Somerset gerechnet, doch was er da vor Augen hatte, als er aus dem Taxi stieg, war einer dieser schrecklichen Bungalows mit grünen Dachziegeln, bei denen sich die älteren Dorfbewohner die Haare gerauft hätten.

»Stewart, alter Knabe! Verdammt schön, Sie zu sehen. Also immer noch im Dienst? Sie Glückspilz!«, rief der schroffe Philip, ein liebenswürdiger Engländer mit einem Gehstock aus Eschenholz und kaum einer grauen Strähne im ansehnlichen dunklen Haar. Er grinste über Joans Schulter hinweg und humpelte dann zu einem männlichen Händedruck um sie herum.

Wobei, wie Proctor bemerkte, das Grinsen starr wirkte und ein Auge halb geschlossen war, was nichts Gutes ahnen ließ.

»Ja, leider«, meinte Philip grob, als er Proctors Blick bemerkte. »Das war ein ziemlicher Schlag, nicht, Liebling? Aber sage mir keiner was gegen das gute alte Gesundheitssystem. Erstklassig, durch und durch.«

»Und die Krankenschwestern waren ganz hin und weg von ihm, diese Flittchen«, warf Joan ausgelassen ein. »Das hat ihn schneller wieder ins Leben zurückgeholt als alles andere. Denn als man dich eingeliefert hat, Liebling, da warst du so gut wie tot, richtig? Auch wenn du das nicht zugeben würdest.«

Allgemeines Gelächter.

»Und dann dachte ich schon, dieses Haus hier würde ihn umbringen, vor allem nach Loganberry Cottage, das er so liebte. Doch etwas anderes Ebenerdiges konnte ich in der Kürze der Zeit nicht auftreiben. Aber jetzt ist er im siebten Himmel, richtig, Liebling? Er hat eine wunderschöne Physiodame, die einmal die Woche vorbeikommt, und er hat sein Vorstadt-Ich entdeckt. Als Nächstes wirst du dir noch Gartenzwerge zulegen.«

»Bemalte«, sagte Philip, und wieder mussten alle lachen.

War das tatsächlich das einmalige Paar von vor fünfundzwanzig Jahren, an das Proctor sich erinnerte? Der vom Schlaganfall heimgesuchte Philip, der sich über den Gehstock beugte, und Joan, eine Frau mit länglichem Gesicht in Leggins und T-Shirt mit einem Panoramabild des alten Wien über dem üppigen Busen? Proctor erinnerte sich an sie als die unvergleichlich schöne Leiterin der Einsätze im Mittelmeerraum, während ihr Gatte Philip Pfeife schmauchte und von einer Außenstation in der

Nähe des Lambeth Place die Netzwerke des Dienstes in Osteuropa führte. Das beste und klügste Ehepaar beim Geheimdienst, hieß es. Und als Philip zu Beginn des Bosnienkrieges die hochgestufte Station in Belgrad bekam und Joan seine Nummer zwei wurde, hätte man den Applaus bis hinunter in die Gehalts- und Spesenabteilung hören können.

Im Wohn-Esszimmer mit einem Panoramafenster hinaus auf den winzigen Gemüsegarten und die mittelalterliche Kirche dahinter, in der Joan alle zwei Wochen ihren Dienst als Blumenfrau erfüllte, genossen sie ihr Bœuf Bourguignon, Philips Kartoffeln und Proctors Burgunder und diskutierten fröhlich über den Zustand Großbritanniens – schrecklich –, Afghanistans – hoffnungslos, man sollte dem ein Ende machen und abziehen – und die Allwissenheit ihrer Labradorhündin, die aus einem unbekannten Grund Chapman hieß.

Erst als sie sich zu Kaffee und Brandy im winzigen Wintergarten niedergelassen hatten, wendeten sie sich in stillschweigender Übereinkunft dem Thema zu, das Stewart zu ihnen geführt hatte. Denn es gehört zur allgemeinen Wahrheit von Geheimdienstlern einer gewissen Generation, dass man, wenn man denn überhaupt über heikle Themen sprechen musste, dies am besten in einem kahlen Raum ohne innenliegende Wände und Kronleuchter tat.

Joan hatte sich eine dicke Omabrille aufgesetzt und in einem hohen Rattansessel Platz genommen, der hinter ihrem Kopf einen Heiligenschein bildete. Philip saß breitbeinig auf einer geschnitzten indischen Truhe, auf der zahlreiche Kissen lagen, und hielt den Griff seines Gehstocks mit beiden Händen ans Kinn gedrückt. Chapman hatte sich zu seinen Hausschuhen ausgestreckt. Auf Joans Befehl hin hatte Proctor sich in den Schaukelstuhl gesetzt – aber pass auf, dass du dich nicht zu weit zurücklehnst.

»Und Sie sind also heutzutage der Haushistoriker«, bemerkte sie und griff das wenige auf, das Proctor ihr am Telefon gesagt hatte.

»Ja, tatsächlich«, bestätigte Proctor herzlich und ließ sich nichts anmerken. »Ich muss zugeben, dass ich erst dachte, sie würden mir mitteilen, dass meine Zeit um sei, als sie mich herbeizitiert haben. Stattdessen haben sie mir diesen ziemlich interessanten Auftrag angeboten.«

»Verfluchtes Glück«, brummte Philip.

»Und worum geht es dabei?«, fragte Joan.

»Ach, eigentlich bin ich das Ersatzrad in der Ausbildungsabteilung«, sagte Proctor. »Hauptsächlich stelle ich zensierte Fallbeispiele als Lehrmaterial für die Neuen zusammen. Stichwort *Agentenführung im Außeneinsatz*. Einerseits zur Verwendung bei Vorträgen, andererseits auch als Übungsmaterial.«

»Hätten wir auch brauchen können, als wir eingestiegen sind, nicht wahr, Liebling?« Philipp wieder. »Damals hatte die Ausbildung diese Bezeichnung nicht verdient.«

»Zwei Wochen dazu, wie man den Papierkram abheftet«, bestätigte Joan, ohne ihre klugen Augen hinter den Brillengläsern von Proctor abzuwenden. Sie glaubte ihm kein Wort. »Und inwiefern kommen wir dabei ins Spiel, Stewart?«

Proctor beantwortete diese Frage nur zu gern:

»Also, natürlich beziehen wir, wann immer möglich, Hauptakteure als lebende Beispiele ein. Beamte, Analysten und vor allem, der Körperwärme halber, die ehemaligen Führungsoffiziere der Quellen.« Philip war damit beschäftigt, mit Chapmans Ohr zu spielen, doch Joans fester Blick war nicht von Proctor gewichen.

»Was für ein *Ausdruck*«, rief sie und musste plötzlich lachen. »Die *Körperwärme*. Wie schlüpfrig. Haben Sie ihn sich gerade in diesem Augenblick ausgedacht, Stewart? Nur für uns?«

»Natürlich nicht, Liebling. Sei doch nicht albern. Wir sind nicht mehr auf dem aktuellen Stand. Die haben einen ganz neuen Jargon. Und neue Vorgesetzte. Und ein bescheuertes HR-Management statt einer völlig normalen Personalabteilung. Und Fokusgruppen, wo man einfach mal die Arbeit erledigen könnte.«

»Angenommen, Sie beide machen mit«, fuhr Proctor ungestört fort, »dann gibt es eine ganz bestimmte Fallakte, die sich anbietet, und glücklicherweise betrifft der Fall Sie beide, wir kriegen also sozusagen zwei zum Preis von einem. Und in der Hoffnung, dass Sie beide in der Stimmung für ein ordentliches Verhör sind« – kleiner Scherz –, »habe ich den Standardbrief des Sekretariats dabei, der Ihnen erlaubt, so offen zu sprechen, wie Sie wollen. Gehen Sie so weit in die Tiefe und Breite, wie Sie mögen, halten Sie mit Kritik gegenüber der Direktion nicht hinterm Berg« – bei dieser Bemerkung schnaubte Philip –, »alle notwendigen redaktionellen Arbeiten werden von unserer Seite erledigt. Einen wichtigen Punkt möchte ich aber noch vorausschieben: Bitte geben Sie sich gar nicht erst mit dem ab, was wir Ihrer Meinung nach in den Akten haben. Solche Akten, und das wissen Sie beide besser als die meisten, sind berühmt für das, was sie einem nicht verraten. Und die *alten* Akten sind noch schlimmer als die neuen. Das meiste von dem, was da draußen geschieht, landet sowieso nicht in den Unterlagen, was für alle Beteiligten vielleicht auch gut so ist. Der Rat der Ausbilder, eigentlich eher eine Bitte: Gehen Sie davon aus, dass wir gar nichts wissen. Erzählen Sie von Anfang an, erzählen Sie, wie es für Sie war, persönlich, nicht aus Sicht des Dienstes, alles, was Ihnen einfällt. Und falls Sie das brennende Verlangen verspüren, über die Direktion herzuziehen, machen Sie sich keine Sorgen wegen Ihrer Rente oder solchem Unfug.«

Eine ausgedehnte Stille setzte ein, die in Proctors Ohren ein wenig beunruhigend klang, während Joan den Brief mithilfe einer anderen Brille durchlas, die sie um den Hals gehabt hatte; sie gab ihn an Philip weiter, der ihn ebenso sorgfältig studierte, bevor er ihn mit einem mürrischen Nicken an Proctor zurückreichte.

»Jetzt haben sie tatsächlich den großen Doktor Proctor in die Ausbildungsabteilung abgeschoben«, sagte Joan. »O heilige Einfalt.«

»Es ist nur ein Auftrag, Joan. Ich hatte eine gute Zeit.«

»Und wer ist nun unser oberster Spürhund, jetzt, wo Sie auf der Suche nach Körperwärme sind? Sagen Sie nur nicht, dass die die Firma unbewacht lassen.«

Darauf konnte Proctor nur bedauernd den Kopf schütteln, womit er andeutete, dass er leider nicht befugt war, ihnen Einzelheiten der aktuellen Schlachtordnung des Geheimdienstes zu verraten, während Joan ihn weiter unnachgiebig ansah und Philip Chapmans Ohr massierte.

»Und nur um sicherzugehen«, sagte Proctor, einen offizielleren Ton anschlagend, »obwohl die Quelle aus dem Fallbericht, zu dem wir Sie befragen möchten, gesund und munter ist, möchten wir Sie bitten, die Person unter keinen Umständen auf unser Interesse an ihr hinzuweisen. Ganz offiziell ausgedrückt, ist jeder Kontakt mit ihr bis auf Widerruf strikt untersagt. Haben Sie das verstanden?«

Worauf Joan tief seufzte und sagte: »Ach herrje. Armer Edward. Was hast du denn jetzt ausgefressen?«

Proctor eröffnete ihr »kleines Spontanseminar«, wie er es nannte, und spulte ein paar Stichwörter ab, die er sich auf der Zugfahrt kurzfristig ausgedacht hatte:

»Allgemein gesprochen, interessieren wir uns für den sozialen Hintergrund und prägende Einflüsse, dann kommen Aspekte wie Anwerbung, Ausbildung und Führung, es geht auch um Spionagetechnik und -ergebnis, und schließlich Wiedereingliederung, wenn zutreffend. Philip, fangen Sie an?«

Philip war sich überhaupt nicht sicher, dass er anfangen wollte. Seit der ersten Erwähnung des Namens Edward drückte sein schiefes Gesicht einen Ausdruck sturer Ablehnung aus.

»Wir reden hier über *Florian*, richtig? IA in Warschau. Ist das der Typ, um den es gehen soll?«

Ja genau, über *Florian*, bestätigte Proctor, wobei I A Geheimdienstsprech für *Inoffizieller Assistent* oder *leitender Agent* war.

»Nun, *Florian* war ein verdammt guter Mann. War nicht seine Schuld, dass das Netzwerk aufgeflogen ist, was immer die auch heute sagen.«

»Ich bin mir sicher, dass wir den Fall auch genau so darstellen wollen«, sagte Proctor, auf Ausgleich aus. »Positiv und fair. Mit Ihrer Hilfe.«

»Und kommen Sie ja nicht auf die Idee, ich hätte ihn angeworben. Das war Barnie. Ich war da noch in London.«

Ehrfürchtige Pause aus einem Akt des Gedenkens an Barnie, den verstorbenen großen Anwerber im Kalten Krieg, Stammgast im *Chez Les-Lee* und der Pariser Rive Gauche im Allgemeinen, schwuler Rattenfänger und treuer Vater für seine Joes.

»Ehrlich, als Barnie ihn in die Finger bekam, da hatte *Florian* sich praktisch schon selbst angeworben«, fuhr Philip trotzig fort. »Keine Meisterleistung von Barnie, einen Burschen anzuheuern, der eh schon Feuer und Flamme war. Da ging es nicht um Geld oder Spaß. *Florian* ging es um die *Sache*. Gib ihm etwas, woran er glaubt, und schon ist er mit Haut und Haaren dabei. *Ania* zündete ihm die Fackel an. Hatte gar nichts mit Barnie zu tun. Was ihn aber nicht davon abhielt, den Ruhm dafür einzuheimsen. Nie. Der hat sich selbst alles Mögliche als Verdienst angerechnet.«

Philip hätte noch eine ganze Weile so weitermachen können, wenn Proctor sich nicht auf der Suche nach Unterstützung an Joan gewandt hätte.

»Liebling, du kannst doch nicht einfach mittendrin anfangen. Stewart weiß vielleicht nicht mal, wer Ania ist. Oder er tut so. Du kannst sie doch nicht einfach aus dem Hut zaubern wie ein Kaninchen, oder, Stewart? Du sollst über den sozialen Hintergrund und prägende Einflüsse reden.«

Nach dieser Zurechtweisung durch seine Frau saß Philip einen Augenblick schmollend da und war sich nicht sicher, ob er ihr gehorchen oder einfach weitermachen sollte wie zuvor.

»Na, ich sag eins zu seinen Wurzeln«, platzte es aus ihm heraus. »*Florian* hatte die schrecklichste Kindheit, die man sich nur vorstellen kann. Sie wissen doch über seinen Vater Bescheid, oder?«

Wieder musste Proctor Philip freundlich daran erinnern, dass er nichts dergleichen annehmen sollte.

»Also, der Vater war Pole, richtig? Und ein Mistkerl. Erzkatholisch, glühender Faschist, hielt die Nazis für das Beste, was es je gab. Kroch denen in den Hintern, half ihnen bei den Deportationen, nahm Juden in ihren Verstecken aus, bekam einen hübschen Schreibtischjob und schickte sie zu Hunderten in die Lager. Nun«, machte er eine kleine Pause, um sich zu sammeln, »nach dem Krieg haben sie ihn sich geschnappt. Schlich auf einem Bauernhof herum und gab sich als Landei aus. Kurzer Prozess ohne viel Schnickschnack, und sie hängten ihn auf dem Dorfplatz auf. Ein Haufen Schaulustiger. Seine Frau war auch kein Engel, und es war die Zeit der Abrechnung, also suchten sie auch nach ihr. Konnten sie aber nicht aufspüren. Und warum nicht?«

»Verraten Sie es mir«, sagte Proctor lächelnd.

»Noch rechtzeitig vor der Abrechnung hatte ihr Mann sie nach Österreich geschmuggelt, wo sie hübsch in einem Kloster in Graz hockt und unter anderem Namen sein Kind zur Welt bringt. Sieben Jahre später geht sie in Paris anschaffen und hat ihren Sohn im Schlepptau. *Florian*. Noch zwei weitere Jahre später ist sie mit einem britischen Langweiler von einer der fünf großen Banken verheiratet. Britischer Pass für sie, britischer Pass für den Jungen. Nicht schlecht für eine polnische Schlampe mit einem toten Nazi-Kriegsverbrecher im Keller.«

»Und wann fand *Florian* das alles heraus?«, fragte Proctor und schrieb eifrig in seinem Notizbuch mit.

»Mit vierzehn. Seine Mutter sagte es ihm. Sie machte sich große Sorgen, dass die Polen ihr auf die Schliche kommen und man den Jungen und sie nach Warschau zurückschickt. Dazu kam es nie. Ihre Papiere waren wasserdicht. Die Polen haben die Verbindung nie hergestellt. Das haben wir bis ganz nach oben geprüft«, sagte Philip, dann klappte er den schiefen Mund zu.

Doch er hatte nur kurz nachgeladen:

»Und das war das Einzige, worüber *Florian* in seinem ganzen Leben jemals gelogen hat, soweit ich weiß. Konnte das mit seinem fürchterlichen Vater nicht verarbeiten, deshalb hat er ihn an allen Ecken und Enden idealisiert. Hat verschiedenen Frauen alles Mögliche erzählt. Was für einen Quatsch hast du denn Gerda oder wie immer sie auch heißt, da über deinen Vater, den heldenhaften Kapitän, aufgetischt?, fragte ich ihn. Nur um sie ins Bett zu kriegen? Aber das hat er nie zugegeben. Nicht nach der Ausbildung, die er bekommen hat. Meinte, da habe er von seinem lieben britischen Stiefvater gesprochen. Alles Bullshit.«

Und als Ergänzung:

»Und wenn Sie wissen wollen, woher sein großer Hass auf die Religion stammt, dann fängt das alles nachvollziehbarerweise mit fanatischem Antikatholizismus an und entwickelt sich von dort aus weiter. Ist es das, was Sie wissen wollten?«

»Prägende Einflüsse?«, wiederholte Philip und klang dabei verächtlich. »Du lieber Himmel, schauen Sie sich doch nur mal seine Akte an. Schon gut, tun wir so, als hätte er keine. Von dem Tag an, als seine Mutter ihm von seinem leiblichen Vater erzählte, war er ein durch und durch antifaschistischer, antiimperialistischer Bolschewik und die größte Nervensäge an der Privatschule, in die sie ihn steckten. Rädelsführer der Anti-Vietnam-Brigade, weigerte sich entschieden, am Schulgottesdienst teilzunehmen, Mitglied in der Jungen Kommunistischen Liga. Man muss gar nicht erst erwähnen, dass die Sorbonne ihn mit Kusshand nahm und seinen Kopf mit noch mehr von diesem Zeug füllte, und sechs Jahre später war er auf eigenen Wunsch im Land seines Vaters. Er hatte ein Jahr in Zagreb verbracht, ein Jahr in Havanna, zwischendrin ein Jahr in Uppsala, und nun lehrte er die marxistisch-leninistische Interpretation der Geschichte an der Universität in Danzig vor einem Haufen unerlöster katholischer Polen in einer marxistischen Diktatur, die nicht funktionierte. Völlig unglaubwürdig, wenn man sich nicht in Mitteleuropa auskennt. Ganz normal, wenn doch«, kam Philip kämpferisch zum Punkt.

»Und als er nach Polen ging, hatte er seine große Apotheose, oder, Liebling?«, warf Joan ein, griff sanft nach seinem Brandyglas, bevor er sich nachschenken konnte, und ersetzte es durch ein Glas Wasser.

»Absolut richtig, Joan! Diese Polen haben ihm die Flausen ausgetrieben«, erklärte er genüsslich. »Ein Jahr in Danzig, und schon war die Botschaft des Kommunismus der größte Schwindel seit Erfindung der Religion. Und was noch besser war, er erzählte keiner Menschenseele davon, bis er zu Weihnachten nach Paris zurückkehrte und es Ania im Bett ins Ohr flüsterte. Fabelhafte Person, nicht wahr, Liebling? Ballerina. Exilpolin. Sah blendend aus, hatte allen Mumm der Welt und himmelte *Florian* über alles an. Stimmt doch, Liebling?«

»Du bist wegen ihr ganz sentimental geworden«, erwiderte Joan trocken. »Zum Glück hatte Teddy sie bereits. Du wärst sonst wegen ihr zu weit gegangen, ganz bestimmt.«

»Und Ania war also indirekt für *Florians* Anwerbung verantwortlich?«, fragte Proctor und kritzelte etwas Bedeutungsloses in sein Notizbuch.

»Also hören Sie mal!«

Philip hatte sich, beide Hände auf den Griff des Gehstocks gestützt, hochgestemmt, war ans Fenster gegangen und übernahm Proctors Dozentenrolle:

»Was Ihr Burschen und Burschinnen begreifen müsst, ist die Tatsache, dass Agent *Florian* absolut einmalig war, ein Geschenk des Himmels. Ihr werdet nie wieder einen

Joe kriegen, der derart engagiert ist und absolut koschere Referenzen hat. Eine erstklassige kommunistische Vergangenheit, alles astrein, egal, wo man hinschaut. Er war vor Ort, voll auf Kurs, hatte die lupenreine Legende eines Dozenten an einer kleineren Uni und wasserdichte Unterlagen.«

»Und Anias Anteil an der ganzen Sache?«, fragte Proctor.

»Anias Familie spielte eine Schlüsselrolle im polnischen Widerstand. Ein Bruder wurde für seine Mühen gefoltert und erschossen, der andere vermoderte im Knast. Ania war gerade in Paris, als die beiden verhaftet wurden, also blieb sie dort. Barnie klapperte die polnische Emigrantenszene ab, so lernte er Ania kennen. *Florian* fiel wie ein reifer Apfel vom Baum. Besser kann man nicht an erstklassige Agenten kommen«, sagte Philip und kehrte zu seiner indischen Truhe zurück wie ein Schauspieler nach Abschluss seiner Darbietung.

»Und seine praktische Arbeit, Philip?«, fragte Proctor, um den nächsten Punkt abzuhaken. »Könnten wir ihn ab und zu mal für eine Ausbildungseinheit reinholen? Irgendwo hast du *Florian* mal als Tieftaucher bezeichnet. Meine Auszubildenden wären begeistert zu hören, was Sie damit meinen.«

Langes Nachsinnen, dann ein plötzlicher Ausbruch:

»Gesunder Menschenverstand. Schwimme nicht einfach nur mit dem Strom, was immer du tust. Tauche tief ein. Nimm den Stallgeruch an. Geh nie allein, wenn du Teil der Masse sein kannst. Hast du ein Treffen in Warschau, und es gibt einen Campusbus, dann nimm ihn.

Verleihe deine Schreibmaschine. Verleihe deinen Lada, wenn du einen hast. Bitte die anderen im Gegenzug um einen Gefallen, aber übertreibe es nicht. Wenn jemand seine alte Mama in Posen besucht, ist er vielleicht so freundlich und bringt dieses Buch oder jene Schachtel Pralinen bei einem Freund vorbei? *Florian* kannte sich aus. Wir haben ihm nur gesagt, wie er sein Wissen einsetzen sollte. Hat ihm letztlich auch nichts genützt. Nichts davon. Netzwerke haben nur eine gewisse Haltbarkeit. Das habe ich ihm gesagt, als er dort hinging. Eines Tages wird es zerreißen, bereite dich darauf vor. Aber er wollte nicht hören. So einer war er nicht.«

Jetzt war der Augenblick gekommen, den sie in stillschweigender Übereinkunft vor sich hergeschoben hatten. Philip hatte den Kopf sinken lassen und starrte wütend auf seine Hände, die in verkrampfter Affenhaltung auf seinem Schoß lagen. Joan, die gefasster wirkte, zupfte an ihren Haaren und schaute aus den Scheiben des Wintergartens hinüber zur Kirche.

»Wir haben ihn *ausgeweidet*, um Himmels willen«, platzte Philip bitter heraus. »Du darfst deinen Joe niemals überstrapazieren. Regel Nummer eins. Das habe ich der Direktion mitgeteilt. Aber die wollten nicht auf mich hören, dachten, ich hätte das Maß verloren. Sie übertreiben, Philip. Wir haben alles im Griff. Nehmen Sie sich ein paar Tage frei. *Herr im Himmel!*«

Durch seinen eigenen Gemütsausbruch ausgeglichener geworden, tätschelte Philip beruhigend Chapman, die besorgt den Kopf gehoben hatte. Dann sprach er mit ruhigerer Stimme weiter. Bei der Warschauer Station, sagte er, habe man sich ziemlich die Hacken wundgelaufen, bis *Florian* auftauchte:

»Drei Tage Katz und Maus, nur um einen einfachen Brief in die Post zu kriegen. Per Definition galt jeder Botschaftsangehörige vor Ort als Spitzel. Von der Katze der Botschafterin aufwärts wurden alle rund um die Uhr observiert und abgehört. Dann taucht, o Wunder, wie aus dem Nichts dieser blitzsaubere leitende Agent aus Danzig auf und kann es gar nicht erwarten, sich an die Arbeit zu machen.«

Wieder ein Ausbruch, so heftig wie der erste:

»Ich habe es der Direktion immer und immer wieder gesagt. Sie können von *Florian* nicht erwarten, dass er jeden blöden toten Briefkasten zwischen Danzig und Warschau allein füllt und leert. Sie können nicht von ihm erwarten, dass er alle Unteragenten und die gesamte Laufkundschaft bedient, die wir in unseren Büchern führen. Die Polen stehen Schlange, um für uns zu spionieren, habe ich gesagt. Wir haben die Qual der Wahl. Aber wenn Sie ihn derart herumscheuchen, wird das ganze Kartenhaus zusammenfallen. Und so ist es ja auch gekommen. Unsere zwei besten Leute werden noch in derselben Nacht verhaftet. Ein anderer am nächsten Morgen. Sie wissen nichts voneinander, aber jeden Augenblick von jetzt an wird die Nadel auf *Florian* zeigen. Wir haben einen ordentlichen Exfiltrationsplan zur Hand: ein klappriger Fleischtransporter mit einer mannsgroßen Aussparung in einer stillgelegten Garage am Rande von Warschau. Nicht besonders originell, aber wir hatten einen Probelauf gestartet, und es hatte funktioniert. Ich schicke ihm eine Eilnachricht: *Florian: Machen Sie sich sofort auf den Weg nach Warschau.* Keine Antwort. Zwei Tage später meldet er sich und fängt an rumzujammern. Es sei auch sein Polen, und lieber würde er mit dem Schiff untergehen. Ich habe es Ihnen die ganze Zeit schon gesagt, eines Tages ist es so weit, und jetzt ist es so weit. Also halten Sie den Mund und legen Sie sich in den verfluchten Sarg. Zehn Stunden später sitzt er in einem Landhaus in Devon, heult sich die Augen aus dem Kopf und meint, das alles sei seine Schuld. Was einfach nicht stimmte. Seine Spionagearbeit war erstklassig, absolut wasserdicht. Es lag an unseren Signalen. Sie hatten die Codes geknackt. Aber egal, es war alles seine Schuld. So ein Kerl war das. Hat die Verantwortung für das ganze Leben auf die eigenen Schultern geladen. Er hatte sich der Sache verschrieben. Und ich wäre Ihnen sehr dankbar, wenn Sie Ihren Auszubildenden Folgendes mitteilen: Wenn die Direktion Eure Leute zu Tode hetzt, dann sagen Sie nicht, Ja, Sir, nein, Sir, immer wieder gern, sagen Sie, sie können Sie mal.«

»Joan«, sagte Proctor. »Sie sind an der Reihe.«

Doch er war zu früh vorgepescht. Ein Ehestreit war ausgebrochen. Und Proctor war dafür verantwortlich. Er hatte – aus reiner Höflichkeit, sollte es den Anschein haben – gefragt, wann denn die Affäre zwischen *Florian* und Ania zu Ende gegangen war; war sie schon zu Ende gewesen, als *Florian* nach England zurückgekehrt und Deborah auf der Bildfläche erschienen war, um ihn zu verhören?

Philip fand die Frage überflüssig: Die Affäre war eben zu Ende gegangen, *Florian* hatte herumgehurt, Ania hatte das Getrenntsein satt. Ihre Leidenschaft galt dem Tanzen, und außerdem gab es noch genug andere Männer auf der Welt. Nachdem also die Direktion ihre eigene routinemäßige Untersuchung zu der Frage durchgeführt hatte, warum das Netzwerk aufgeflogen war – nach Philips Ansicht reine Verschwendung öffentlicher Gelder –, war *Florian* »allein und lungerte nutzlos herum, was ihn zur leichten Beute für Deborah oder irgendeine andere Frau machte, die auf der Lauer lag«.

Joan widersprach vehement:

»Blödsinn, Liebling. Ania himmelte Teddy an, und wenn er gepfiffen hätte, dann wäre sie sofort angerannt gekommen, Tanzen oder nicht Tanzen. Teddy war am Boden zerstört, als er nach England kam. War er der arme Pole, der seine Freunde an die Wand gestellt hatte, oder war er der heimgekehrte britische Held, wie Deborah es ihm erzählte? Zwei Wochen verbrachten die Analysten mit ihm, eingesperrt in einem auserlesenen englischen Landhaus mit allem modernem Schnickschnack: Deborah tupfte ihm die Stirn und bläute ihm ein, er sei der beste IA gewesen, den der Dienst jemals hatte. ›Leichte Beute‹, so ein Quatsch.«

»Und Deborah war damals so ziemlich die Miss Europa im Dienst«, erinnerte Proctor die beiden. »Wenn Deborah behauptete, *Florian* sei ein Star, dann war das wohl die Ansicht des gesamten Geheimdienstes.«

Aber Joan war noch nicht mit Deborah fertig:

»Sie hat ihn ins Bett gezerrt, als er noch am Schlaf-

wandeln war, und hat so ziemlich jede Vorschrift gebro-
chen.«

Joan hatte nicht ganz unrecht, da konnte Philip noch
so schnauben. Das Dienstethos verbot eigentlich strikt
jede Beziehung zwischen Profis im Haus und Außenagenten. Doch für Deborah und *Florian* hatte die Direktion eine Ausnahme gemacht.

Philip musste das letzte Wort haben:

»Er hat sich in sie verknallt, um Himmels willen! Sie
war seine *Britannia*!«, überhörte er Joans Ausruf des
Hohns. »Das ist seine Art. Er gießt eine Frau in das Bild,
das er von ihr hat, und verknallt sich dann Hals über Kopf
in dieses Bild. Sie war kernbritisch, loyal bis dorthinaus,
gut aussehend und reich. Edward hatte einfach verdammtes Glück.«

Proctor konnte nicht erkennen, ob sich Philips Frau
von dieser Einschätzung überzeugen ließ.

Joans Einstieg, der ein neues Kapitel eröffnete, klang fast
wagnerianisch:

»Bosnien! Beten wir, dass so etwas nie wieder vor-
kommt, das haben wir damals gesagt. Nur dass das Beten nichts geholfen hat. Sechs winzige Länder, die sich
um das Testament von Papa Tito streiten. Alle kämpfen
für Gott, alle wollen der King sein, und keiner mag den
anderen. Wie immer haben alle recht, und alle fechten
Kriege aus, an denen sich ihre Vorväter schon vor zweihundert Jahren versucht und die sie verloren haben.«

Und die unfassbaren Horrorgeschichten, muss sie
das extra erwähnen? Verstümmelungen, Kreuzigungen,

Pfählungen, wahllose und summarische Massaker, vor allem an Frauen und Kindern. Sie hatte damit gerechnet, dass es schlimm sein würde, aber doch nicht mit einer Mischung aus Dreißigjährigem Krieg und Spanischer Inquisition. Der Deal, so hatte die Direktion bestimmt, war ganz einfach:

»Phil sollte die Verbindungsperson sein zu den zahllosen Geheimdiensten, die sich gegenseitig über die Füße stolperten, darunter auch die Leitung der sechs verfeindeten Geheimdienste des früheren Jugoslawiens, womit ja an sich ein Mann schon mehr als genug am Hals gehabt hätte. Er sollte auch noch mit dem Kommando der UN-Truppen und mit den Vertretern der NATO konferieren und ausgewählte NGOs über den Stand der Kämpfe und die größten Gefahrenzonen informieren.

Du hast also im Grunde alle öffentlichen Arbeiten erledigt, nicht wahr, Liebling? Und das war gut so. Je offener du gearbeitet hast, desto besser für mich, denn ich war ja nur das dumme Frauchen, das sich beim Dinner mit dem Herrn zu ihrer Rechten unterhält.«

»Übergepäck, der reinste Parasit, hätte schon von Anfang an nie nach Belgrad gehen dürfen«, stimmte Philip stolz zu. »Hat die ganze Zeit über alle Leute reingelegt, stimmt doch, Liebling? Mich hast du praktisch auch reingelegt!«, worauf er ein *Ha!* ob der schönen Erinnerungen von sich gab und Chapman freudig mit dem Zeh anstupste.

Und während Philip alle öffentlichen Arbeiten erledigte, bestand Joans erste Aufgabe als seine geheime Nummer zwei darin, die aktiven Quellen, die noch aus

Titos Zeiten übrig geblieben waren, aufzutreiben – Serben, Kroaten, Slowenen, Montenegriner, Mazedonier, Bosnier, von denen noch viele auf der Lohnliste standen, war es denn zu fassen –, und in dieser Situation, die der ähnelte, die Philip in Warschau erlebt hatte, brauchte sie händeringend einen erfahrenen Mann, der sich sofort an die Arbeit machen konnte.

Kein Wunder also, dass *Florians* Name wieder auftauchte. Hatte er nicht in einem früheren Leben als junger Dozent an der Universität in Zagreb unterrichtet? Saßen nicht vielleicht ein paar seiner früheren Studenten und Kollegen auf höheren Posten in ihren jeweiligen Ländern?

Sprach er nicht perfekt Kroatisch?

Und war er nicht als halber Pole, also Slawe, nicht zugänglicher, sexyer, würde Joan sagen, für die Kriegsparteien, als es irgendein reiner Brite jemals sein könnte? Ein Slawe ist ein Slawe. Betonen wir den Polen in Edward, löschen wir den Briten, und schon wieder ist er Gottes Geschenk an eine überarbeitete Station.

Aber würde *Florian* mitspielen? War seine Courage nach dem polnischen Fiasko erschöpft? Hatte die Vaterschaft einen anderen Mann aus ihm gemacht? Und vor allem, würde die Direktion den Wiedereinsatz eines ehemaligen Außenagenten zulassen, der nun mit einer der geschätztesten Mitarbeiterinnen des Dienstes verheiratet war? Das tat die Direktion, zu Joans Überraschung. Wer da zog und wer da schob, bekam sie nie heraus, aber Joan hatte eine recht konkrete Vorstellung:

»Die Tochter war noch ziemlich klein. Edward himmelte sie an, aber ihm fiel der Umgang mit Stützrädern und Stofftieren schwer. Sie waren reich. Sie hatten Kindermädchen. Nach Polen hatte der Dienst Edward ein paar Jobs angeboten: Kurierfahrten, Urlaubsvertretungen bei Auslandsstationen, ausgefallene Anwerbungsarten. Und was trieb Deborah in der Zwischenzeit? War damit beschäftigt, die Pferde zu wechseln. Karrierefrau. Sie arbeitete sich in den Nahen Osten ein, ihr neuestes bestes Fach, und brillierte in angloamerikanischen Thinktanks, während der arme Edward zu Hause herumsaß, die Decke anstarrte und mit der Tochter in den Zoo ging.«

Sie kamen überein, dass Philip den Annäherungsversuch übernehmen sollte. *Florian* mochte zwar ausgemustert worden sein, aber Philip hatte ihn ja schon in Polen eingesetzt. Voller Achtung gegenüber seiner Frau schaltete er sich kurz ein:

»Ich bin nach London zurückgeflogen und habe ihn getroffen. War Joans Idee. Bei ihm zu Hause. Ihr Haus, nehme ich an. Ein sonniger Tag. Riesiger edwardianischer Kasten in East Anglia. Und da saß er vor dem Fernseher und schaute sich das Kriegsgeschehen an. Das Kind neben sich. Nicht sonderlich überraschend, so wie man *Florian* kannte. Er wusste, dass ich auftauchen würde, also hatte er die Bühne vorbereitet. Wir tranken Scotch. Ich fragte ihn, wie es ihm ging und all das, doch er meinte nur, wann fangen wir an? Einfach so. Keine Spur von Überredungskunst, kein Wort über Geld, Rente oder Krankenkasse, nichts von alledem. Es ging nur darum, wen wir als Quelle hatten und wer auf der Stelle aktiviert werden konnte. Fragen Sie Joan, sagte ich. Joan ist ab sofort Ihr Boss, nicht ich. Ich bin nur ein Beamter in Belgrad. Er war nicht im Geringsten verstimmt. Er mochte Joan. Er hatte sie in seinen Ruhezeiten kennengelernt, er vertraute ihr, also alles kein Problem. Er war sogar ganz froh darüber, zur Abwechslung mal eine Frau über sich zu haben. Noch dazu eine schöne. Also bitte. Sie wird rot. Was er wirklich wissen wollte: Wie schnell konnte er dorthin und sich einbringen? Ich weiß, was du sagen willst, Liebling: Er wollte nur von Debbie weg. Aber das ist nicht wahr. Er hatte wieder ein Ziel. Das war das Einzige, was ihn interessierte.«

»Und um welches Ziel handelte es sich, Ihrer Meinung nach?«, fragte Proctor und hielt Joan damit noch einen Moment auf.

»Ach, um den Frieden, keine Frage«, antwortete Philip ohne ein Zögern. »Der Krieg musste auf der Stelle gestoppt werden. Die Faschisten mussten gestoppt werden. In Bosnien wimmelte es nur so von denen, wie er wusste. Man sollte *Florians* Vater nicht unterschätzen. Man sollte *Florians* kommunistische Vergangenheit nicht vergessen. Mehr habe ich dir an weisen Ratschlägen nicht gegeben, als du ihn übernommen hast, oder, Joan? Ein Radikaler bleibt ein Radikaler. Ganz egal, ob Ex-Kommunist oder Ex-Sonstwas. Er ist und bleibt derselbe. Man ändert doch seine Denkweise nicht, nur weil man andere Schlussfolgerungen zieht. Man ändert die Schlussfolgerungen. Das liegt in der Natur des Menschen. Wenn ich so darüber nachdenke, sollten Sie Ihren Auszubildenden in der Hinsicht wohl ein mahnendes Wort mit auf den Weg geben, falls Sie vorhaben, Ex-Fanatiker anzuheuern. Denke stets daran, was sie waren, denn das steckt immer noch in ihnen.«

Die erste Frage, so Joan, galt natürlich *Florians* Legende. Es handelte sich schließlich nicht um das kommunistische Polen. Es handelte sich um das zerfallende Jugoslawien, und überall wimmelte es nur so von Irren jedweder Ausrichtung – Waffenhändler, Wanderprediger, Menschenschmuggler, Drogenschmuggler, Kriegstouristen, Journalisten und Spione aus aller Welt –, dass einem ganz normale Menschen schon verdächtig vorkamen.

Es reihten sich Hilfsorganisationen jeder Couleur und Art unter der Sonne aneinander, und das natürlichste Umfeld für *Florian*, so entschied die Direktion, sollte nicht eine britische oder polnische Organisation darstellen, sondern eine deutsche, die vor allem bei den Kroaten höchstes Ansehen genoss. Da der Dienst diese Organisation mit innehatte, war Edwards Aufnahme keine große Sache. Er sollte in Zagreb anfangen, wo er ja auch unterrichtet hatte.

»Doch *Florian* konnte nirgendwo lange still sitzen«, sagte Joan grimmig. »Wenn der Dienst ihm Kilometergeld gezahlt hätte, dann hätte er uns in den Bankrott getrieben. Er warf sich buchstäblich jedem an den Hals – seinen früheren Studenten und Kollegen und sämtlichen neuen Freunden, ganz gleich, wo sie steckten. Ihm war egal, um wen es sich dabei handelte, solange er etwas aus denjenigen herausbekam, je haariger, desto besser. Und glauben Sie mir, da waren ein paar echte Perlen darunter. Faschist beschreibt es nur unzureichend. *Florian* war besonders bei den Serben beliebt. Er sang mit ihnen, schwärmte über ihre heroische Dichtkunst und hörte sich alles über ihre göttliche Mission an, jeden einzelnen Muselmann, jede Frau und jedes Kind im Namen der heiligen Sache des Serbentums niederzumetzeln. Dann funkte er uns seinen Bericht oder traf sich in einem komplett abgeschiedenen Bergdorf mit mir.«

»Und mit den Bosniern, den Muslimen?«, fragte Proctor.

Zwar war sie weniger leicht zu verwirren als ihr Mann, doch Joan zögerte und setzte eine Miene auf, die Unheil verhieß:

»Tja, die Muslime waren so oder so immer die Opfer, richtig? Das stand doch von Anfang an im Kleingedruckten. Und Edward tickte eben so, er liebte die Opfer. Und so war die Bühne bereitet«, sagte sie in Richtung Gemüsegarten und zupfte sich an den Haaren.

»Meiner Erinnerung nach gab es auch ein, zwei Frühwarnzeichen«, merkte Proctor zögernd an, um das Schweigen zu durchbrechen. »Anzeichen, die meine Auszubildenden tunlichst beachten sollten, wenn sie sich einen Kopf um die kleinen Eigenarten ihrer Agenten machen, so wie wir alle das ja tun. Gibt es dafür Beispiele, Joan?«, fragte er und zückte seinen Stift.

»Das erste Anzeichen, wenn man es denn so nennen will, das wir umgehend nach dem ersten Auftreten an die Direktion meldeten, war, dass es *Florian* überhaupt nicht passte, dass sein serbisches Material erst nach London und dann an die Amerikaner weitergeleitet wurde, statt den Bosniern auf direktem Wege zugestellt zu werden.

Wenn es nach Florian ging, gab London sein Material nicht schnell genug an die Bosnier weiter, um sich vor dem nächsten Angriff schützen zu können. Er hatte sogar die Stirn zu behaupten, dass da eine Absicht dahintersteckte, was natürlich vollkommener Blödsinn war. London gab eh keinen Millimeter nach, wie sollten sie auch? Man kann ja nicht zulassen, dass die Außenagenten ihr Material an Kriegsteilnehmer vor Ort weiterreichen. Und was war mit Großbritanniens *Besonderen Beziehungen* zu den USA? Was war mit der NATO? Wie ich zu Edward sagte: Wie stellst du dir das eigentlich vor? Wir gehören einer Allianz an, im Guten wie im Schlechten. Was wir nicht wussten – stimmt doch, Liebling –, er hatte sich in eine total neutral gebliebene Familie in den Bergen verknallt. Weltlich orientiert, das ist bei Edward praktisch Pflicht, aber tief in muslimischen Traditionen verwurzelt und für eine arabische NGO tätig. Aber man kann ja nicht jeden einzelnen Aspekt des Privatlebens eines Agenten im Blick behalten, oder doch?«

»Keine Chance, Liebling«, sagte Philip, der ganz seinen eigenen Gedanken nachhing, missmutig.

»Wie um alles in der Welt hätten wir das also wissen können? Wie hätte es überhaupt irgendjemand wissen können, wenn Florian es keinem sagte? Das habe ich der Direktion auch so mitgeteilt. Was sollte ich denn machen, wo die Station doch in Belgrad war und Florian sich in den Bergen rumtrieb?«

»Du hättest absolut gar nichts tun können, Liebling«, versicherte ihr Philip und drückte Joans Hand.

Sie hatte das Dorf erst in seinem Endzustand erlebt,

erklärte Joan. Proctor möge das bitte im Hinterkopf behalten. Und da war es nur noch ein bosnischer Schutthaufen mit vielen Grabsteinen.

Aber das Dorf war für *Florian* ein besonderer Ort. Er hatte ihn für sich angenommen, und dorthin konnte er sich zurückziehen, wann immer es sich ergab. So viel wusste sie damals. Es war kein geheimer Ort, nur ein sehr privater. Bei den paar Gelegenheiten, wenn er darüber sprach – während sie hinten in einem Hilfslaster hockten und sie ihn befragte –, berichtete er weniger von dem Ort an sich als von den Menschen, die dort lebten.

Doch um ehrlich zu sein, hatte sie nicht sonderlich gut aufgepasst, wenn es um das Dorf oder sonst irgendjemanden ging. Sie machte sich mehr Sorgen darum, ob es *Florian* gut ging, um das nächste Treffen, um die Informationen, die sie aus ihm herausbekam, und darum, diese nach Belgrad weiterzuleiten.

So wie *Florian* es beschrieb, war es ein bosnisches Dorf wie jedes andere, eingekesselt in einem Tal in den kahlen Bergen, eine Tagesreise von Sarajewo entfernt. Es gab eine Moschee und zwei Kirchen – eine römisch-katholisch, die andere orthodox –, und manchmal kamen sich die Kirchenglocken mit dem Muezzin in die Quere, und dass das aber niemanden störte, fand *Florian* einfach wunderbar.

»Er hätte niemals zugegeben, dass irgendjemand wegen seiner Religion besser dran war, doch zumindest riss sie die Menschen nicht auseinander, also alles bestens. Und wenn es was zu feiern gab, dann sangen alle dieselben Lieder und schütteten sich mit demselben Fusel zu.«

Florians Traumort, meinte sie, aber nur in dem Sinne, dass die Einwohner so miteinander lebten, wie das bosnische Gemeinden fünfhundert Jahre lang getan hatten, bevor alle dem Wahnsinn verfallen waren.

»Was genau dieses Dorf in *Florians* Augen zum Paradies machte, war die wunderbare Familie, auf die er sich dort eingelassen hatte, was mir damals nicht so besonders aufgefallen war, muss ich zugeben. Er war in dieses Dorf geraten in der Hoffnung, vielleicht Informationen über die örtlichen Truppenstärken aufzuschnappen, und plötzlich saß er an einem ordentlichen Familientisch mit einem wunderbaren Paar aus Jordanien und deren halbwüchsigem Sohn und tauschte sich über die feineren Unterschiede im französischen Roman des neunzehnten Jahrhunderts aus. Ich möchte ja nicht blasiert klingen, aber solche verrückten Geschichten waren an der Tagesordnung. Solche lebensverändernden Erlebnisse hatte jeder mindestens einmal am Tag, für gewöhnlich eher fünfmal. Deshalb habe ich *Florian* nicht so aufmerksam zugehört, wie ich es hätte tun sollen, wenn er von seiner Traumfamilie schwärmte. Ich interessierte mich erheblich mehr für das, was er über Truppenbewegungen zu sagen hatte«, erklärte Joan.

»Und zwar zu Recht«, pflichtete Proctor murmelnd bei und schrieb weiter mit.

Joan zählte an den Fingern ab: Folgendes haben wir herausgefunden, als es schon zu spät war. Unsere akribische, auf Wunsch der Direktion hin durchgeführte Rekonstruktion. Ist sie zu schnell für Stewart?

Nein, Joan, alles bestens.

»Ein jordanischer Arzt. Vorname Faisal. In Frankreich studiert und approbiert. Eine jordanische Frau, Gattin des zuvor Erwähnten, Vorname Salma, Abschlüsse an den Universitäten in Alexandria und Durham, kann man so etwas glauben. Ein dreizehnjähriger Junge, Aarav, Sohn der beiden. Geht in Amman zur Schule, aber es sind Ferien, und er möchte Arzt werden wie sein Vater. Haben Sie es so weit?«

Proctor hatte alles so weit.

»Faisal und Salma leiten ein medizinisches Versorgungszentrum unter der Schirmherrschaft einer blockfreien, von den Saudis finanzierten NGO. Das Zentrum befindet sich in einem verlassenen Kloster am Rande des Dorfes. Das Kloster verfügt – verfügte – über ein Refektorium und eine Weide, durch die ein Bach fließt. Eine Fünf-Sterne-Idylle. Salma, ausgezeichnete Organisatorin, so Edward, hat das Refektorium in ein Feldlazarett verwandelt. Faisal wird unterstützt von fähigen Sanitätern, die von derselben arabischen NGO gestellt werden. Abend für Abend treffen Laster ein und laden die Verwundeten ab. Die schwersten Kämpfe toben in Sarajevo, aber auch in den Bergen gibt es Scharmützel. Das Dorf sieht sich selbst wegen des Lazaretts als Zufluchtsort. Ein Fehler.«

Im relativ ruhigen Belgrad ist es nach Mitternacht. Joan und Philip liegen im Bett. Joan ist gerade von einem Einsatz zurückgekehrt. Florian hat sich seit ein paar Tagen nicht gemeldet, aber das ist nicht von Bedeutung. Sein letztes bekanntes Treffen war mit einem serbischen

Oberst der Artillerie. Das Ergebnis war gut genug, um sich damit ein lobendes Telegramm von der Direktion einzuheimsen. Das grüne Telefon neben dem Bett klingelt. Es ist nur für Agenten und nur im Extremfall. Joan, die Führungsoffizierin der Station, hebt ab:

»Ich höre diese heisere Stimme: Hier spricht *Florian*. *Florian*?, frage ich. Welcher *Florian*? Ich habe noch nie von Ihnen gehört. Zu diesem Zeitpunkt geht mir nicht mal auf, dass es sich um Edward handeln könnte. Er klang überhaupt nicht wie *Florian*. Ich war mir nicht mal sicher, ob er überhaupt seinen eigenen Decknamen kannte. Mein erster Gedanke war, dass *Florian* als Geisel genommen worden ist und ich den Geiselnehmer in der Leitung habe. Dann höre ich mit dieser flachen, fremdartigen Stimme: Es ist vorbei, Joan. Philip ist am zweiten Telefon, stimmt doch, oder, Liebling?«

»Sie sollte den Mann am Reden halten, das war das Einzige, was man tun konnte«, erwiderte Philip. »Er kennt *Florian*. Er kennt Joan. Der Kerl war also irgendeiner Sache auf der Spur. Ich signalisierte ihr, halte ihn am Reden«, und macht die entsprechende Bewegung mit Daumen und zwei anderen Fingern, »lass ihn reden, und ich versuche, den Anruf orten zu lassen.«

»Ich war schon längst dabei«, sagte Joan. »Fordere ihn heraus, dachte ich mir. Wer ist denn *Joan*?, fragte ich. Was ist vorbei? Sagen Sie mir, wer Sie sind, und ich sage Ihnen, ob Sie die richtige Nummer gewählt haben. Und plötzlich ist er Edward. Ich weiß, dass es Edward ist, weil er nicht auf Pole oder sonst was macht, sondern mit seiner eigenen Stimme spricht. Sie haben sie umgebracht,

Joan. Sie haben Faisal und den Jungen umgebracht. Das ist ja furchtbar, sage ich, Edward, wo sind Sie, und warum benutzen Sie dieses Telefon? Er sei in dem Dorf, sagt er. Welches Dorf, frage ich. In *seinem* Dorf. Und schließlich nennt er mir den Namen.«

Was Joan als Nächstes tat, war so außergewöhnlich – klang aber in ihren zurückhaltenden Worten so unspektakulär –, dass Proctor einen Augenblick brauchte, um die ungeheure Waghalsigkeit zu begreifen. Begleitet von einem Dolmetscher, einem Fahrer und einem Sergeant des Sonderkommandos in Zivil, machte sich die furchtlose Joan auf den Weg in die Berge. Am nächsten Abend fanden sie das Dorf, zumindest das, was davon noch übrig geblieben war. Das Minarett war eingestürzt, jedes einzelne Haus gesprengt worden. Auf dem Friedhof hockte ein alter Mullah neben einer Reihe frischer Gräber.

Wo sind die Dorfbewohner?, fragte ihn Joan.

Der serbische Colonel hat sie mitgenommen. Die serbischen Soldaten haben sie im Gänsemarsch über ein Minenfeld laufen lassen. Die Dörfler mussten in die Fußstapfen des Vordermanns treten, oder sie liefen Gefahr, dass ihnen die Beine abgerissen wurden.

Und der Arzt?

Tot. Der Sohn auch, und er wies auf zwei frische Gräber. Erst hat der Oberst mit ihnen geredet, dann hat er sie beide zur Strafe erschossen, weil sie Muslime geheilt hätten.

Und die Frau? Hat der Colonel die Frau auch erschossen?

Da war ein Deutscher, der Serbisch konnte, aber er kam zu spät, um den Doktor und seinen Sohn zu retten, sagte der alte Mullah. Der Deutsche war oft im Dorf und wohnte dann im Haus des Doktors. Erst hat er mit dem Colonel auf Serbisch geredet. Der Colonel und der Deutsche waren wie alte Freunde. Der Deutsche konnte scharfsinnig diskutieren. Er tat dem Colonel gegenüber so, als wollte er die Frau für sich. Darüber musste der Colonel laut lachen, packte die Frau am Arm und reichte sie wie zum Geschenk an den Deutschen weiter. Dann befahl er seinen Leuten, wieder auf die Laster zu steigen, und fuhr davon.

Und der Deutsche?, fragte Joan. Was wurde aus dem?

Der Deutsche half der Frau, ihre Toten zu begraben. Dann fuhr er mit ihr in seinem Jeep fort.

Philip bestand darauf, dass Proctor sich vor der Abreise noch mal frisch machte, und wenn er schon dabei war, sollte er sich auch schnell sein Arbeitszimmer anschauen. Chapman lief voraus, die beiden Männer gingen am winzigen Gemüsebeet vorbei und betraten einen Gartenschuppen mit Schreibtisch, Stuhl und Computer. An der Holzwand hing das Gruppenfoto des Geheimdienst-Kricketteams von 1979. Vom Dachbalken baumelte ein Einkaufsnetz mit Knoblauch zum Trocknen. Tontöpfe mit Kürbis- und Zucchinipflanzen reihten sich an der Wand auf.

»Also Folgendes, alter Knabe – mal ganz unter uns«, sagte Philip, »aber erzähl das nur nicht den Auszubildenden, sonst bist du deine Rente los. Wir haben nicht viel erreicht, um den Lauf der Geschichte zu verändern, oder? So von einem alten Spion zum anderen, würde ich schätzen, ich wäre als Leiter eines Jugendclubs nützlicher gewesen. Keine Ahnung, wie du das siehst.«

Jedes Geschäft, jedes Unternehmen in der Hauptstraße, welche die Zielperson regelmäßig aufsucht.

Alle Händler, mit denen sich die Zielperson angefreundet oder bei denen sie sich große Mühe gegeben hat, denjenigen einen Gefallen zu tun. Jeder Gefallen, den diese der Zielperson erwiesen haben.

Alle Gelegenheiten, bei denen die Zielperson sich ein Telefon oder einen Computer von jemandem geliehen hat. Aufzeichnungen aller ein- und ausgehenden Kontakte.

Aber, Billy, was immer Sie unternehmen, machen Sie mir ja nicht die Pferde scheu.

8

Julian wählte erst einen maßgeschneiderten blauen Anzug, fand dann aber, dass der zu sehr nach City aussah,
und probierte ein kariertes Sportsakko. Das erschien
ihm wiederum zu grell, und er tauschte es gegen einen
dunkelblauen Blazer, dazu graue Flanellhose und eine
seidene Strickkrawatte von Mr Budd, dem Hemden-
schneider in der Piccadilly Arcade, ein Luxus aus seiner
lasterhaften Vergangenheit. Er band sich die Krawatte
um, löste sie wieder, nahm sie ab und steckte sie sich in
die Blazertasche. Er legte sie sich zum zigsten Mal wieder
an, während er mit den unlösbaren Fragen kämpfte, die
ihn seit dem Telefonat vor achtundvierzig Stunden ver-
folgten.

»Hallo«, eine Frauenstimme. Laute moderne Rockmusik im Hintergrund. Dann ging die Musik aus.

»Hallo. Mein Name ist Julian Lawndsley.«

»Prima. Sie sind die Buchhandlung. Wann wollen Sie
kommen?«

Ist das Deborah? Oder ist das das Doktor-Schiwago-
Kopftuch?

»Nun, wenn Donnerstag in Ordnung ist ...«

»Donnerstag passt bestens. Ich sag Mum Bescheid. Ist Fisch okay für Sie? Dad hasst Fisch, aber das ist das Einzige, was sie noch essen kann. Ich bin übrigens Lily. Die Tochter«, sagte sie, die Stimme senkend, um anzudeuten, dass Töchter den Untergang bedeuteten.

»Hallo, Lily. Mir ist alles recht«, sagte Julian, regelrecht erschüttert angesichts der Erkenntnis, dass er nach weiß Gott wie vielen Stunden in Edwards Gesellschaft bisher keinerlei Vorstellung davon gehabt hatte, Deborah Avon könnte eine Tochter haben, geschweige denn Edward. Ihre Stimme, so fiel ihm auf, klang so gar nicht nach den wohlgewählten Tönen ihres Vaters, sondern frisch und verwegen.

»Ist sieben Uhr okay für Sie?«, fragte sie. »Mum isst gern früh. Eine Stunde, mehr schafft sie einfach nicht.«

»Sieben Uhr ist bestens.«

Und das war nicht das einzige Mysterium in Julians Leben. Die beiden Laptops aus dem Geschäft waren verschwunden, einer aus dem Lager, der andere aus dem Keller. Als die Polizei endlich auftauchte, fand diese auch keine bessere Erklärung als Julian selbst:

»Absolute Profis«, so der einzige Kommentar des Sergeant in Zivil: »Wir reden hier von einer Gang aus mindestens drei Personen. Einer, der für Ablenkung sorgt, zwei, die den Diebstahl durchführen. Fällt Ihnen vielleicht eine Frau ein, die hysterisch geworden ist, oder wurde ein Kind vermisst? Nein. Während eines solchen Ablenkungsmanövers könnte Komplize A im Lager verschwinden und sich dort bedienen, während Komplize B die Treppe hinunter in den Keller abhaut und das Gleiche tut. Erinnern Sie sich an irgendwelche Frauen mit besonders voluminöser Kleidung?«

Dann senkte er die Stimme zu einem Flüstern: »Und Sie glauben nicht, dass es sich um jemanden handelt, den Sie kennen? Dieser Matthew da drüben? Er hat keinerlei Vorstrafen, soweit ich feststellen kann, aber einmal ist ja immer das erste Mal, nicht wahr?«

Das Merkwürdigste an der Geschichte war womöglich Edwards Reaktion, als er am Abend eintraf und erfuhr, dass mit dem Computer auch die gesamte Korrespondenz zum Thema Klassikersammlung verschwunden war.

Weder an seinem Gesichtsausdruck noch an der Körperhaltung änderte sich etwas. Doch der wächsernen Starre seines Blicks nach zu urteilen, mochte er gerade sein Todesurteil gehört haben.

»Beide Computer«, bestätigte Julian. »Und Sie haben kein Back-up erstellt, nehme ich an.«

Kopfschütteln.

»Sieht so aus, als hätten wir quasi alles verloren. Aber es gibt ja noch Ihre Papierliste, und ich habe einen weiteren Laptop, den wir benutzen können. Sobald wir wieder auf dem neuesten Stand sind.«

»Ausgezeichnet«, sagte Edward und bewies erneut, wie rasch er sich wieder fangen konnte.

»Und ich habe einen Brief für Sie«, sagte Julian und reichte ihn Edward, »von Mary.«

»Von wem?«

»Mary. Die Lady aus Belsize Park. Sie hat Ihnen zurückgeschrieben. Bitte sehr.«

Hatte Edward vergessen, dass Julian einen wichtigen Brief für ihn überbracht hatte?

»Ah. Danke. Wie freundlich«, doch ob er nun Julian meinte oder die mysteriöse Dame, war nicht klar.

»Zu dem Brief gehört noch eine Nachricht, die ich Ihnen mündlich überbringen soll. Sind Sie bereit?«

»Sie haben mit ihr gesprochen?«

»War das verboten?«

»Für wie lange?«

»Acht oder neun Minuten, alles in allem. In der Brasserie nebenan. Die meiste Zeit über hat sie an dem Brief an Sie geschrieben.«

»Haben Sie über wichtige Dinge gesprochen?«

»Das würde ich nicht sagen, nein. Nur über Sie, eigentlich.«

»Wie ging es ihr?«

»Das wollte sie Sie wissen lassen. Es geht ihr gut, sie ist gefasst. Sie hat ihren Frieden gefunden. So ihre Worte. Und sie ist schön. Das hat sie natürlich nicht gesagt. Aber das sage ich.«

Für einen flüchtigen Augenblick erhellte Edwards übliches Lächeln sein Gesicht.

»Ich bin sehr dankbar«, schnappte er sich Julians Hand mit beiden Händen, quetschte sie und ließ los. »Vielen, vielen Dank.«

Du meine Güte, waren das echte Tränen?

»Sie erlauben?«, womit er wohl meinte, in Ruhe den Brief zu lesen, wenn Julian bitte gehen würde.

Doch der war dazu noch nicht bereit:

»Ich komme morgen Abend zu Ihnen zum Essen, falls Sie das noch nicht wissen.«

»Es ist uns eine Ehre.«

»Warum haben Sie mir nicht verraten, dass Sie eine Tochter haben? Genieße ich einen derart schlechten Ruf? Ich konnte es gar nicht glauben. Es war ...«

Es war was? Er sollte es nie erfahren.

Edwards Blick war in sich gekehrt. Dann seufzte er lang und schwer. Zum allerersten Mal, seit Julian ihn kannte, erschien er, wenn auch nur für ein paar Sekunden, wie ein Mann, der das alles nicht mehr ertragen konnte. Endlich kamen die entlastenden Worte:

»Zu meinem größten Bedauern hat unsere Tochter Lily beschlossen, seit ein paar Jahren ihr eigenes Leben in London zu leben. Wir waren nicht immer die enge Familie, die ich mir gewünscht hätte. Ich habe unserer Tochter gegenüber versagt. Zu unserer großen Freude ist sie in der Not ihrer Mutter zu uns zurückgekehrt. Darf ich nun meinen Brief lesen?«

Mr Budds Krawatte war nun zu Julians Zufriedenheit gebunden, er nahm den als Geschenk verpackten Champagner aus dem Kühlschrank, die Flasche hatte er am Morgen im Delikatessengeschäft erworben, streifte einen alten Regenmantel über anstelle des Übermantels aus der City, schloss den Laden ab und machte sich, mit einer emotionalen Mischung aus großer Neugier und trüben Vorahnungen, auf den vertrauten Weg nach Silverview. Er erreichte den unbefestigten Weg und kam an einem verbeulten weißen Lieferwagen in einer Parkbucht vorbei, in dem sich ein junges Pärchen auf dem Vordersitz leidenschaftlich in den Armen lag. Das Tor zum Haus stand offen. Noch bevor Julian klingeln konnte, öffnete sich die Haustür.

»Sie sind Julian, richtig?«

»Und Sie sind Lily.«

Sie war klein und kräftig, hatte dunkle, zu einer Jungenfrisur geschnittene Haare und einen schmalen, schrägen Mund. Sie trug ausgebeulte Jeans und eine gestreifte Kochschürze mit roten Herzen als Taschen. Sie schaute ihn lange und offen an, seinen blauen Blazer, die seidene Strickkrawatte, die Jutetasche mit dem aufgedruckten Logo von *Lawndsleys Bessere Bücher*. Sie hatte die dunkelbraunen Augen ihres Vaters. Sie zog die Tür halb hinter sich zu und machte einen Schritt auf ihn zu. Dann schob sie in einer merkwürdigen Geste der Erleichterung die Hände in die Schürzentaschen und zuckte leicht kumpelhaft mit den Schultern in seine Richtung.

»Was haben Sie denn da in der Tasche?«, wollte sie wissen.

»Champagner. Gekühlt und trinkfertig.«

»Super. Mum wird offiziell immer noch behandelt. Aber es könnte jeden Tag so weit sein. Das weiß sie, und sie mag kein Mitleid. Sie sagt, was sie denkt, und sie denkt eine Menge, es kann also alles Mögliche passieren, okay? Nur dass Sie wissen, worauf Sie sich da einlassen.«

Julian folgte ihr die Treppe hinauf und betrat mit einem Gefühl unerlaubten Eindringens den riesigen Eingangsbereich eines Hauses, das, in der Sprache von Immobilienmaklern, schon länger einer Modernisierung bedurfte. An den vergilbten, mit Prägetapete ausgestatteten Wänden des Hauses der Tochter des Colonels hingen dessen rissige Ölgemälde mit maritimen Szenen, daneben antike Barometer, aufgereiht wie Soldaten. Die einzige Lichtquelle bildete ein an der Decke befestigtes Eisenrad mit elektrischen Kerzen, von denen gelbes Plastik tropfte. Am anderen Ende des riesigen Raumes verschwand eine gebogene Mahagonitreppe mit weißem Geländer in der Dunkelheit. Vernahm Julian von irgendwoher Beethoven?

»Mum!«, brüllte Lily die Treppe hinauf. »Dein Gast wartet hier mit einer Flasche Blubberwasser! Leg deine Kriegsbemalung auf!«, und ohne eine Antwort abzuwarten, führte sie Julian durch eine offene Tür in ein ebenso riesiges Wohnzimmer mit einem Marmorkamin, in dem sich Trockenblumen in einer Kupfervase befanden.

Vor dem Kamin standen zwei graue Sofas, positioniert wie Schlachtreihen. In einer getäfelten Nische gab es dicht bestückte Reihen ledergebundener Bücher. Am anderen Ende des Raums wartete eine weitere Version des altbekannten Mr Edward Avon, wohnhaft auf Silverview, in brauner Smokingjacke und mit passenden Abendslippern mit Goldborte darauf, entdeckt zu werden. Sein weißes Haar war säuberlich gekämmt und bauschte sich hinter den Ohren zu kleinen Hörnern auf.

»Julian, mein Lieber! Wie reizend!«, sagte er und streckte höflich die Hand aus. »Sie und Lily haben sich also schon bekannt gemacht, wie ich sehe. Ausgezeichnet! Aber was haben Sie denn da bei sich, du meine Güte? Habe ich etwas von Champagner gehört? Lily, Liebling. Ist deine Mutter schon bereit für ihren großen Auftritt?«

»Ein paar Minuten noch. Ich lege das nur mal schnell in den Kühlschrank und bringe das Essen zum Tisch. Wenn ich rufe, ist alles fertig. Okay, Tedsky?«

»Perfekt, Liebling. Natürlich.«

Edward und Julian blickten einander an. Auf dem Beistelltisch zwischen ihnen stand ein Tablett mit einer Karaffe und Gläsern. In Edwards Augen war etwas zu lesen, das Julian bislang noch nie bei ihm bemerkt hatte: Es sah aus wie Furcht.

»Darf ich Sie mit einem Sherry in Versuchung führen, Julian? Oder vielleicht mit etwas Stärkerem? Übrigens weiß natürlich niemand hier im Haus von Ihrem Ausflug nach London.«

»Das ist mir bewusst.«

»Es ist bekannt, dass wir eine Bücherauswahl an Klassikern für Ihr ausgezeichnetes Geschäft zusammenstellen. Ich nehme an, dass die Erwähnung des Diebstahls der Computer nur unnötige Bestürzung verursacht und am besten vermieden werden sollte. Deborah kann bei bestimmten Dingen überempfindlich sein. Alle anderen Themen sind natürlich nicht tabu. Zu dieser Tageszeit ist sie am muntersten.«

Der Beethoven von oben hatte ein Ende gefunden, zurück blieb nur das Knarren und Wispern eines hallenden Hauses. Edward füllte zwei Sherrygläser, gab Julian eins davon, hob das andere an die Lippen und leerte es stumm. Julian trank ebenfalls seinen Sherry aus. Wie aufs Stichwort einer Souffleuse aus den Kulissen, setzte Edward die Unterhaltung in einem lauteren Tonfall fort:

»Deborah hat sich schon sehr auf diesen Abend gefreut, Julian. Die langjährige Verbindung ihres Vaters zur öffentlichen Bibliothek im Ort ist etwas, das ihr viel bedeutet. Die Familienstiftung unterstützt sie noch immer im großen Stil.«

»Wunderbar«, antwortete Julian laut. »Das ist wirklich …«, er wollte schon »aufregend« sagen, doch bei dem Geklapper aus der Küche fragte er lieber nach Lily.

»Was sie tut? Für den Lebensunterhalt, meinen Sie?«, grübelte Edward, als wäre das eine ganz neue Frage für ihn. »Jetzt gerade ist sie am Kochen. Und sie pflegt ihre Mutter, natürlich. Aber für den Lebensunterhalt …«, was war daran denn so schwer? »Kunst ist ihre Stärke, würde ich sagen. Nicht gerade die hohe Kunst, wie man sich das als Vater wünschen würde, aber ihre erste Liebe galt einer Art Kunst. Ja.«

»Grafik? Werbegrafik?«

»Genau. Etwas in der Art. Sie liegen richtig.«

Sie werden von der klangvollen Stimme eines dunkelhäutigen Mannes erlöst, der die Treppe hinunterkommt:

»Immer schön vorsichtig, meine Liebe … ein Schritt nach dem anderen … sehr gut … schön langsam, langsam, meine Liebe … wunderbar, ganz wunderbar, so ist es gut«, und jeden Kommentar begleiten ein paar Schritte.

Arm in Arm schreitet ein imposantes Paar die Treppe hinunter wie an ihrem großen Tag: der Bräutigam jung und außerordentlich gut aussehend, mit Dreadlocks, seine Lippen bewegen sich bei der Verkündung des Eheschwurs kaum; die Braut schlank und ganz in Mitternachtsblau mit einem Gürtel in pergamentenem Gold, silbergraue Haare umrahmen wie Flügel das jung gebliebene Gesicht, eine Hand am Geländer, die Zehe aus einer goldenen Sandale tastet blind nach der nächsten Stufe.

»Sind Sie das, Master Julian?«, erkundigt sie sich streng.

»Ja, tatsächlich, Deborah. Einen guten Abend und vielen Dank für die Einladung.«

»Hat man Ihnen etwas zu trinken angeboten? Der Service ist hier nicht immer so, wie er sein sollte.«

»Er hat uns Champagner mitgebracht, Liebling«, ruft Edward hinüber.

»Und Sie haben Zeit für uns gefunden«, fährt Deborah fort, ohne darauf einzugehen. »Und das bei all dem Kopfzerbrechen, das Ihnen Ihr Geschäft bereitet hat. Die Handwerker hier sind das Allerletzte, hat man mir gesagt. Finden Sie nicht, Milton?«

»Ganz sicher«, pflichtet der Bräutigam ihr bei.

Edward stupst Julian an. »Ich denke, es ist am besten, wir gehen schon vor, wenn das für Sie in Ordnung ist, Milton?«, fragt er die Treppe hinauf. »Der Platz am Kopfende, der Tür am nächsten?«

»Klingt gut, Ted.«

Dann wieder Edward in väterlichem Ton:

»Lily, meine Liebe, könntest du deine Küchenmusik ausschalten, bevor du deine Mutter noch zurück nach oben verjagst, bitte?«

»Ups – schon erledigt. Sorry, Mum!« Die Musik geht aus.

Sie betreten einen weiteren trostlosen Raum. An einer der hinteren Wände hängt eine Reihe auffallend leerer brauner Holzregale. Befand sich darin früher mal eine ganz bestimmte *Grande Collection*? Der Esstisch ist an einem Ende eingedeckt: Damasttischdecke, ein silberner Kerzenhalter, Untersetzer, Fasane und Pfeffermühlen. Am Kopfende Deborahs hochlehniger Thron, mit Kopfkissen gepolstert.

»Brauchst du Hilfe, Lily? Oder stehe ich dir nur wie üblich im Weg herum?«, fragt Edward in eine offene Durchreiche und bekommt zur Antwort nur Tellergeklapper, eine zufallende Ofentür und ein gemurmeltes, aber deutliches Mist.

»Kann ich behilflich sein?«, fragt Julian, doch Edward beschäftigt sich mit dem Champagner und Lily hat noch mehr Töpfe und Pfannen herumzuwerfen.

Deborah und Milton führen ein Privatballett auf, Milton hält sie an den Handgelenken und lehnt sich zurück. Elegant lässt sich Deborah auf die Kissen hinabsinken.

»Ist halb zehn als Nachtzeit recht, Mylady?«, fragt Milton.

»Vom Ausruhen wird man so müde, finden Sie nicht, Julian?«, klagt Deborah. »Bitte nehmen Sie Platz. Sollen die anderen sich mühen, auf dass wir sitzen können.«

Ist das ein Zitat? Vielleicht reden sie die ganze Zeit in Zitaten. Julian setzt sich. Er spürt, wie ihn ein Gefühl der Zuneigung zu Deborah packt. Oder der Bewunderung. Oder Liebe. Sie ist seine Mutter und liegt im Sterben, und sie wird von ihrem Mann betrogen. Sie ist wunderschön und alt und mutig bis dorthinaus, und wenn du sie jetzt nicht liebst, wird es zu spät sein. Edward macht ein Gewese darum, Gläser mit Champagner auf die silbernen Untersetzer vor ihnen abzustellen. Deborah scheint davon keine Notiz zu nehmen.

»Halb zehn für Sie in Ordnung, Ted?«, fragt Milton Edward über Deborahs Kopf hinweg.

»Bestens, Milton«, antwortet Edward strahlend und gibt Lily ein Glas durch die Durchreiche.

Abgang Milton rechts.

»Wir haben eine Liebschaft«, berichtet Deborah Julian, nachdem Milton die Tür hinter sich geschlossen hat. »Irgendwo im Ort, wo wir nicht nachforschen können. Wir können auch nicht fragen, ob Geliebter oder Geliebte. Lily meint, das sei unhöflich.«

»Und das ist es auch«, schließt sich Lily durch die Durchreiche an. »Prost, Mum.«

»Prost, Liebes. Und Ihnen auch, Julian.«

Aber Edward nicht?

»Sind Sie ganz hergezogen, Julian, oder haben Sie noch einen Sehnsuchtskoffer in London zurückgelassen, für alle Fälle?«, fragt Deborah.

»Keine Sehnsucht, Deborah. Es zieht mich nicht sonderlich zurück. Ich habe noch meine Wohnung dort, aber ich versuche, sie zu verkaufen.«

»Da werden Sie keine Schwierigkeiten haben, nehme ich an. Der Immobilienmarkt boomt, liest man.«

Tun wir so etwas, wenn wir bald sterben? Den Immobilienmarkt beobachten, Häuser, in denen wir niemals wohnen werden?

»Aber Sie fahren doch ab und zu in die Stadt?«

»Gelegentlich«, allerdings nie nach Belsize Park.

»Nur wenn nötig? Oder wenn wir Sie langweilen?«

»Nur wenn nötig, und Sie langweilen mich ganz gewiss nicht, Deborah«, antwortet er mutig, achtet aber darauf, Edward nicht anzuschauen.

Er denkt an Mary. Seit er Deborah gesehen hat, überprüft er, was Edwards zwei Frauen gemeinsam haben und was sie trennt. Der Vergleich ist unfair. Wo Mary Wärme ausstrahlte, ist Deborah nur distanziert.

Lily ist aus der Küche hereingekommen, erst um das Haar ihrer Mutter zu richten, das beim Abstieg vermeintlich Schaden genommen hat, dann um sie auf die Stirn zu küssen, noch einen Schluck Champagner zu trinken, Häppchen und kleine Teller aus der Durchreiche zu nehmen und sich schließlich rechts neben Julian zu setzen, während Edward sich mit den Speisen und Flaschen auf der Anrichte beschäftigt.

»Meerrettich für jeden, der möchte«, verkündet Lily. »Der von Sainsbury ist der beste. Alles okay, Mann?«, sagt sie zu Julian und stößt ihn mit dem Ellbogen an.

»Bestens. Auch so?«

»Famos, der Herr«, erwidert sie in ihrem besten Eton-Englisch.

»Und Räucheraal, meine Liebe«, sagt ihre Mutter ganz erfreut, so als ob der Teller nicht schon vor ihr stehen würde, seit sie sich gesetzt hat. »Mein Lieblingsessen. Wie klug von dir. Und dazu noch Julians Champagner, um ihn herunterzuspülen. Wir werden ja richtig verwöhnt. Julian?«

»Ja, Deborah?«

»Ihr wunderbarer neuer Laden. Wird er es weit bringen? Das meine ich nicht finanziell. Das spielt ja keine Rolle. Man sagt, Sie seien unverschämt reich. Aber wird er es weit bringen im Sinne einer anspruchsvollen Buchhandlung in unserem Ort? Als kulturelles Schwesterschiff zu unserer ausgezeichneten Bibliothek? Hier in unserem armen kleinen Städtchen mit den ganzen Wochenendgästen und Zugezogenen?«

Er ist bereit, all das zu bejahen, doch der echte Stachel kommt erst noch:

»Also, Hand aufs Herz, glauben Sie wirklich, dass eine Sammlung mit lauter Klassikern ein Köder für das ist, was wir als einfaches Volk bezeichnen müssen?«

»Das schafft er schon, Mum, glaub mir. Auf den Kerl müssen wir achtgeben, nicht, Jules? Ich habe seinen Laden gesehen. Ein literarisches Delikatessengeschäft. Mach dir um uns einfaches Volk keine Gedanken. Die Yuppies werden in Scharen einfallen.«

Lily hat ihren Champagner ausgetrunken und schenkt sich Weißwein ein.

»Aber wirklich und wahrhaftig, Julian, in der heutigen Zeit?«, beharrt Deborah. »Und Sie sind absolut sicher, dass Edward Sie nicht in etwas hineinmanövriert, das vollkommen unwirtschaftlich ist? Er kann ganz schön manipulativ sein, wenn er will, vor allem, wenn es um die Söhne alter Schulfreunde geht.«

»Wollen Sie mich manipulieren?«, ruft Julian fröhlich zu Edward hinüber, der bislang viel zu sehr damit beschäftigt war, nachzuschenken, um sich an der Unterhaltung zu beteiligen.

»Absolut, Julian!«, erklärt der überfröhlich. »Ich wundere mich, dass Ihnen das noch nicht aufgefallen ist. Sie halten Ihr Geschäft nach Ladenschluss geöffnet. Ich zwinge Sie, jeden Abend einen Streuner wie mich aufzunehmen. Das ist doch höchst manipulativ, meinst du nicht, Lily?«

»Also passen Sie auf, Julian, mehr sage ich nicht«, warnt Deborah ihn kühl. »Sonst wachen Sie noch eines Tages auf und stellen fest, dass Sie bankrott sind, weil er Sie dazu gebracht hat, all die falschen Bücher zu kaufen. Sind Sie gläubig, Julian?«

Seine Antwort darauf wird durch die Tatsache erschwert, dass Lily unter dem Tisch nach seiner Hand gegriffen hat – nicht als Flirtgeste, soweit er das beurteilen kann, sondern eher so, wie man mitten in einem schaurigen Film, den man nicht aushalten kann, nach einer Hand sucht.

»Ich glaube nicht«, antwortet er bedächtig, drückt ihre Hand ermutigend und lässt sie dann sanft los. »Zumindest nicht im Augenblick.«

»Sie haben zweifellos eine Aversion gegen organisierte Religion, genau wie ich. Dennoch habe ich mein Lebtag nach dem Aberglauben meines Stammes gelebt, und ich beabsichtige auch, mich nach dessen Ritualen beerdigen zu lassen. Gehören Sie einem Stamm an, Julian?«

»Verraten Sie mir, zu welchem Stamm ich gehöre, Deborah, und ich werde es versuchen«, erwidert er und stellt überrascht fest, dass die Hand zurückgekehrt ist.

»Beim Christentum geht es meiner Meinung nach nicht so sehr um Religion, als um Werte, die wir hochhalten. Und um die Opfer, die wir bringen, um sie zu erhalten. Sind Ihnen vielleicht die Orden meines Vaters in der Bibliothek aufgefallen?«

»Ich fürchte nein.«

»Absolute Spitze«, sagt Lily. »Erste Sahne.«

»Wir haben sie gestiftet. Darling, bist du sicher, dass du so viel trinken solltest?«

»Ich muss mich stärken, Mum«, antwortet sie, und ihre Hand liegt in der seinen wie bei einer alten Freundin.

»Im Eingangsbereich, gleich wenn man hereinkommt. An der Westwand. Sie sind recht bescheiden ausgestellt, in einem kleinen gerahmten Kasten mit einem Messingschild. Mein Vater ist mit der ersten Welle in der Normandie gelandet und hat dafür eine Spange zu seinem Military Cross erhalten. Man kann sie auf dem Ordensband sehen. Eine Spange ist eine recht bescheidene Verschönerung, aber sie spricht für sich.«

»Da bin ich mir sicher.«

»Sie hatten doch früher sicher auch mal eine Spange, Jules? Eine Zahnspange?«, fragt Lily.

»Und der Vater des Colonels ist bei Gallipoli gefallen. Hat Edward Ihnen das erzählt?«

»Ich glaube nicht.«

»Nein. So etwas tut er nicht.«

»Und mundet der Aal, Tedsky?«, fragt Lily über den Tisch hinweg, ohne Julians Hand loszulassen.

»Ein Genuss, meine Liebe. Wollte mich gerade darüber hermachen«, antwortet Edward, der Fisch bekanntermaßen hasst.

Julian, dessen ganzes Leben, wie er findet, eine ausgedehnte Meisterklasse in Sachen Schlichtung war, steigt auch jetzt in die Bresche:

»Ich hoffe sehr, die Gemeinde dazu bringen zu können, das Kunstfestival wieder aufleben zu lassen, Deborah. Ich weiß nicht, ob man Ihnen davon berichtet hat?«

»Nein. Hat man nicht.«

»Nun, Jules erzählt es dir ja jetzt, Mum«, sagt Lily. »Also hör gut zu.«

»Im Augenblick ist es ein wenig mühsam, fürchte ich«, fährt Julian fort. »Die Entscheider scheinen nicht sonderlich motiviert zu sein. Ich habe mich gefragt, ob Sie zufällig ein paar kluge Gedanken zu dem Thema beisteuern könnten, die ich weitergeben könnte?«

Hat sie? Hat sie nicht?

Lily hat ihre Hand zurückgezogen und stapelt die dreckigen Teller zusammen, damit Edward sie zur Durchreiche bringen kann, und Deborah denkt über die Frage nach. Das halbe Glas Champagner hat rote Flecken auf ihren Wangen hinterlassen. Ihre großen blassen Augen sind strahlend weiß.

»Mein Mann, der liberale Ansichten vertritt, wie er mir sagt, bekennt sich zu der erfrischenden Idee, dass Großbritannien einer neuen Elite bedarf«, verkündet sie laut. »Vielleicht sollte dies Ihr Leitmotiv sein.«

»Für das Festival?«

»Nein. Nicht für das Festival. Für Ihre Klassiker-Abteilung. Weg mit der alten Garde, und her mit Weiß-Gottnur-was. Alternativ könnte man natürlich auch eine neue Wählerschaft vorschlagen. Aber das wäre ja nur Energieverschwendung. Oder?«

Allgemeine Verwirrung. Was meint sie damit? Edward hat sich zum Kellner erklärt und serviert die Fischpastete. Lily ist an den Tisch zurückgekehrt und stützt das Kinn in die Hand, während sie ihren Gedanken nachhängt. Der mutige Julian, der wieder eigenhändig ist, meint:

»Es überrascht mich zu hören, dass Sie Edward als liberal bezeichnen, Deborah«, so als würde sich Edward selbst in einer ganz anderen Grafschaft aufhalten, »ich sehe ihn eher als konservativ an. Aber vielleicht hat mich sein Homburg aufs Glatteis geführt«, witzelt er und verdient sich von Lily ein dankbares Schnauben, von Deborah kassiert er aber nur einen düsteren Blick.

»Dann sollten Sie vielleicht erfahren, Julian, warum wir gezwungen waren, den Namen meines Elternhauses in Silverview zu ändern«, sagt sie, nachdem sie den letzten Rest Champagner wütend in einem Zug geleert hat.

»Ach, Mum!«

»Oder hat Edward Ihnen bereits eine eigene zweifelhafte Erklärung dafür präsentiert?«

»Weder eine zweifelhafte noch sonst eine«, versichert ihr Julian.

»Ach Fuck, Mum. Bitte.«

»Sie haben doch schon von Friedrich Nietzsche gehört, nehme ich an, Julian? Hitlers Lieblingsphilosophen? Edward meinte zu mir, Sie seien in gewissen Bereichen der Kultur ein Spätentwickler.«

»Also wirklich, Mum«, fleht Lily, springt auf, eilt zu ihr hin, umarmt sie und streicht ihr über das Haar.

»Kurz nach unserer Heirat kam Edward, ganz auf eigene Faust, muss ich anmerken, zu dem Schluss, dass

Friedrich Nietzsche historisch zu schlecht weggekommen ist.«

Endlich erwacht Edward zum Leben:

»Das war überhaupt nicht auf eigene Faust, Deborah«, erklärt er und wird untypisch rot im Gesicht. »Der Nietzsche-Mythos, den wir seit Jahrzehnten ertragen mussten, ist von seiner widerlichen Schwester und ihrem ebenso abstoßenden Mann ausgebrütet worden. Die beiden haben den armen Mann in etwas verwandelt, das er nie war, vor allem nach seinem Tod, würde ich sagen. Wir dürfen nicht zulassen, dass die Ungeheuer der Weltgeschichte herausragende, kritische Intellektuelle für ihre widerwärtigen Absichten ausnutzen.«

»Nun ja, ich hoffe, so was macht niemand mit mir«, sagt Deborah, während Lily ihr weiter über den Kopf streicht. »Selbst wenn Nietzsche unser furchtlosester Fürsprecher der individuellen Freiheit gewesen sein mag, was dann? Die Freiheit des Individuums ging für mich immer Hand in Hand mit Verpflichtungen. Bei Nietzsche und Edward nicht. Bei Nietzsche und Edward heißt es ›Tu, was du willst‹, nicht ›Wolle, was du tust‹. Eine äußerst gefährliche Haltung, finden Sie nicht, Julian?«

»Darüber muss ich erst nachdenken.«

»Mum, um Himmels willen!«

»Bitte tun Sie das. Edward war so besessen von seiner Überzeugung, dass man ihm nur noch beipflichten konnte. Nietzsches Villa in Weimar hieß *Silberblick*, also musste unser Haus eben Silverview heißen. Und wir haben damals mitgespielt, oder, Liebling?«, sagt sie zu Lily, die ihren Kopf mit luftleichten Küssen bedeckt.

Doch Deborah lässt sich nicht beruhigen:

»Und was ist mit Ihnen, Julian. Ich bestehe darauf, neugierig zu sein.«

»Was mit mir ist, Deborah?«, behält Julian seinen spielerischen Ton bei, während Lily sich wieder neben ihn setzt.

»Ja, mit Ihnen. Wer sind Sie? Sie sind offensichtlich ein Segen. Eine Mitzwa, wie die Juden es nennen. Das versteht sich von selbst. Aber darf man fragen, warum Sie die City so eilig hinter sich gelassen haben? Nach dem wenigen zu urteilen, was zu mir durchdringt, wurden Sie von einer Art antikapitalistischem Eifer erfasst. Allerdings erst, nachdem Sie ein Vermögen gemacht hatten, aber lassen wir das mal beiseite. Sind meine Quellen da richtig informiert?«

»Eigentlich handelte es sich eher um eine Metallmüdigkeit, Deborah. Ausgelöst durch den Umgang mit zu viel Geld anderer Leute.«

»Darauf trinke ich!«, brach es aus Edward heraus, und er packte sein Glas und erhob es. »Metallmüdigkeit. Fängt in den Fingern an und arbeitet sich bis in den Verstand hoch. Bravo, Julian. Hundert Punkte.«

Wieder droht Schweigen.

»Also, Deborah. Sie sind dran, wenn ich so kühn sein darf«, setzt Julian mit einem letzten Rest diplomatischer Zurückhaltung an. »Ich weiß, dass Edward ein bedeutender Sprachwissenschaftler ist. Und Sie sind eine anerkannte Wissenschaftlerin im Dienst der Regierung, glaube ich. Darf ich fragen, was genau Sie tun?«

Lily eilt ihm zu Hilfe und formuliert die Frage um:

»Tedsky ist ein Sprachgenie: Polnisch, Tschechisch, Serbokroatisch, das ganze Repertoire, richtig, Tedsky? Sein Englisch ist auch nicht übel. Na los, Dad. Hau sie ihm um die Ohren. Die ganze Einkaufsliste.«

Edward tut so, als wollte er zögern, dann beteiligt er sich an dem Ablenkungsmanöver:

»Ach, ich bin ein Papagei, meine Liebe. Aber wozu sind schon eine Handvoll Sprachen gut, wenn man nichts zu sagen hat? Deutsch hast du vergessen. Ein wenig Ungarisch. Französisch natürlich.«

Deborahs schneidende Stimme setzt dem Thema ein Ende:

»Und ich bin von Beruf Arabistin«, erklärt sie.

Irgendwann gibt es Kaffee, und mit einem heimlichen Blick auf die Armbanduhr stellt Julian fest, dass es zwanzig nach neun ist, zehn Minuten vor Deborahs festgelegtem Abgang. Lily ist verschwunden. Von oben dringt eine Frauenstimme herunter, die eine irische Ballade singt. Edward sitzt stumm da und spielt mit seinem Wein. Deborah thront mit geschlossenen Augen aufrecht in ihren Kissen, wie eine wunderschöne, im Sattel schlafende Reiterin.

»Julian.«

»Ich bin noch da, Deborah.«

»Während des Krieges war Andrew, der Bruder meines Vaters, nicht weit von hier als Wissenschaftler tätig, er war sehr begabt, meine ich. Hat Edward Ihnen davon erzählt?«

»Ich glaube nicht, Deborah. Haben Sie das, Edward?«

»Ich habe vielleicht nicht daran gedacht, das zu erwähnen.«

»Unter größter Geheimhaltung. Bis zu seinem Tod, großteils aus Erschöpfung. In jenen Zeiten gab es loyale Männer. Sie sind doch kein Pazifist, hoffe ich?«

»Ich glaube nicht.«

»Nun, werden Sie das nicht. Da ist Milton. Pünktlich wie immer. Ich darf ihn nicht fragen, was er gemacht hat, das wäre unhöflich. Wie schön, dass Sie kommen konnten, Julian. Ich werde hier sitzen bleiben. Mein Aufstieg der nördlichen Treppenseite ist zumeist weniger elegant.«

Und damit war Julian entlassen.

Edward wartete im Eingangsbereich. Die Tür stand offen.

»Ich hoffe, das war nicht zu schmerzhaft«, sagte er lächelnd und streckte ihm die Hand zum herzlichen Schütteln hin.

»Es war toll.«

»Und Lily lässt sich entschuldigen. Sie muss sich um eine Familienangelegenheit kümmern.«

»Natürlich. Richten Sie ihr bitte einen herzlichen Dank von mir aus.«

Er trat hinaus in die Nachtluft und schaffte es unter Aufbietung all seiner Manieren, so langsam wie nur möglich zu gehen, bis er an das Ende des Weges kam. Er wollte gerade in ein reinigendes Joggingtempo verfallen, als er von einer Taschenlampe geblendet wurde, dahinter Lily Avon mit ihrem Doktor-Schiwago-Kopftuch.

Erst gingen sie in einigem Abstand voneinander, jeder in seiner eigenen Zone, wie Geschockte nach einem Autounfall. Dann nahm sie seinen Arm. Die Nacht war grau und feucht und sehr still. Der verbeulte Lieferwagen stand noch immer in der Parkbucht, doch das Liebespärchen hatte sich nach hinten verdrückt oder war verschwunden. Das ärmliche Ende der Hauptstraße war eine von Natriumdampflampen orange beleuchtete Allee voller karitativer Secondhandläden. Das reiche Ende war strahlend weiß, und *Lawndsleys Bessere Bücher* war der neueste Stolz. Ohne dass ein Wort zwischen ihnen fiel, folgte Lily ihm die Seitentreppe hinauf zu seiner Wohnung. Das Wohnzimmer war so karg, wie Julians innerer Mönch es gewollt hatte: ein Zweisitzer, ein Lehnstuhl, ein Schreibtisch, eine Leselampe. Das Erkerfenster ging aufs Meer hinaus, doch heute Nacht gab es kein Meer, nur trübe Wolken und Regentränen. Lily wählte den Lehnstuhl, warf sich hinein und ließ die Arme baumeln wie ein Boxer zwischen den Runden.

»Ich bin nicht blau, okay?«

»Okay.«

»Und ich werde nicht mit dir schlafen«, sagte sie zu ihm.

»Okay.«

»Hast du Wasser?«

Er goss zwei Gläser Mineralwasser aus dem Kühlschrank ein und gab ihr eins.

»Mein Dad hält dich für den Größten.«

»Mein Vater und er waren Freunde in der Schule.«

»Und er redet viel mit dir?«

»Wirklich? Da bin ich mir nicht sicher. Worüber denn?«

»Keine Ahnung. Seine Frauen vielleicht. Seine Gefühle. Wer er ist. Worüber normale Menschen eben so reden.«

»Ich glaube, es tut ihm nur leid, dass er nicht öfter da war, als du noch klein warst«, erwiderte Julian vorsichtig.

»Tja, jetzt ist es ja wohl ein wenig zu spät dafür«, und schaute auf ihr Handy. »Du warst übrigens toll. Höflich. Schleimig. Hast Mum um den Finger gewickelt. Das schaffen nicht viele. Wie kriege ich hier Empfang?«

»Versuch's am Fenster.«

Das Doktor-Schiwago-Tuch war ihr auf die Schultern gerutscht. Die Silhouette am Fenster, die sich während des Tippens zurücklehnte, wirkte größer, kräftiger, femininer. Und schon pingte das Handy zur Antwort.

»Bingo«, sagte sie mit einem plötzlichen strahlenden Lächeln, das dem ihres Vaters glich. »Mum geht es gut, sie hört sich im Schlaf die Auslandsnachrichten an. Und Sam schläft fest.«

»Sam?«

»Mein Kleiner. Er hat eine Schniefnase, die ihn nervt.«

Sam, dessen Mutter ihm zum Einschlafen irische Balladen vorsingt. Sam, das unerwähnte Enkelkind von Edward. Sam, der Sohn der unerwähnten Tochter Lily. Türen, die sich öffneten und schlossen.

»Er ist schwarz«, sagte Lily und hielt Julian ihr Handy hin, damit er sich das Foto von einem lachenden Jungen anschauen konnte, der einen Arm um einen Windhund geschlungen hatte. »Gemischter Abstammung, könnte man sagen, aber in einer Familie wie unserer ist das dasselbe. Mum kommt mit allen Hautfarben zurecht, nur nicht mit schwarz, es sei denn beim Pflegepersonal. Als sie ihn das erste Mal gesehen hat, hat sie ihn ihren kleinen schwarzen Sambo genannt, und Dad ist in die Luft gegangen. Ich auch.«

»Aber du triffst deinen Dad ab und zu in London?«

Wozu das *Aber*?

»Klar.«

»Oft?«

»Manchmal.«

»Und was macht ihr dann? Geht ihr mit Sam in den Zoo?«

»Solche Sachen.«

»Theater?«

»Manchmal. Oder wir gehen ausführlich Mittag essen bei *Wiltons*, wir zwei. Er hat uns zum Fressen gern.«

Bis hierhin und nicht weiter.

Im Nachhinein erinnerte sich Julian vor allem an die Ruhe, die sie beide überkam, den Frieden nach einer gemeinsam geschlagenen Schlacht, die unpassenden Bedenken, die ihn bei der Überlegung, wen er da in sein Leben ließ, überkommen hatten. Er erinnerte sich daran, wie ihr gemeinsames Geplauder als guter Ausgleich diente für all das, was zu schwer war, um es in Worte zu fassen. Und daran, wie Lily, wenn sie von ihren Eltern sprach, deren Ecken und Kanten aussparte, als wäre deren wahrer Kern tabu. Und wie sie ihn, ähnlich wie ihr Vater, daraufhin prüfte, ob er jemand sein könnte, dem eines Tages vielleicht zu vertrauen wäre: jetzt noch nicht.

Nein, Sams Vater war aus dem Rennen. Ein hübscher Fehler mit großen Folgen. Schlussstrich. Er besuchte sie regelmäßig, führte aber ein neues Leben, genau wie sie.

Ja, sie war Grafikerin, wie Edward sie auch dargestellt hatte. Sie hatte eine halbe Ausbildung hinter sich gebracht und die andere Hälfte sausen lassen, als Sam unterwegs war. Die Ausbildung hatte ohnehin nichts getaugt.

Sie hatte ein paar Kinderbücher geschrieben und illustriert, aber keinen Verlag gefunden. Sie schrieb gerade an einem neuen.

Sam und sie lebten dank ihrer Eltern in einer winzigen Wohnung in Bloomsbury, und sie bezahlte ihre Rechnungen mit »was immer mir für ein Designmüll in die Finger kommt«. Silverview war ihr nicht geheuer.

Schullaufbahn? Was für eine scheiß Schule, bitte? Internate von Geburt an.

Männer? Halt mal die Luft an, Jules. Sam und ich kommen besser alleine klar. Und du?

Julian machte auch gerade eine Pause.

Arm in Arm gingen sie durch die stillen Straßen zurück, aber nur bis zum Anfang des Weges. Glaubte Lily wirklich, dass Edward nicht mitbekommen hatte, wie sie zur Hintertür hinausgeschlichen war?, fragte sich Julian. Edward war der wachsamste Mensch, den er je kennengelernt hatte. Selbst wenn sie eine Katze gewesen wäre, hätte er sie bemerkt.

Der verbeulte Lieferwagen war verschwunden. Vor ihnen erhob sich schwarz der Klotz von Silverview vor der frühen Morgendämmerung. Ein gelber Schein hing über der Haustür. Oben waren noch ein paar Fenster erhellt. Lily löste sich von Julian, zog die Schultern hoch und holte tief Luft.

»Vielleicht kommen wir mal vorbei und kaufen dir ein Buch ab«, sagte sie und stapfte los, ohne sich noch einmal umzuschauen.

9

»Ab halb elf bis Mittag haben wir keinen Unterricht, Mr Pearson, bis zwei Uhr«, hatte sie ihn in ihrem polnisch-französischen Akzent streng am Telefon belehrt. »Wenn ich mich verspäte, setzen Sie sich bitte in den Wartebereich im ersten Stock und stellen sich einfach vor, Sie wären ein Elternteil oder Vormund, jemand, der sich beraten lassen möchte.«

Es war zehn Uhr fünfzehn. Noch eine Viertelstunde. Proctor saß in einer heruntergekommenen griechischen Taverne in Battersea und versuchte, sich mit der Unterstützung einer zweiten Tasse kräftigen schwarzen Kaffees, mittelsüß, zu berappeln. Auf der anderen verregneten Straßenseite erhob sich das rot geziegelte Gebäude der Tanz- und Ballettschule. In den geschwungenen oberen Fenstern sah man das Posieren und Gestikulieren junger Schülerinnen und Schüler hinter geschlossenen Vorhängen.

Proctor hatte den Großteil der Nacht damit verbracht, sich durch noch unaufbereitetes Abhörmaterial zu kämpfen und sich auf ein Frühstücksmeeting mit Vizechef Battenby und zwei Leitern der Rechtsabteilung vorzubereiten. Im letzten Augenblick war das Meeting auf den Nachmittag verschoben worden. Nach drei Stunden Schlaf hatte er unter der Dusche am Dolphin Square gestanden, als Ellen angerufen und ihm erzählt hatte, dass die Ausgrabung einen sensationellen Fund gemacht habe und es den anderen gegenüber unfair sei, wenn sie nicht noch ein paar Tage bliebe, wobei sie zur offenkundigen Ablenkung angebracht hatte, ernsthaft mit dem Reisebüro über ihr Rückflugticket sprechen zu müssen.

»Du bleibst also noch, damit das den anderen gegenüber nicht unfair ist«, hatte er säuerlich gesagt. »Was genau habt ihr denn ausgebuddelt?«

»Wunderbare Sachen, Stewart. Das würdest du eh nicht verstehen«, hatte Ellen leicht unbekümmert erwidert, was seinen Ärger nur noch gesteigert hatte. »Die graben eine komplette römische Villa aus, nach der sie schon seit Jahren gesucht haben, und genau jetzt sind sie darauf gestoßen, stell dir nur mal vor. Alle Küchen sind intakt und weiß der Himmel was noch alles. Es lag sogar noch Holzkohle in den Öfen. Die schmeißen eine Riesenparty, um das zu feiern. Feuerwerk, Ansprachen, was weiß ich noch alles.«

Zu viele Informationen. Eine Lüge nach der anderen, für den Fall, dass die erste nicht zog.

»Und wo genau haben sie all diese Wunder aufgetan?«, hatte er mit unverändert flacher Stimme gesagt.

»Auf dem Grabungsfeld. Vor Ort eben, um alles in der Welt. Schöne Hügellage. Ich stehe gerade dort. Wo sonst könnte man denn eine römische Villa wie diese finden?«

»Ich fragte nach der geografischen Lage des Fundorts.«

»Soll das ein Verhör sein, Stewart?«

»Ich hatte nur den Eindruck, du stehst eigentlich im Garten des netten Hotels, in dem du wohnst, mehr nicht«, hatte er erwidert und aufgelegt; er hatte sich die Lawine an Beteuerungen nicht länger anhören können.

Das Kinn in die Hand gestützt und mit einem dritten griechischen Kaffee auf dem Tisch, studierte Proctor noch einmal die Auszüge aus uralten Akten, die seine Assistentin Antonia ihm aufs Handy geschickt hatte:

1973. Special Branch ist ganz hin und weg:

Zielperson lebt nur für den Tanz. Zielperson ist mit allen nur erdenklichen Gaben gesegnet. Zielperson gibt sich ganz der Kunst hin und hat keinerlei bekannte politische oder religiöse Zugehörigkeit. Zielperson wird von ihren Lehrern als eine Musterschülerin beschrieben, die die höchsten Höhen ihrer Profession erreichen könnte.

Vier Jahrzehnte später. Special Branch ist nicht länger hin und weg:

Zielperson lebt seit zwei Jahrzehnten mit Friedensaktivist, propalästinensischem Demonstranten und Menschenrechtskämpfer Felix BANKSTEAD zusammen (Personalakte im Anhang). Objekt spielt zwar nicht in derselben Liga wie ihr Lebengefährte, ist aber schon bei zahlreichen Gelegenheiten an BANKSTEADs Seite gesichtet worden, z. B. während der Wochen vor dem Irakkrieg, wodurch sie die festgelegte Mindestanzahl an Teilnahmen bei gelisteten Demonstrationen erreicht hat und nun zu BERNSTEIN heraufgestuft wurde.

Die Schatten in den oberen Fenstern auf der anderen Straßenseite waren verschwunden. Der Verkehr war in dem plötzlichen Platzregen zum Erliegen gekommen. Aus einer Bogentür trat eine internationale Gruppe von Teenagern und zerstreute sich an den Bushaltestellen. Proctor bezahlte seinen Kaffee, zog den Regenmantel über den Kopf und eilte zwischen stehenden Fahrzeugen über die Straße.

Proctor war sich nicht sicher, ob er klingeln oder einfach hineingehen sollte, also tat er beides zugleich und fand sich in einer leeren geziegelten Eingangshalle mit Skulpturen aus Pappmaché und Ankündigungen von Tanzdarbietungen wieder. Eine von Ballettpostern gesäumte Treppe führte zu einer Empore. Eine Tür mit der Aufschrift REKTORAT stand halb offen. Proctor klopfte an, schob sie auf und steckte den Kopf hinein. Eine große, elegante Frau unbestimmten Alters stand aufrecht an einem Notenständer und beobachtete kritisch, wie er hereinkam. Sie trug eine schwarze Hose und ein Sporttop.

»Mr Pearson?«

»Das stimmt. Und Sie sind Ania.«

»Und Sie sind ein Regierungsbeamter. Und Sie wollen mir gewisse Fragen stellen. Ja?«

»Vollkommen richtig. Sehr freundlich von Ihnen, mich zu empfangen.«

»Haben Sie mit der Polizei zu tun?«

»Nein, nein, ganz und gar nicht. Ich komme von derselben dankbaren Abteilung, die mit Ihrer Hilfe vor langer Zeit in Paris den Kontakt zu Edward Avon hergestellt hat«, sagte er und zeigte ihr den Dienstausweis mit seinem Foto und der Unterschrift eines Stephen Pearson. Sie sah sich das Foto an, dann ihn selbst, für eine längere Zeit, als er erwartet hätte. Der Blick einer Nonne: standhaft, unschuldig, aufrichtig.

»Ist Edward ...?« Sie fing noch einmal an. »Geht es ihm gut? Er ist doch nicht ...?«

»Soweit ich weiß, geht es Edward gut. Nur seiner Frau nicht.«

»Deborah?«

»Ja. Genau sie. Dieser Raum ist etwas groß. Können wir uns irgendwo unterhalten, wo es vertraulicher ist?«

Anias Büro war sehr eng; eine Hälfte des bleiverglasten Bogenfensters war durch eine Trennwand abgeteilt, es gab Klappstühle aus Plastik und einen alten Bocktisch als Arbeitsunterlage. Sie war unsicher, was sie mit Proctor anfangen sollte, also setzte sie sich kerzengerade wie ein braves Schulmädchen an den Tisch und schaute zu, wie er sich ihr gegenüber einen Stuhl heranzog. Dann faltete sie in einer Geste des Friedens die langen, wohlgeformten, ja, anmutigen Hände.

»Und treffen Sie Edward noch ab und an?«, fragte Proctor.

Sie schüttelte erstaunt den Kopf.

»Darf ich Sie Ania nennen?«

»Natürlich.«

»Ich bin Stephen. Und es macht Ihnen nichts aus, wenn wir sofort zur Sache kommen? Wann haben Sie Edward das letzte Mal gesehen?«

»Das ist viele Jahre her. Bitte. Warum fragen Sie das?«

»Ach, aus keinem besonderen Grund, Ania. Jeder, der für eine geheime Abteilung arbeitet, wird hin und wieder überprüft. Edward ist an der Reihe, das ist alles.«

»Wo er doch so alt ist? Obwohl er nicht mehr dazugehört?«

»Woher wissen Sie das?«, fragte er in unverändert sanft heiterem Ton. »Hat er Ihnen gesagt, dass er nicht mehr für uns arbeitet? Wann hat er Ihnen das denn gesagt? Erinnern Sie sich?«

»Er hat es mir nicht gesagt. Das war meine Vermutung.«

»Und worauf basiert die, wenn ich fragen darf?«

»Weiß ich nicht. Das war nur dahergesagt. Das hat keine Grundlage.«

»Aber Sie erinnern sich doch, wann Sie ihn das letzte Mal gehört oder gesehen haben.«

Noch immer nichts.

»Lassen Sie mich Ihnen auf die Sprünge helfen. Im März 1995 – ziemlich lange her, ich weiß – kam Edward kurz nach Mitternacht am Flughafen Gatwick mit einer Maschine des UNHCR aus Belgrad an; er war recht derangiert und hatte nichts außer seinem britischen Pass bei sich. Klingelt bei dem Datum etwas?«

Wenn, dann lässt sie sich nichts anmerken.

»Er war in einem schlechten Zustand. Er hatte Schlimmes gesehen. Gräueltaten. Ermordete Kinder. Die Schrecken der realen Welt, vor denen wir uns alle verstecken wollen, wie er vor Kurzem einem Freund schrieb.«

Er hielt inne, damit sich das setzen konnte, doch erzielte offenbar keine Wirkung.

»Er brauchte jemanden, dem er vertrauen konnte. Jemanden, der sich um ihn kümmerte und ihn verstand. Erinnern Sie sich nicht?«

Sie senkte die Nonnenaugen und faltete die langen Hände auseinander. Ohne eine Antwort zu erhalten, fuhr Proctor fort:

»Er hat nicht versucht, Deborah zu erreichen, denn die war auf einer Konferenz in Tel Aviv. Er suchte auch keinen Kontakt zu seiner Tochter, die auf einem Mädcheninternat im West Country war. An wen wendete er sich also in seiner Verzweiflung?«, grübelte Proctor, als würde es um ein Mitglied der eigenen Familie auf Abwegen gehen. »Bis vor ein paar Tagen war dies ein ungelöstes Rätsel. Sogar Edward selbst wusste nicht mal, wo er gewesen war. Es dauerte vier Tage, bis er sich bei der Direktion meldete, und wie alle anderen konnte er sich nur denken, dass die Anstrengungen der letzten Monate in Bosnien ihren Preis gefordert hatten und er sich einfach verdünnisiert hatte. Doch wie das mit der modernen Technik so ist, waren wir in der Lage, gewisse alte Telefonaufzeichnungen aus jener Zeit zu rekonstruieren. Und die verraten uns eine ganz andere Geschichte.«

Proctor hielt inne, sah Ania an und wartete auf eine Reaktion, doch die Nonnenaugen entzogen sich ihm.

»Die Aufzeichnungen verraten uns, dass jemand gegen ein Uhr in der Nacht, nachdem er am Flughafen Gatwick gelandet war, von einem öffentlichen Telefon aus bei Ihnen zu Hause in Highbury angerufen hat. Haben Sie zu der Zeit dort gewohnt?«

»Das ist möglich.«

»Haben Sie in jener Nacht des achtzehnten März 1995 ein R-Gespräch angenommen?«

»Das ist möglich.«

»Es war ein langes Gespräch. Neun Pfund und achtundzwanzig Pence. Damals ein Vermögen. Ist Edward in jener Nacht zu Ihnen gekommen? Ania, hören Sie mir zu, bitte.«

Weinte sie? Proctor sah keine Tränen, aber sie hatte den Kopf nicht gehoben, und sie hielt sich so fest am Tisch, dass ihre Daumennägel ganz weiß waren.

»Ania. Ich bin zu dem hier verpflichtet, in Ordnung? Ich bin nicht Ihr Feind. Edward ist ein guter, mutiger Mann. Das wissen wir beide. Aber er setzt sich aus vielen Persönlichkeiten zusammen. Und wenn eine davon vom Weg abkommt, dann müssen wir das wissen und ihm helfen, wenn nötig.«

»Er ist nicht vom Weg abgekommen!«

»Ich frage Sie, ob Edward in jener Nacht vor fast zwanzig Jahren in Ihre Wohnung gekommen ist. Das ist eine einfache Frage, ja oder nein? Ist Edward in Ihrer Wohnung aufgetaucht oder nicht?«

Sie hob den Kopf und blickte ihm ins Gesicht; was er sah, waren keine Tränen, es war Wut.

»Ich habe einen Partner, Mr Pearson«, sagte sie.

»Das ist mir bekannt.«

»Sein Name ist Felix.«

»Auch das ist mir bekannt.«

»Felix ist auch ein guter Mann.«

»Davon gehe ich aus.«

»Felix öffnete Edward die Tür. Felix bezahlte das Taxi

von Gatwick. Felix hieß Edward in unserer Wohnung willkommen. Leider haben wir kein Gästezimmer in unserer Wohnung. Vier Tage lang schlief Edward auf unserem Sofa. Felix ist Musikwissenschaftler. Er engagiert sich für seine Studenten. Er möchte sie nicht enttäuschen. Zum Glück habe ich einen Assistenten hier an meiner Schule, deshalb konnte ich in unserer Wohnung bleiben und Edward pflegen.«

Eine kurze Pause, in der ihre Wut nachließ.

»Edward ging es nicht gut. Er wollte keinen Arzt sehen. Ich wollte ihn nicht allein lassen. Am vierten Tag gab Felix Edward etwas zum Anziehen und brachte ihn zu einem Friseur, um ihn rasieren zu lassen. Am Montag sagte er Danke und Auf Wiedersehen.«

»Und in diesen vier Tagen kam es zu seiner wundersamen Heilung«, meinte Proctor nicht ganz ohne Ironie.

Diese Anspielung verärgerte sie.

»Was heißt Heilung? Als er ging, war Edward ganz ruhig. Er hat gelächelt. Er war dankbar. Er war fröhlich. Er war wieder unehrlich. Er war Edward. Wenn das Heilung heißt, dann ja, er war geheilt, Mr Pearson.«

»Aber nicht, als er am selben Morgen zur Direktion kam. Er hatte keine Ahnung, wo er vier Tage lang gewesen war. Er nahm an, dass seine neue Kleidung von der Heilsarmee stammte. Aber er war sich nicht sicher. Er nahm an, dass man ihn dort auch rasiert hatte. Und er hatte nicht die leiseste Ahnung, woher er sein Busticket hatte. Warum hat er uns angelogen? Warum lügen Sie mich jetzt an?«

»Ich weiß es nicht!«, sagte sie laut. »Fahren Sie zur Hölle. Ich bin nicht Ihre Spionin.«

Proctors Welt geriet ins Wanken, und er fing sich wieder. Er verstand nun. Es war *Ellen*, die log, nicht Ania. Er bezweifelte, dass Ania überhaupt lügen konnte. Wenn sie log, dann nur durch Auslassungen. Nicht durch Ausschmückungen. Nicht aus Spaß an der Freude, während ihr archäologischer Lustknabe neben ihr im Bett bis über beide Ohren grinste, wenn nicht gar etwas anderes tat.

»Hatte Edward sich verändert, als er in jener Nacht bei Ihnen beiden auftauchte?«, fragte Proctor leise.

»Vielleicht.«

»In welcher Hinsicht?«

»Ich weiß nicht. Er war nicht anders. Er war engagiert. Edward war immer engagiert.«

»Und er war Salma verpflichtet?«

»Salma?«, sagte sie in einem schwachen Versuch der Ahnungslosigkeit.

»Die tragische Hinterbliebene in Bosnien, die er so angehimmelt hat. Die Mutter des ermordeten Jungen. Die Frau des ermordeten Arztes.«

Sie runzelte die Stirn und tat wenig überzeugend so, als müsste sie in ihrem Gedächtnis kramen. »Vielleicht hat er mit Felix über diese Frau gesprochen. Bei einem Mann fiel ihm das leichter. Er hat viele, viele Stunden mit Felix gesprochen.«

»Nein. Mit Felix sprach er darüber, die Welt zu retten. Das wissen wir. Und Sie auch. Sie sind seitdem treue Brieffreunde. Mit Ihnen hat er über Salma gesprochen. Etwas Ungeheures war in seinem Leben passiert. Wie in jener Nacht in Paris, als er Ihnen gebeichtet hat, er würde nicht mehr an den Kommunismus glauben. Sie könnten ihn verstehen. Sie ganz allein.«

»Und Deborah, seine Frau?«, fragte sie. »Sie könnte ihn nicht verstehen?«

Doch wie bei Proctor hielt auch ihre Wut nicht an.

»Er hat sich gewünscht, er hätte sein Leben für sie gelassen«, sagte sie. »Er schämte sich. Er wollte ihr nach Jordanien folgen. Sie sagte zu ihm: Geh nach Hause zu deiner Frau, geh zu deinem Kind, sei ein Westler. Sie war seine Leidenschaft. Er war verrückt nach ihr. Sie war nicht religiös. Sie war klug. Perfekt. Tragisch. Nobel. Ihrer Familie gehörte der Schlüssel zu einem uralten Tor in der Heiligen Stadt Jerusalem. Das Damaskustor. Vielleicht das Jaffator. Ich weiß nicht mehr.«

Bemerkte Proctor einen Hauch von Ungeduld in ihrer Stimme – gar Eifersucht?

»Sie war auch geheim«, sagte er. »Warum musste er sie vor allen anderen geheim halten, frage ich mich.«

»Deborah zuliebe.«

»Um ihre Gefühle nicht zu verletzen?«

»Sie war seine Frau.«

»Aber Salma war nur eine Schwärmerei, wie Sie es sagen. Keine Liebesgeschichte im normalen Sinn. Es war, ja, was? Etwas Größeres vielleicht? Ein Glaubenswechsel? Ein Umbruch, von dem niemand etwas ahnen sollte. Seine Frau nicht, der Dienst nicht. Hat er darüber mit Felix gesprochen?«

Eine andere Ania. Ihr Gesicht wirkte so verschlossen wie ein Burgtor.

»Felix ist Humanist. Er engagiert sich. Das wissen Sie

sehr gut, Mr Pearson. Er führt viele wichtige Unterhaltungen mit vielen Menschen. Ich habe ihn nicht gefragt, worüber sie gesprochen haben.«

»Nun, vielleicht frage ich ihn selbst. Wissen Sie vielleicht, wo er sich aufhält?«

»Felix ist in Gaza.«

»Das ist auch unser letzter Stand. Richten Sie ihm einen Gruß aus.«

Vom Obderdeck eines Busses der Linie 113 aus schickte Proctor vor ihrem Nachmittagsmeeting einen Klartext an Vizechef Battenby:

<Wir können mittlerweile fest davon ausgehen, dass die Zielperson von unserem Interesse weiß, wenn sie das nicht zuvor schon getan hat.

Pearson.>

10

Deborah Avon war gestorben. Wenige Stunden nach ihrem Ableben hatte Julian die wichtigsten Tatsachen beisammen.

Gegen sechs Uhr abends hatte Deborahs Palliativschwester Lily ans Bett ihrer Mutter gerufen. Deborah hatte ihr die Ringe von ihren Fingern überreicht und sie gebeten, Edward zu holen, der in seinem Arbeitszimmer saß.

Als Edward hereinkam, schickte Deborah Lily und die Krankenschwester hinaus. Edward und Deborah blieben bei geschlossener Tür eine Viertelstunde lang allein in dem Schlafzimmer. Dann wurde Edward hinausgeschickt, offenbar mit der Anweisung, nicht wieder zu erscheinen.

Dann setzte sich Lily allein zu ihrer Mutter, während die Krankenschwester in Hörweite auf einem Stuhl im Flur wartete. Die Unterhaltung dauerte zehn Minuten, so Lily, ohne Julian etwas über den Inhalt zu verraten. Dann wurde die Krankenschwester wieder hineingelassen. Sie und Lily blieben bis zum Ende dort. Gegen neun Uhr war

Deborah in ein von Morphin unterstütztes Koma gefallen. Gegen Mitternacht bescheinigte ihr Arzt ihren Tod.

Deborahs Anweisungen, was ihre Wünsche nach ihrem Tod anging, wurden sofort ausgeführt. Ihre sterblichen Überreste sollten umgehend in eine Leichenhalle gebracht werden, wo niemand sie sehen sollte, absolut niemand. Damit kein Zweifel aufkam, wurde ihr Gatte Edward namentlich als nicht willkommen genannt. Um Missverständnisse zu vermeiden, war eine Kopie des Briefs mit ihren Wünschen beim Bestatter hinterlegt worden.

Julian erreichte der erste Hinweis von Deborahs Tod zusammen mit dem gebieterischen Läuten der Ladenglocke um sechs Uhr früh. Er zog sich seinen Morgenmantel über, eilte nach unten und entdeckte dort Lily, die tränenlos, mit düsterem Blick und schweigend vor der Tür stand.

Sein erster, im Nachhinein verwunderlicher Schreckgedanke war, dass Sam etwas zugestoßen sein könnte. Doch dann sagte er sich, wenn das der Fall wäre, dann würde Lily nun nicht vor ihm stehen und ihn anstarren, sondern wäre bei Sam, wo immer dies auch sei. Später erzählte sie ihm, dass sie im Leichenwagen mitgefahren sei, aber nur bis zu den Toren der Leichenhalle, so wie Deborah es gewollt hatte.

Aus einem Gefühl von Anstand heraus, das Julian sich später nicht mehr erklären konnte, führte er sie nicht in seine Wohnung, sondern ins *Gulliver's*.

Zwar hatten Lily und Sam ihm in Deborahs letzten Tagen ein paar flüchtige Besuche im Laden abgestattet, sie hatten es aber nie hinauf ins *Gulliver's* geschafft. Sam hatte nur einen kurzen Blick auf die schrille Treppe geworfen und dann einen Schrei von sich gegeben, bei dem einem das Blut in den Adern gefror.

Lilys erste Reaktion auf die Cafébar fiel kaum besser aus: »Absoluter Schrott!«

»Was denn?«

»Diese schrecklichen Wandbilder. Wer hat die denn verbrochen?«, und als sie erfuhr, dass sie von einer Bekanntschaft von Matthew stammten: »Na, die kann ja gar nichts.«

»Ein Er, ehrlich gesagt.«

»Auch nicht besser«, erklärte sie und kletterte auf einen Barhocker. »Kannst du das Ding bedienen?«, fragte sie und zeigte mit ihrem kurzen Finger auf die Kaffeemaschine.

Er konnte.

»Ich nehme einen großen Cappuccino mit extra Schokolade. Was macht das?«

Doch weiter kam sie nicht, denn sie brach unter tiefem, schmerzerfülltem Schluchzen in herzzerreißende Tränen aus. Als Julian einen Arm um sie legen wollte, schüttelte sie ihn ab und schluchzte nur noch mehr. Er bereitete ihr den großen Cappuccino mit extra Schokolade zu, doch sie ignorierte das Getränk. Dann gab er ihr ein Glas Wasser, das sie schließlich leerte.

»Wo ist denn Sam?«, fragte er sie.

»Bei Tante Sophie.«

Tante Sophie, Lilys alte Nanny, eine kluge Slawin mit einem Gesicht, in dem sich ihre ganze bewegte Vergangenheit zeigte.

»Wo ist Edward?«

Sie sprach in kurzen, prägnanten Sätzen. Am Ende kam Folgendes heraus:

Edward und Deborah schliefen getrennt, so wie sie auch alles andere getrennt taten. Nachdem Lily eine Weile den Leichnam der Mutter betrachtet hatte, hatte sie nach Edward gerufen. Als er nicht aus seinem Zimmer gekommen war, hatte sie gegen die Tür gehämmert. »Dad, Dad, sie ist tot.« Er hatte sich mit seinem Sandelholzschaum frisch rasiert. Wann hatte er das getan?, fragte sie sich. Keine Tränen. Er umarmte sie, sie umarmte ihn. Dann packte sie seine Schultern und schüttelte ihn, damit er sich öffnete, aber das tat er nicht.

Daraufhin nahm sie seinen Kopf mit beiden Händen und zwang ihn, sie anzuschauen, was er zu vermeiden versuchte. Was sie in seinem Gesicht sah oder zu sehen glaubte, war nicht Trauer, sondern Entschlossenheit:

»Ich muss mit dir reden, Lily, sagt er. Nur los, sage ich. Rede, um Himmels willen, rede! Dann meint er: Heute Abend, Lily. Schau bitte, dass du zum Abendessen daheim bist – so als würde ich in der Todesnacht meiner Mutter in eine beschissene Disco abhauen.«

»Und jetzt?«, fragte Julian.

»Er hat das Auto genommen und macht eine seiner langen Spritztouren.«

Eine Stunde oder länger hockte Lily da und trauerte allein, sah sich ungläubig in dem Spiegel hinter der Kaffeemaschine an oder runzelte die Stirn ob der Wandbilder, während Julian immer wieder diskret nach ihr schaute. Als er das letzte Mal nachsah, war Lily verschwunden, und der Cappuccino mit extra Schokolade stand unberührt auf der Theke.

Am nächsten Morgen war sie wieder da, diesmal mit Sam.

»Und wie war es mit Edward?«, fragte Julian.

»Ganz okay, wieso?«

»Gestern Abend, meine ich. Ihr wart doch zum Abendessen verabredet. Er wollte mit dir reden.«

Etwas Undefinierbares ging von ihr aus.

»Wollte er das? Ach ja, kann sein.«

»Aber nichts Schlimmes. Nichts Dramatisches.«

»Dramatisches? Warum das denn?«, und dabei wirkte sie, wie ihr Vater, leicht überrascht, etwas gefragt zu werden, und drehte sogleich die Frage um.

Und das »Bitte fernhalten«-Schild war deutlich erkennbar.

»Und wie verbringt Edward sonst so seine Zeit?«, fragte er fröhlich und das Thema wechselnd, aber nur knapp.

»Sonst?«

»Ja.«

Sie zuckte mit den Schultern. »In seiner eigenen Welt. Treibt sich um Mums Sperrgebiet herum. Nimmt Sachen in die Hand, legt sie wieder weg.«

»Sperrgebiet?«

»Ihr Zufluchtsort. Brandsicher, bombensicher, einbruchssicher, familiensicher. Im Souterrain hinten im Haus. Ganz nach ihren Vorstellungen ausgestattet«, alles in demselben widerwilligen Ton.

»Von wem?«

»Na, vom blöden Geheimdienst, was hast du denn gedacht?«

Ja, was hatte er denn gedacht?

Auf eine unbestimmte Art hatte er die ganze Zeit schon so etwas vermutet, ohne dem Ganzen direkt einen Namen zu geben. Aber war Lily aus Versehen unachtsam gewesen, oder wollte sie ihm nur eine Abfuhr erteilen, weil er so neugierig gewesen war?

Er hatte nicht vor, Fragen zu stellen. Sie war das Kind ihres Vaters. Ihre Zurückhaltung, wenn nicht gar Verschwiegenheit, war ihr ebenso zur Natur geworden, wie es bei Edward war. Und als Einzelkind, das ohne Schwestern aufgewachsen war, konnte Julian gar nicht anders, als jede Beziehung zwischen Vater und Tochter mit einer Mischung aus Misstrauen und ehrfürchtigem Respekt zu betrachten.

Lily schwieg nicht nur über das Gespräch mit ihrem Vater, sie sagte auch nichts weiter über das letzte Gespräch am Bett ihrer Mutter. Dennoch wurde Julian den Eindruck nicht los, dass beide Gespräche in gewisser Weise einer offiziellen Geheimhaltung unterlagen. Dieser Eindruck verstärkte sich noch durch die beiläufige Bemerkung Lilys, dass sie nicht in den Laden kommen würde, weil sie auf Silverview sein müsse, wenn »die Männer in braunen Overalls kommen und Mums Wandsafe und Computer und den ganzen Krempel abtransportieren«.

»Was denn für Männer, um Himmels willen?«, fragte Julian ehrlich erstaunt.

»Mums Männer, was denkst du denn, Julian? Die Leute, für die sie gearbeitet hat.«

»In ihrer NGO?«

»Ja genau, richtig. In ihrer NGO. Die Männer von der Organisation. So der Titel meines nächsten Buchs.«

Erst als die Vorbereitungen für die Beerdigung konkreter werden, zerfällt der letzte Rest von Lilys Legende, wenn es denn eine ist. Die Szene spielt sich im *Gulliver's* ab, das Lily der grässlichen Wandbilder zum Trotz zu ihrem Basislager auserkoren hat. Es sind vier Tage seit Deborahs Tod vergangen. Sams Angst vor der gruseligen Treppe hatte sich an dem Tag gelegt, als Julian ihn auf den Schultern und unter Absingen von »The Grand Old Duke of York« die Treppe hinaufgetragen hatte. Sam und Matthew hatten von Anfang an einen guten Draht zueinander gehabt.

Manchmal kommt Milton, Deborahs ehemaliger Pfleger, vorbei, winkt in die Runde und macht es sich lässig auf dem Boden bequem, dann legen Sam und Milton Tierpuzzles, ohne dass mehr als ein paar Worte gewechselt werden.

Diesmal sind zur Mittagszeit nur Julian, Lily und Sam im Café. Sam hat alle Kinderbücher aus dem Regal genommen und breitet sie auf dem Boden aus. Julian hat ein paar Sandwiches besorgt, und Lily ist an ihrem Handy in ein Gespräch vertieft:

»Ja, verstanden. Okay, Honour … sicher … na ja, alles, was nötig ist …«, und kaum hat sie aufgelegt, oder vielleicht sogar noch kurz davor: »Die kann mich mal.«

»Wer kann dich mal? Mit wem …?«, fragt Julian unbekümmert.

»Ist schon alles geregelt. Frag Honour. Wir brauchen rein gar nichts mehr zu tun. Morgen in einer Woche, mittags um zwölf, danach ein Leichenschmaus im *Royal Haven*. Mum bestand auf einem Samstag, damit ihre ganzen Geheimdienstkollegen vorbeischauen können, also Samstag.« Dann fiel ihr noch ein: »Ach ja, Dad möchte übrigens, dass du sein Trauzeuge bist.«

»Bitte was?«

»Sargträger. Irgend so ein Quatsch. Ich kenn mich bei dem Zeugs nicht aus. Dad auch nicht. Es ist also nicht einfach.«

»Das habe ich auch nicht behauptet.«

»Gut«, erwidert Lily und klingt dieses Mal mehr nach ihrer Mutter als nach ihrem Vater.

»Und wer ist nun Honour?«, fragt Julian, und zu seiner Überraschung schweigt Lily einen Augenblick, trotz ihrer Streitlaune.

»Wir sind Spione, klar? Mum ist Spionin, Dad ist Spion, ich bin ihr einziges Bindeglied.« Und mit neu aufflammender Entrüstung: »Und es ist einfach krank«, sie haut mit der geballten Faust auf die Edelstahltheke. »Mum hat ihr ganzes verfluchtes Leben im Geheimen gelebt. Nicht mal am Remembrance Day durfte sie ihren blöden Orden tragen, und kaum ist sie tot, wollen die sie auf der Königlichen Barke die bescheuerte Themse runterschippern lassen, während die Wachtruppen *Bleib bei mir, Herr* spielen.«

Stück für Stück kam auch der Rest noch ans Licht. Ein paar Stunden nach Deborahs Tod, so schien es, hatte Honour sich erst über Handy, dann per Mail bei Lily gemeldet. Honours Aufgabe waren Geheimdienst-Begräbnisse, und sie wollte Deborahs Beerdigung so lange hinauszögern, bis sie die Clans zusammengetrommelt hatte – so ihre Formulierung. Lily betonte besonders die Art, wie Honour sprach, die sie wie Margaret Thatcher mit einer Kartoffel im Hals beschrieb.

Honour hatte in der Zwischenzeit ihre Leute zusammengetrommelt, deshalb hatte sie angerufen. Nach letzter Zählung rechnete sie mit fünfzig bis siebzig alten und neuen Kollegen und deren Begleitungen. Der Dienst ist gern bereit, zwei Drittel der Kosten des Leichenschmauses zu übernehmen, der *Royal Haven* rechnete neunzehn Pfund pro Nase, inklusive Kanapees aus Menüvorschlag C, Rotwein, Weißwein und sechs Servicekräfte. Ein hochrangiger Beamter würde eine Ansprache von nicht länger als zwölf Minuten halten.

»Und hat unser höherer Beamte auch einen Namen, wenn ich fragen darf?«, erkundigt sich Julian spöttisch.

»Harry Knight«, antwortet Lily und fügt in ihrer Honour-Stimmimitation hinzu: »Wie der Ritter in *Ohne Furcht und Tadel*, meine Liebe.‹«

Und Edward? Wie stand er zu Honours Diensten?

»Dad hat damit gar nichts zu schaffen. Was immer Mum wollte, ist okay für ihn. Also frag ihn einfach nicht«, und wieder taucht das übliche »Bitte fernhalten«-Schild auf.

Zum Zeichen ihrer Trauer hat sie sich angewöhnt, das Doktor-Schiwago-Tuch so weit nach vorn zu ziehen, dass man sie nur von vorn erkennen kann.

Die Tage zogen träge dahin. Nachmittags gingen Lily und Sam zum Spielplatz oder am Fluss spazieren, und wenn das Geschäft ruhig lief, schloss Julian sich manchmal an. Von Zeit zu Zeit tauchte Tante Sophie unangekündigt auf und verschwand mit Sam; Sophie, die, so Lily, »in irgendeiner wilden Funktion mit Dad im Ausland zusammengearbeitet hat«. Doch Julian wusste, dass Nachfragen nichts brachte. So langsam betrachtete er den ganzen Avon-Clan und dessen Sprösslinge als Einheit, aber nicht durch die Geheimnisse, die sie teilten, sondern durch die, die sie voreinander verheimlichten: ein Konzept, das ihn an seine eigene Kindheit erinnerte.

Julian brauchte eine Weile, bis er das verstand, doch Lily war schon dabei, sich leise aus ihrer Zwangslage herauszureden.

Früher Nachmittag, Sonnenschein nach Regenschauer. Julian und Lily schlendern Hand in Hand den Weg entlang. Julian nimmt an, dass sie in Gedanken bei Deborah ist. Sam und Tante Sophie gehen weit vor ihnen.

»Weißt du, was in meiner Wohnung in Bloomsbury war, bevor ich sie hatte?«

Ein Bordell?, meint er scherzhaft. Sie johlt.

»Eine konspirative Wohnung des Geheimdienstes, du Blödmann! Als es dort nicht mehr sicher war, erlaubten sie Mum, die Wohnung zu einem guten Preis zu kaufen. Und Mum hat mir die Wohnung gegeben. Das war toll, aber wir konnten erst mal einen Monat lang nicht einziehen. Und warum nicht? Na los. Rate mal!«

Feuchtigkeit in den Wänden? Ratten? Geplatzter Scheck?

»Weil wir warten mussten, bis die Ausputzer grünes Licht gegeben hatten.«

Zu ihrer Freude fällt Julian voll darauf herein, vielleicht sogar mit Absicht.

»Keine beknackte Putzkolonne, du Blödmann! Ausputzer. Die haben nach Wanzen gesucht. Elektronische Abhöreinrichtungen. Sie haben keine eingebaut. Das hatten sie ja schon. Sie bauten sie aus. Ich hoffe, ich finde noch eine, die sie übersehen haben, damit ich schmutzige Sachen hineinflüstern kann.«

Doch am meisten freut er sich über ihr Lachen und das Gefühl, wenn sie ihm den Arm um die Hüfte legt und ihn dort belässt, wenn sie wieder nachdenklich wird.

»Die Gerüchte im Ort besagen, dass Deborah und Edward sich wegen der Porzellansammlung deines Großvaters gestritten haben«, startet Julian einen riskanten Versuch.

»Ist mir neu«, meint sie und zuckt mit den Schultern. »Mum meinte, sie könne den Plunder nicht mehr sehen, und sie hätten das Zeug eingelagert, um die Versicherung zu sparen.«

Und Dad? Fragen wir lieber nicht.

Und als Julian fallen lässt, dass jemand ihm erzählt habe, das chinesische Porzellan sei Edwards Leidenschaft während der Rente gewesen:

»Leidenschaft? Dad könnte Ming nicht von Pingpong unterscheiden«, spottet sie.

Und was Streitereien zwischen ihren Eltern betraf, da

weiß Lily nur – hauptsächlich von Tante Sophie, die damals im Haus half –, dass sie sich mal angeschrien haben, »in Mums Höhle«, die Edward theoretisch nicht betreten durfte, denn er sollte nur nach Bedarf eingeweiht werden.

Doch Lily ist da skeptisch: Sophie war nicht immer die zuverlässigste Quelle:

»Wenn jemand schrie, dann Mum. Dad hat sein Lebtag nicht geschrien. Sophie glaubt, Dad muss ihr eine gewischt haben, aber so was machte Dad auch nie. Vielleicht hat Mum ihm eine gewischt. Vielleicht ist das aber auch nie passiert.«

»Warst du jemals dort drin?«

»In der Höhle? Ein einziges Mal. Du darfst einmal kurz schauen, Liebling, aber das war es dann für immer. Toll, meinte ich. Du hast eine Ablage, ein grünes Telefon auf einem roten Ständer, riesige Computermonitore. Und was machst du damit so, Mum? Ich beschütze unser Land vor seinen Feinden, Liebling. Ich hoffe, du tust das eines Tages auch.«

»Und Edward?«, fragt Julian. »Vor wem beschützt der uns?«

Warte, während sie entscheidet, was sie dir erzählen will.

»Dad?«

»Ja. Dad.«

»Spezielle Angelegenheiten. Das ist alles, was sie mir mal bei einem Mittagessen erzählt haben. Ich hab's bei Mum probiert. Was hat Dad in Bosnien gemacht, als ich auf dem Internat war? Für eine Hilfsorganisation gearbeitet, Liebling. Dazu noch ein wenig dies und das. Was zum Teufel ist ›dies und das‹? Fluche nicht, Liebling.«

»Hast du deinen Dad mal direkt gefragt?«

»Eigentlich nicht.«

Wahrscheinlich war es ganz normal, dass Lily in dem Prozess, sich von ihren Geheimnissen zu befreien, die verstörendste Enthüllung bis zum Schluss aufhob.

»Mum hat mich mit einem Brief nach London geschickt«, rückte sie bei einem Bier im *Fisherman's Rest* heraus. »Zu einer konspirativen Wohnung in der South Audley Street. Klingle dreimal und frage nach einem Mr Proctor.«

An dieser Stelle hätte Julian vielleicht erwidern können, dass auch er einen vertraulichen Brief überbracht hatte, aber im Auftrag ihres Vaters. Und wenn ihn nicht der feierliche Schwur, den er Edward geleistet hatte, davon abgehalten hätte, dann hätte es wohl seine Sorge um Lily getan. Deborahs Beerdigung sollte in drei Tagen stattfinden, daher war dies nicht der richtige Zeitpunkt, ihr mitzuteilen, dass ihr Vater eine langjährige Beziehung mit einer schönen, namenlosen Frau unterhalten hatte.

»Aber ich hab's ihm jetzt erzählt«, meinte sie trotzig. »Hast du für deine Mutter einen Brief überbracht? Ja, habe ich. An Proctor? Ja. Weißt du, was drinstand? Nein, das weiß ich nicht, Proctor hat mich dasselbe gefragt. Dann hat er mich in den Arm genommen und gesagt, alles in Ordnung, ich hätte das Richtige getan, und er auch.«

»Proctor?«

»Nein, Dad, um Himmels willen! Hat mir seinen päpstlichen Segen erteilt. Er stand vor dem Kamin im Wohnzimmer, der nie angezündet wird: Geh hin in Frieden, mein Liebling, deine Mutter war eine feine Frau, ich habe getan, was ich tun musste, und es ist nur schade, dass sie und ich in unterschiedlichen Welten gelebt haben.«

»Und was hat er getan, das er tun musste?«

Und wieder schlug sie ihm die Tür vor der Nase zu.

»Sie hatten einfach unterschiedliche Geheimnisse zu hüten«, meinte sie schlicht.

Mein lieber Julian,

Sie werden mir verzeihen, dass ich unter diesen schwierigen Umständen nicht früher auf Ihre freundliche Kondolenz reagiert habe. Deborah ist ein großer Verlust für alle, die sie geliebt haben. Ich bin überdies sehr gerührt, dass Sie sich mit Lily die Last der Beerdigungsvorbereitungen teilen, die unter günstigeren Umständen auf meinen Schultern gelegen hätten. Finden Sie sich nichtsdestotrotz morgen Nachmittag ein, zwei Stunden Zeit für einen aufmunternden Spaziergang? Das Wetter scheint vielversprechend. Ich schlage 15 Uhr vor und lege der Einfachheit halber eine Wegbeschreibung bei.«
Edward.

»Orford?«, wiederholte Matthew entsetzt, als Julian ihm sein Ziel nannte. »Na, wenn man auf Kriegsgebiete steht.«

Ein strahlender Tag, wie es ihn nur im späten Frühling gibt. Es ist Regen angesagt, doch am weiten blauen Himmel findet sich keine Spur davon. Julians ehrwürdiger Land Cruiser, der nicht so viel Spaß bringt wie der Porsche, den er aufgegeben hat, in dem man aber größere Mengen an Bücher herumkutschieren kann, erlaubt es ihm, über die Hecken zu schauen und frisch geborene Lämmer zu entdecken, die ihre ersten wackligen Schritte ins Leben tun.

Fünfunddreißig Kilometer oder mehr durchquert er eine gepflegte Landschaft, in der kaum ein Haus oder ein Mensch die Idylle stört. Narzissen und blühende Obstbäume wecken Erinnerungen an ländliche Pfarreien vor dem Niedergang seines Vaters.

Die Aussicht, Edward zu treffen, erleichtert ihn. Seit Tagen war ihm der Mitarbeiter einer Hilfsorganisation in Bosnien, der heimliche Liebhaber, Spion und scheinbar reuelose Witwer wie ein Phantom erschienen, das die schlecht beleuchteten Flure von Silverview durchstreifte wie Hamlets Vater, kaum mit seiner Tochter sprach und sich kommentarlos zu rätselhaften Spritztouren aufmachte.

Rechts von ihm taucht eine uralte dreitürmige Burg auf. Sein Navi hat ihn zu einem aufgehübschten Dorfplatz geführt, dann über eine Zufahrtsstraße zu einem Inlandskai. Ein großer, leerer Parkplatz wird von hohen Bäumen geschützt. Julian parkt, und eine neue Version von Edward tritt aus den Schatten: Edward, der Freiluftabenteurer, in grüner Wachsjacke, mit demoliertem Hut und Wanderstiefeln.

»Edward, es tut mir so überaus leid«, sagt Julian und schüttelt ihm die Hand.

»Sie sind sehr freundlich, Julian«, erwidert Edward fahrig. »Deborah hat Sie sehr geschätzt.«

Dann gehen sie los. Matthew hätte sich seine düstere Anmerkung sparen können. Julian hatte sich durch die *Die Ringe des Saturn* gekämpft. Er wusste, was er von der gottverlassenen Einsamkeit jenes Außenpostens in der Mitte von Nirgendwo zu erwarten hatte. Er wusste, dass selbst die Fischer diesen Ort angeblich für unwirtlich hielten. Sie folgten einem Fußweg an Mülltonnen vorbei, stiegen eine wacklige Holztreppe hinauf und wateten durch eine Masse aus Schlamm und Schiffsmüll, um eine vermüllte Kaianlage zu erreichen.

Edward hielt sich links. Durch den Flusskai waren sie gezwungen, hintereinanderzugehen. Heftiger Regen kam von der See her. Edward drehte sich um.

»Unsere Region ist berühmt für ihre Vögel, Julian«, erklärte er mit Besitzerstolz. »Wir haben Kibitze, Brachvögel, Rohrdommeln, Wiesenpieper, Säbelschnäbler, von den Enten ganz zu schweigen«, zählt er auf wie ein Oberkellner das Menü des Tages. »Schauen Sie mal, bitte. Hören Sie den Kibitz, der sein Weibchen ruft? Folgen Sie meinem Finger.«

Julian machte eine Show daraus, der Aufforderung zu folgen, doch seit ein paar Minuten hatte er nichts als den Horizont gesehen: Trümmer unserer eigenen Zivilisation nach ihrer Zerstörung während einer in der Zukunft drohenden Katastrophe. Und da stehen sie – ferne Wälder aus aufgegebenen Antennen, die sich aus dem Nebel erheben, Kasernen, Unterkünfte und Kontrollräume, Pagoden auf elefantenhaften Stampfern für Atombombentests, mit gebogenen Dächern und ohne Seitenwände, falls das Schlimmste eintritt. Und zu seinen Füßen ein Warnschild, sich an die gekennzeichneten Wege zu halten oder mit Blindgängern rechnen zu müssen.

»Sind Sie von diesem Höllenort ergriffen, Julian?«, fragte Edward, der dessen Verstörtheit bemerkte. »Ich auch.«

»Wollten Sie deswegen hierherkommen?«

»Ja, tatsächlich«, antwortete Edward mit ungewöhnlicher Offenheit. Dann packte er Julian am Arm; so etwas hatte er noch nie zuvor getan: »Lauschen Sie. Hören Sie das? Jetzt verraten Sie mir, was Sie neben den Vogelschreien noch hören.« Und als Julian nichts anderes vernahm als weitere Vögel und Wind: »Was ist mit dem Donnern der Gewehre unserer glorreichen britischen Vergangenheit? Nein? Keine Gewehre?«

»Was hören *Sie*?«, fragte Julian verlegen und mit einem Lachen, um Edwards strengen Blick zu vertreiben.

»Ich?«, wie stets überrascht angesichts einer Frage. »Nun, ich höre tatsächlich die Gewehre unserer ruhmreichen Zukunft. Was sonst?«

Ja, was sonst?, fragte sich Julian. Und das fragte er sich erst recht, als Edward ihn am Ende einer Sandbank wieder am Arm fasste, ihn zu einer provisorischen Sitzgelegenheit aus Treibholz führte und sich neben ihm niederließ.

»Könnte sein, dass wir für eine Weile keine Gelegenheit mehr haben werden, alleine zu sprechen«, bemerkte er abrupt.

»Warum denn das nicht?«

»Nach einer Beerdigung ändern sich viele Dinge. Es gibt neue Verpflichtungen. Das Leben ändert sich. Ich kann ja nicht auf unbestimmte Zeit der Parasit in Ihrem Laden bleiben.«

»Parasit?«

»Nun, da die arme Deborah nicht mehr unter uns ist, habe ich keine Ausrede mehr.«

»Sie brauchen keine Ausrede, Edward. Sie sind jederzeit willkommen. Wir stellen gemeinsam eine großartige Sammlung auf die Beine, schon vergessen?«

»Das habe ich nicht vergessen, Sie waren sehr großzügig, und ich schäme mich dafür, Ihre Gastfreundschaft ausgenutzt zu haben, doch leider war dies nötig.« *Nötig?*

»Unsere *Republik* steht auf einem guten Fundament. Es braucht nur noch Ihre bereits unter Beweis gestellten administrativen Fähigkeiten, um sie zum Blühen zu bringen. Meine Bekannte hält große Stücke auf Sie.«

»Mary?«

»Sie hatte nicht die Befürchtung, Sie könnten mich hintergehen. Sie hat Ihnen gern ihre Antwort auf meinen Brief anvertraut. Sie meinte, Sie seien ein rechtschaffener Mensch. Sie hat viel Erfahrung in der Welt gesammelt.«

»Geht es ihr gut?«

»Danke, sie ist in Sicherheit.«

»Das ist gut für Mary.«

»Genau.«

Die Unterhaltung war eingeschlafen. Von Julians Seite aus Mangel an Worten; auf Edwards Seite, weil er seine Gedanken sammeln musste.

»Und Sie hegen eine Zuneigung zu meiner Tochter, wie ich sehe. Sie lassen sich doch wohl nicht von ihrer gelegentlich sprunghaften Art täuschen?«

»Sollte ich das?«

»Lily, möchte ich erwähnen, neigt ihrer Natur nach nicht dazu, ihre Gefühle zu verbergen.«

»Vielleicht hatte sie zu viele andere Dinge zu verbergen«, traut sich Julian zu bemerken.

»Und Sam ist kein Hindernis?«

»Sam? Er ist ein Gewinn.«

»Eines Tages wird er die Welt regieren.«

»Wollen wir es hoffen. Sie wollen mir doch wohl nicht sagen, dass ich sie heiraten soll, oder?«

»Ach, mein lieber Junge, nichts dergleichen«, musste Edward kurz lächeln. »Ich wollte mich nur vergewissern, dass Lilys Zuneigung nicht an der falschen Adresse ist. Sie haben mir diese Bestätigung gegeben.«

»Wollen Sie auf etwas hinaus, Edward? Worum geht es hier?«

Blitzte da ein wenig Unsicherheit in Edwards Gesicht auf? Julian schaute erneut hin und stellte fest, dass er sich getäuscht hatte, denn Edwards Gesicht strahlte nichts als eine eigentümliche Traurigkeit aus:

»Ich gehöre der Vergangenheit an, Julian. Ich kann keinen Schaden mehr anrichten. Ich möchte Sie wissen lassen, dass Sie offen über mich sprechen dürfen, falls die Gelegenheit dazu kommt. Es gibt Menschen, die wir niemals verraten dürfen, um welchen Preis auch immer. Ich falle nicht in diese Kategorie. Ich habe keine Ansprüche an Sie. Ich habe Ihren Vater sehr gemocht. Nun geben Sie

mir die Hand. Gut. Wenn wir zum Parkplatz zurückkommen, werde ich mich nur noch höflich verabschieden.«

Er gab Julian fest die Hand. Dann drückte er ihn einmal kräftig an sich und ließ ihn dann los, bevor jemand
sie sehen konnte.

11

Zum zweiten Mal in ebenso vielen Wochen wählte Julian seine Garderobe in Zusammenhang mit Deborah aus, doch diesmal zweifelte er nicht an der Entscheidung für seinen dunklen Anzug aus der Londonzeit. Im Rasierspiegel sah er die mittelalterliche Kirche stolz auf dem Hügel stehen. An der Turmspitze flatterte das Georgskreuz. Vor dem Turm lag der uralte Seemannsfriedhof, von dem aus, so die Legende, die Seelen zurück auf See ziehen konnten.

Ich habe mein Lebtag nach dem Aberglauben meines Stammes gelebt, und ich beabsichtige auch, mich nach dessen Ritualen beerdigen zu lassen.

Lily hatte ihn angewiesen, sich um Viertel nach elf beim Trauerzug einzufinden. Weder bei seinem Vater noch bei seiner Mutter war er Sargträger gewesen. Die filmreif gruselige Vorstellung, er könnte stolpern oder es sonst wie vermasseln, war in seinen vielen Gesprächen mit Lily und den Großteil der Nacht über immer wieder präsent.

Silverview war ihr nicht geheuer.

Edward liebte sie so sehr, dass er es nicht über sich brachte, offen mit ihr zu sprechen. Nach fünf Minuten war er wieder zur Tür hinaus.

Selbst Sam war still geworden. Lily hatte ihn in ihr Schlafzimmer gebracht, und endlich, endlich schlief er ein.

Hab dich lieb, Jules. Schlaf gut.

Zehn Minuten später tauchte sie wieder auf. Oder sie schrieb ihm eine Textnachricht. Oder er rief sie an.

Auf heftigen Regen folgte ein klarer Tag. Ungeachtet seiner feinen Schuhe beschloss Julian, zu Fuß zu gehen. Als er den Hügel hinaufkam, wurde das gleichförmige Läuten der Kirchenglocke immer lauter und rief nicht nur die Einheimischen, sondern auch die geschätzten fünfzig oder siebzig anwesenden früheren und neuen Kollegen zusammen, die Honour angekündigt hatte. Der Parkplatz war voller brauner Pfützen; die Kirche konnte sich eine Instandsetzung nicht leisten. Dort zu parken hieß, nasse Füße und dreckige Schuhe zu riskieren. Zwei unterwürfige Polizisten drängten die Neuankömmlinge dazu, das Halteverbot zu ignorieren. Am Kirchenportal begrüßten und umarmten sich die Trauergäste. Ein paar Männer in Anzügen verteilten Gottesdienstordnungen. Unter einer ausladenden Zypresse rauchten drei junge Bestatter heimlich eine Zigarette. Julian wurde von der ganz in Schwarz gekleideten Celia bestürmt. Ein kleiner Mann im Kamelhaarmantel und mit hellen Schweinslederhandschuhen wich nicht von ihrer Seite.

»Sie haben meinen Bernard noch nicht kennengelernt, oder, junger Mr Julian?«, fragte Celia mit bissiger Stimme und starrte ihn eisern an. »Vielleicht könnten wir hinterher kurz sprechen, ja?« Worum zum Teufel ging es hier?

Zwei Helferinnen der Bücherei stürzten sich auf ihn: »Ist das nicht furchtbar?«

Furchtbar, ja, das fand er auch.

Dann kamen Ollie, der Metzger, und sein Partner George.

»Sie haben nicht zufällig irgendwo Lily gesehen?«, fragte Julian.

»Beim Vikar in der Sakristei«, antwortete George.

»Sie sind also der Buchhändler«, ließ ihn eine große Frau mit kantigem Gesicht wissen. »Ich bin Deborahs Cousine Leslie. Ich suche ebenfalls nach Lily. Und das hier ist mein Mann.«

Freut mich.

Die Tür zur Sakristei stand offen. Der Schrank mit der Pluviale. Binsenkreuze an der Wand. Der Duft seiner Kindheit, aber kein Vikar und keine Lily. Er ging weiter und fand sie auf einem Grasflecken zwischen zwei riesigen Stützpfeilern, ein viktorianisches Straßenkind mit schwarzem Glockenhut und langem Rock. Zu ihren Füßen ein kleiner Haufen aus roten Trauerkränzen und Blumen.

»Ich habe ihnen gesagt, sie sollen sie um das Grab verteilen«, sagte sie.

»Danach sollen sie sie ins Krankenhaus bringen, ja. Hast du ihnen das gesagt?«

»Nein.«

»Ich übernehme das. Hast du geschlafen?«

»Nein. Nimm mich in den Arm.«

Das tat er.

»Die Bestatter sollen eine Liste mit allen Trauerschleifen anlegen, für den Fall, dass sie durcheinanderkommen. Das sage ich ihnen ebenfalls. Wo ist Sam?«

»Mit Milton auf dem Spielplatz. Ich lasse ihn gar nicht erst hier in die Nähe.«

»Und Edward?«

»Ist in der Kirche.«

»Was macht er da?«

»Er starrt die Wand an.«

»Soll ich dich alleine lassen, oder willst du dich der Masse anschließen?«

»Hinter dir.«

Das war als Warnung gemeint. Ein großer Mann mit einem künstlichen Lächeln, Typ Rugbyspieler, hatte sich angeschlichen:

»Hi! Ich bin Reggie. Ergebener Kollege von Debbie. Sie sind Julian, richtig? Buchhändler? Wir sind gemeinsam Sargträger. Gut. Folgen Sie mir.«

Ein paar Meter entfernt standen vier weitere Reggies und ein korpulenter Bestatter mit Zylinder unter dem Arm. Stummes Händeschütteln. Hallo. Hallo. Der Bestatter bat um ein paar ungestörte Worte, die Herren, wenn er dürfte:

»Ich beginne mit einer Ermahnung, Gentlemen. Fassen Sie unter keinen Umständen die Griffe an. Wenn Sie die Griffe anfassen, werden Sie sich damit umgehend auf den Heimweg machen können. Pro Mann eine Schulter und jeweils eine Hand für die Verstorbene; ich persönlich gebe das Startzeichen, und ich gehe den ganzen Weg mit, für den unwahrscheinlichen Fall, dass es ein Missgeschick gibt. Und achten Sie bitte auf die dritte Steinplatte, die ist schauerlich. Noch irgendwelche Anmerkungen, Gentlemen?«

»Die Familie wünscht, dass die Blumen morgen Vormittag ins Krankenhaus gebracht werden, und sie hätte gerne eine Auflistung der Trauerschleifen«, sagte Julian.

»Danke, Sir, das steht alles bereits im Vertrag. Weitere Fragen? Wenn nicht, bitte ich Sie, dass wir uns alle zum Eingang begeben und dort auf den Sarg warten.«

Eine ältere Frau sprang auf Julian zu und umarmte ihn.

»Haben Sie gesehen? Die gesamte F7 ist anwesend!«, sagte sie aufgeregt. »Sogar ein paar, die sonst nie zu Beerdigungen gehen. Ist das nicht einfach wunderbar?«

»Toll«, pflichtete Julian ihr bei.

Langsam schreiten sie den Gang entlang, achten auf die dritte Steinplatte, eine Hand für die Verstorbene, ein Sechstel von Deborahs Körpergewicht auf Julians rechter Schulter; er betrachtet die Gemeinde genau, angefangen bei Lily, die vorn links im Seitenchor neben ihrem Vater sitzt. Von Edward erkennt er nur die in eleganter Kleidung steckenden Schultern und den weißen Hinterkopf.

Honours Aufgebot an Trauergästen ist offenbar in zwei Gruppen aufgeteilt, wie Julian erkennt: ehemalige Mitglieder in den vorderen Reihen im Hauptgang, aktive Mitglieder in den hinteren Reihen des Seitenchors, wo sie sehen, aber nicht gesehen werden. Zufall? Oder Resultat der Aufmerksamkeit der Geheimdienst-Saaldiener? Er geht von Letzterem aus.

Zwei aus Obstbaumholz geschnitzte Engel knien rechts und links vom purpur verdeckten Altar. Davor steht ein Katafalk. Auf ein geflüstertes Kommando des Bestatters hin wird der kompostierbare Sarg mit den sterblichen Überresten von Deborah Avon pannenfrei auf dem Katafalk abgestellt. Julian bückt sich dabei und entdeckt zwischen den roten Rosen auf dem Sargdeckel einen goldenen Orden an einem grünen Band. Ein kahlköpfiger Organist schaut in seinen Rückspiegel und schlägt ein klagendes Orgelpräludium an. Julian dreht sich im Gleichschritt seiner Mitträger um und setzt sich neben Lily. Ihr Handschuh greift nach ihm, bildet eine Faust und bleibt in seiner Hand liegen. »Himmel«, flüstert sie und schließt die Augen. Auf der anderen Seite von ihr starrt Edward blind vor sich hin, reckt das Kinn und strafft die Schultern, als würde er vor einem Erschießungskommando stehen.

Lily mit ihrem Glockenhut und dem schwarzen Rock, winzig und schutzlos auf der Kanzel, trägt ein Gedicht von Kipling vor, wie von ihrer Mutter gewünscht. Dabei ist ihre Stimme so schwach, dass sie nur die ersten paar Reihen erreicht.

Ein gewaltiger Orgelstoß ist das Signal für die Angehörigen des Dienstes und deren Begleitungen, sich wie ein Mann zu erheben. Die restlichen Anwesenden eilen hinterher. Das Tonnendach der Kirche erzittert, als die Gemeinde in donnerndem Einklang schwört, *sich zu mühen, Tag und Nacht dem Pilgerpfad zu folgen.* Die Musik verklingt, und Harry Knight steigt auf die Kanzel.

Wie immer Harry auch tatsächlich heißt, aber er ist die perfekte Besetzung für diese Rolle. Wofür auch immer der Geheimdienst steht, Harry wird dem perfekt gerecht. Seine Rede ist offen, ungekünstelt und direkt. Er strahlt eine gewisse Art heiterer moralischer Rechtschaffenheit aus. Die ganze Zeit über sind seine Hände sichtbar, und er spricht frei und ohne Spickzettel.

Deborahs seltene eigene Schönheit und ihr Scharfsinn.

Der traurige frühe Verlust der Mutter.

Das Glück, im Umfeld ihres Vaters aufgewachsen zu sein, Soldat, Gelehrter, Kunstsammler, Philantrop.

Ihre Liebe zu ihrem Heimatland.

Die Entschlossenheit, ihr Pflichtgefühl über eigene Bedürfnisse zu stellen.

Die Liebe zu ihrer Familie, die Unterstützung, die sie durch ihren treuen Gatten erfahren hat.

Ihre unerreichte Sprachbegabung. Die Klarheit ihres Intellekts. Ihre seltene Stärke, was Analyse anging.

Ihre über allem stehende Liebe zum Dienst. Zum Service.

Fragen sich die Einwohner, wie diese Frau, die sie vage als eine Art Gremiumsmitglied kannten, nur all diese seltenen Talente besitzen konnte? Offenbar nicht. Julian erkennt keinerlei Anzeichen der Verwirrung in den andächtig lauschenden Gesichtern. Selbst als Harry Knight eine persönliche Nachricht des Direktors jener exklusiven Firma verliest, für die Deborah so viele Jahre lang unermüdlich tätig gewesen war, besteht die Reaktion nur aus verhaltener Verzückung.

Noch ein Kirchenlied.

Endlose Gebete.

Julians gesamte Kindheit kommt wieder hoch.

Der Vikar trägt eine Bandschnalle. Ist er ein lokaler Held, oder arbeitet er für dieselbe Firma wie Harry Knight und Honour? Die heutige Kollekte ist bestimmt für die vielfältigen Missionsaufgaben in der Welt. Um unseren überarbeiteten Ehrenamtlichen die Arbeit zu erleichtern, möchten wir die Trauergemeinde freundlich bitten, vor dem Hinausgehen Gesangbücher und Psalter ordentlich auf der unteren Ablage in der Reihe vor sich zu hinterlassen. Die Bestattung im Kreis der Familie und der geladenen Gäste findet direkt im Anschluss statt. Der Rest der Gemeinde ist herzlich eingeladen, sich zum *Royal Haven Hotel* zu begeben, zweihundert Meter den Hügel hinab. Im Falle von Lebensmittelallergien informieren Sie bitte das Servicepersonal. Das Hotel ist barrierefrei. Während die Orgel eine Stimmung matter Verzweiflung verströmt, nehmen Julian und seine Kollegen wieder ihre Plätze rings um den Sarg ein und tragen ihn langsam und unter Leitung des stämmigen Bestatters zum wartenden Leichenwagen, dann setzen sie sich verlegen in den Wagen dahinter und treten eine gewundene Fahrt über eine rote Lehmpiste zwischen Straßensperren an. Der Vikar und ein halbes Dutzend Trauergäste aus der Familie sind mit einem Bus vorausgefahren. Die Sargträger steigen aus. Die jüngeren Bestatter ziehen den Sarg heraus, die Sargträger formieren sich erneut. Lily und Edward stehen ein paar Meter vom Grab entfernt. Lily hält Edwards Hand so fest, dass ihre Finger ganz weiß sind. Und um ihm ihre

Präsenz noch deutlicher zu machen, hat sie ihren Kopf auf seine Schulter gelegt.

Er hat gesagt, Mum will nicht, dass er an ihr Grab kommt. Ich sagte, wenn er nicht kommt, dann komme ich auch nicht. Was zum Teufel haben sie einander angetan, Jules?, überlegt Lily schläfrig in den frühen Morgenstunden dieses Tages am Handy.

Einer Folge von Befehlen des Bestatters gehorchend, bleiben die Sargträger stehen, halten inne und nehmen dann vorsichtig den Sarg von den Schultern, was der schwierigste Teil ist; sie heben den Sarg auf die Hände um, setzen ihn vorsichtig auf den Holzlatten ab und packen die Netze, während die anderen Bestatter die Latten entfernen. Dann lassen die Träger Deborah in ihre letzte Ruhestätte hinab.

»Eine würdige Abschiedsfeier«, bemerkt Reggie, der neben Julian den Hügel zum *Royal Haven* hinuntergeht. »So hat sie es verdient. Und der arme Edward hat sich ganz gut geschlagen, finden Sie nicht? Unter diesen Umständen?«

Unter welchen Umständen genau?, fragt sich Julian.

Sie waren unter den Nachzüglern. Fehlte nur noch die Familie.

»Wir sollten uns eigentlich kennen«, beschwerte sich Harry Knight herzlich und schüttelte Julian die Hand.

Und als Julian ihm seinen Namen nannte: »Aber natürlich weiß ich, wer Sie sind! Ein Freund von Edward, ein Freund der Familie. Schön, Sie dabeizuhaben.«

»Und ich bin Honour«, sagte eine angenehm zurückhaltende Frau mit einem malvenfarbenen Schultertuch. »Lily meint, Sie waren ihr eine große Hilfe.«

Am anderen Ende des Speiseraums hatte sich eine Gruppe von Leuten aus dem Ort eingefunden. Celia, dicht gefolgt von Bernard in seinem Kamelhaarmantel, löste sich von ihnen.

»Ich hätte gern mal ein ruhiges Wort mit Ihnen gewechselt, junger Mr Julian, wenn Sie einen Augenblick erübrigen könnten«, sagte sie und griff auf recht unfreundliche Art nach seinem Arm. »Also gut. Packen Sie aus. Mit wem haben Sie gesprochen?«

»Gerade eben?«

»Kommen Sie mir nicht so. Bei wem haben Sie von meiner *Grande Collection* und einer gewissen informellen Vergütung geplappert, die ich nebenher erhalten habe?«

»Celia. Um Himmels willen! Warum um alles in der Welt sollte ich mit irgendjemandem darüber reden?«

»Und was ist mit den reichen Freunden aus der City, bei denen Sie sich mal umhören wollten?«

»Wir waren übereingekommen, dass ich Ihnen Bescheid gebe, falls ich etwas höre. Ich habe nichts gehört. Und ich habe mit niemandem gesprochen. Sind Sie nun zufrieden?«

»Die Steuerfahnder Ihrer Majestät sind alles andere als zufrieden, das kann ich Ihnen versichern. Kommen in meinen Laden gestürmt wie eine Gaunerbande. ›Wir haben Grund zu der Annahme, Mrs Merridew, dass Sie unter der Hand Zahlungen entgegengenommen haben, in Zusammenhang mit Kommissionen, die Sie über Jahre hinweg eingestrichen haben für gewisse steuerlich nicht erklärte Transaktionen von blau-weißem Porzellan; dementsprechend beschlagnahmen wir auf der Stelle Ihre Kontobücher und den Computer.‹ Wer hat denen also was gesagt? Teddy nicht. Das würde er nicht tun.«

Das rattenhafte Gesicht Bernards tauchte an Celias Schulter auf:

»Ich habe ihr gesagt, sie soll zur Polizei gehen, aber sie wollte nicht«, sagte er. »Keine Polizei. Niemals, oder, Celia?«

Eine dezente Unruhe verkündete die späte Ankunft der Familie; Lily noch immer an Edwards Seite. Julian wollte schon zu ihr gehen, wurde aber erneut in die Ecke gedrängt von einem energischen Reggie, der bis zu diesem Augenblick seinen gesamten Charme den vernachlässigten Gästen gegenüber versprüht hatte.

»Darf ich Sie kurz entführen, Julian?«

Und damit war es bereits geschehen. Nun befanden sie sich in einer Nische vor der Küche, und das Personal huschte mit Tabletts voller Weingläser und Kanapees vorbei.

»Ein Vorgesetzter von mir möchte ganz dringend mit Ihnen sprechen«, sagte Reggie. »Und zwar jetzt, tut mir leid.«

»Über was?«

»Über die Sicherheit des Landes. Er hat Sie überprüft und hält große Stücke auf Sie. Ist Ihnen ein Paul Overstrand bekannt?«

»Bei ihm hatte ich meinen ersten Job in der City. Warum?«

»Paul lässt herzlich grüßen. Jerry Seaman, Ihr ehemaliger Vorstandskollege?«

»Was ist mit ihm?«

»Er meint, Sie würden nichts taugen, aber Sie hätten das Herz am rechten Fleck. Ich stehe um die Ecke in der Carter Street. Schwarzer BMW. Ein rotes K an der Windschutzscheibe. Haben Sie das? Carter Street. Schwarzer BMW, rotes K. Folgen Sie mir in fünf Minuten. Erzählen Sie, dass Matthew befürchtet, er hat einen Herzinfarkt oder so was.«

Handwerker, Spione und die lokale Oberschicht machten sich miteinander bekannt. Edward und Lily standen am Eingang, Lily hielt das Glas weit von sich und umarmte wahllos alle und jeden, Edward war stumm, hielt sich aufrecht und schüttelte diverse Hände, die ihm hingehalten wurden. Nur eine Handvoll der früheren und aktuellen Mitarbeiter schien ihn zu kennen.

»Die wollen mit mir sprechen«, sagte Julian und führte Lily auf die Seite. »Ich soll mir irgendeine blöde Ausrede einfallen lassen. Ich werde einfach verduften. Ich rufe dich so bald wie möglich an.«

Und spontan ergänzte er:

»Ich glaube, du solltest deinem Vater besser nichts davon sagen.«

Er trat hinaus auf die Straße und wurde dort von zwei der anderen Sargträger empfangen, die ihn die fünfzig Meter bis zur Carter Street begleiteten. Der schwarze BMW stand im uneingeschränkten Halteverbot. Zehn Meter entfernt war ein Polizist und bemühte sich, in die entgegengesetzte Richtung zu schauen. Reggie saß am Steuer. Hinter dem BMW stand ein grüner Ford. Als Reggie losfuhr, folgte der grüne Ford mit den beiden Sargträgern auf den Vordersitzen. Schon bald fanden Sie sich auf dem Land wieder.

»Und wie heißt der Mann?«, fragte Julian.

»Welcher Mann?«

»Ihr Kollege?«

»Smith, glaube ich. Haben Sie Ihr Handy dabei?«

»Warum?«

»Würden Sie es mir bitte geben?«, sagte er und streckte die linke Hand aus. »Interne Vorschrift, tut mir leid. Sie kriegen es hinterher zurück.«

»Ich glaube, ich behalte es lieber bei mir, wenn es Ihnen nichts ausmacht«, entgegnete Julian.

Reggie blinkte nach links und steuerte sie in eine Parkbucht. Der Ford hinter ihnen folgte.

»Und jetzt noch mal von vorn«, meinte Reggie.

Julian reichte ihm sein Handy. Sie verließen die Hauptstraße und nahmen kleine, leere Straßen. Der Himmel hatte sich verdüstert. Fette Regentropfen platschten auf die Windschutzscheibe. Zu ihrer Rechten lag eine unbefestigte Spur, daneben stand ein »Zu verkaufen«-Schild, auf das ein Zettel geklebt war: VERKAUFT. Sie rumpelten über Schlaglöcher, den grünen Ford im Schlepptau, und kamen zu einer großen baufälligen Ansiedlung aus teilweise abgedeckten Scheunen und desolaten Katen. In der Mitte stand ein verlassenes Farmhaus mit der abblätternden Giebelseite zu ihnen; dahinter befanden sich, teilweise unter einem Dach, alle möglichen Fahrzeuge, von Mittelklassewagen und einem Reisebus über Motorräder, Fahrräder, Mopeds und Kinderwagen, bis hin zu einem verbeulten Lieferwagen, der Julian sofort auffiel –

genau derselbe, wenn er sich nicht täuschte, in dem auf dem Weg zu Silverview das leidenschaftliche Liebespärchen gesessen hatte.

Vereinzelt zeigten sich ganz unterschiedliche Personengruppen, die die Katen betraten und verließen, an Autos oder Motorrädern herumschraubten. Es waren Paare mittleren Alters ebenso wie Rucksacktouristen, ein Postbote und Frauen mit ihren Kindern darunter. Was Julian allerdings am meisten beschäftigte, war die allseits herrschende Aura der Alltäglichkeit und die Tatsache, dass ihm niemand Beachtung schenkte, als Reggie ihn zum Farmhaus führte, aus dem ein schlaksiger Mann in einem nichtssagenden grauen Anzug mit Bedacht die kaputte Treppe hinunterstieg, befangen lächelte und ihm die Hand hinhielt.

»Julian. Hallo. Ich bin Stewart Proctor. Tut mir leid, dass wir Sie so entführen mussten, aber ich fürchte, es geht um recht dringliche nationale Angelegenheiten.«

Julian sagte nichts, aber nicht aus Mangel an Worten oder aus Entrüstung, sondern weil ihm zu spät aufging, dass er nun schon seit Tagen, vielleicht Wochen, auf eine Art Auflösung gewartet hatte. Reggie war an der Tür zurückgeblieben. Im Schein einer altmodischen silbernen Taschenlampe ging Proctor durch das dunkle Haus voran, trat über geborstene Kacheln und nackte Balken und durchquerte zerschlagene Verandatüren, die in einen überwucherten Garten führten. In der Mitte stand ein kleines Holzhaus mit geöffneten Türen. Durch das hohe Gras war ein Weg gemäht worden. Von der Decke baumelte eine brennende Öllampe. Auf einem Keramiktisch standen Scotch, Eis, Soda und zwei Whiskygläser bereit.

»Höchstens ein paar Stunden, es sei denn, es geht ernsthaft etwas schief«, erklärte Proctor, goss zwei Gläser ein und reichte Julian eins davon. »Danach werden wir Sie wieder zurückfahren. Gegenstand unserer Unterhaltung ist, wie Sie sich wohl schon gedacht haben, Edward Avon, und dieses Gespräch ist offiziell auf allerhöchster Geheimhaltungsstufe klassifiziert. Als Erstes unterschreiben Sie bitte hier, wenn Sie einverstanden sind, und schweigen Sie für immer darüber«, und damit schob er ihm ein Formular zu und zückte aus der Innentasche seiner Jacke einen Kugelschreiber.

»Und wenn ich nicht einverstanden bin?«, fragte Julian.

»Dann stürzt der Himmel ein. Wir würden Sie wegen des Verdachts verhaften lassen, Feinden der Queen Schutz und Beihilfe gewährt zu haben, und den Computer aus Ihrem Keller als Beweismittel dafür anführen. Sie haben sich zusammengetan, zusammen gehandelt, konspiriert. Sie haben den Plan einer klassischen Büchersammlung als Legende benutzt. Und möglicherweise würde man den armen Matthew als Komplizen verhaften. Es wäre also viel besser, wenn Sie unterschreiben. Wir brauchen Sie.«

Julian nahm den Stift, zuckte mit den Schultern und unterschrieb ungelesen.

»Sie scheinen weniger überrascht, als Sie sein sollten«, sagte Proctor, nahm seinen Stift zurück und steckte das zusammengefaltete Formular ein. »Hatten Sie schon eine Vermutung?«

»Weswegen?«

»Haben Edward und Sie jemals über kostbares chinesisches Prozellan gesprochen?«

»Nein.«

»Es gab eine entsprechende Sammlung auf Silverview.«

»Das habe ich mitbekommen.«

»Wenn ich von Amsterdam Bont spreche, wüssten Sie dann, was ich meine?«

»Nicht im Entferntesten.«

»Batavia?«

»Auch nicht.«

»Imari? Kendi? Kraak? Nein, offenkundig nicht. Überrascht es Sie, dass diese und ähnliche Begriffe dutzendfach auf der Festplatte Ihres Computers zu finden waren, bevor sie doppelt gelöscht wurden?«

»Das tut es.«

»Aber vermutlich überrascht es Sie nicht, dass die *Literarische Republik* und *Celias Schätze* eine Schnittmenge in Form von unschätzbarem chinesischem Prozellan haben?«

»Jetzt nicht mehr, nein«, antwortete Julian gelassen.

»Um zu etwas Erfreulicherem zu kommen, würde es Ihnen helfen, wenn ich sage, dass Sie und ich uns persönlich Sorgen um seine Tochter Lily machen, die, wie wir beide wissen, absolut unschuldig ist?«

»Fahren Sie fort.«

»Abgesehen davon, dass Sie Edward Avon einen sicheren Unterschlupf, einen Computer und eine Legende bereitgestellt haben, haben Sie ihm jemals einen Gefallen getan, Besorgungen für ihn erledigt, die Ihnen im Nachhinein merkwürdig vorkommen, in neuem Licht, gewissermaßen?«

»Warum sollte ich das getan haben?«

»Nun, das ist eine ganz andere Frage, nicht wahr? Wir haben natürlich Ihre Wohnung durchsucht, während Sie Ihren Morgenlauf absolviert haben. Und dabei sind wir auf Folgendes gestoßen«, und damit reichte er Julian ein fotokopiertes Faksimile seines Notizbuchs. »Wenn Sie die Seite vom achtzehnten April dieses Jahres aufschlagen, sehen Sie, dass Sie sich das Kennzeichen eines Londoner Taxis aufgeschrieben haben. Haben Sie das?«

Julian hatte.

»Auf derselben Seite ist eine Zugverbindung eingetragen. Ipswich – LS, Viertel vor acht am Morgen. LS steht für Liverpool Station, nehme ich an. Waren Sie an jenem Tag in London?«

»Muss ich ja wohl gewesen sein.«

»Nicht zwingend. Ich nehme an, Sie haben das freiwillig und aus reiner Herzensgüte getan. Das Taxi, dessen Kennzeichen Sie sich notiert haben – auf den Grund kommen wir noch zu sprechen –, fuhr auf Rechnung. Der Fahrer holte eine Dame von der Wohnung eines Stammkunden im West End ab, brachte sie nach Belsize Park, wartete siebenundzwanzig Minuten auf sie und fuhr sie dann ins West End zurück. Dies nur zu Ihrer Information, aber die Fahrt wurde von der Arabischen Liga mit Sitz in der Green Street übernommen. Die Kosten beliefen sich auf vierundsiebzig Pfund, inklusive Wartezeit und Trinkgeld. Wer war die Frau?«

»Ich weiß es nicht.«

»Wo haben Sie sie getroffen?«

»Im Everyman Cinema, Belsize Park.«

»Der Fahrer bestätigt das. Und wie ging es weiter?«

»Wir waren dann im Café nebenan. Brasserie.«

»Ebenfalls bestätigt. Das Treffen fand auf Edwards Wunsch hin statt, nehme ich an.«

Julian nickte.

»Hatten Sie an jenem Tag persönliche Dinge zu erledigen?«

»Nein.«

»Also ein von Edward gewünschter, zweckgebundener Trip, den Sie aus reiner Nächstenliebe unternommen haben. Habe ich recht?«

»Er hat mich an dem einen Tag gefragt, und ich bin am nächsten Tag gefahren.«

»Weil es so dringlich war? Weil es für ihn so wichtig war?«

»Ja.«

»Warum? Hat er das gesagt?«

»Es war dringend. Er kannte sie schon sehr lange. Sie spielte eine bedeutende Rolle in seinem Leben. Es war ihm wichtig. Seine Frau lag im Sterben. Ich mochte ihn. Ich mag ihn immer noch.«

»Aber es gab keinen näheren Hinweis auf die Rolle, die sie womöglich in seinem Leben spielt? Oder gespielt hat?«

»Er war verrückt nach ihr. So meine Vermutung.«

»Wie hieß sie?«

»Er hat mir keinen echten Namen genannt. Der Einfachheit halber Mary.«

Proctor schien das nicht zu überraschen.

»Und der Grund für die Eile?«

»Ich habe nicht danach gefragt, und er hat mir keinen genannt.«

»Und der Inhalt des Briefs? Der Zweck. Die Nachricht?«

»Kenne ich ebenfalls nicht.«

»Und Sie sind zu keinem Zeitpunkt in Versuchung geraten, den Brief zu lesen? Nein. Gut.«

Gut? Warum? Pfadfinderehre? Durchaus möglich, dem Erscheinungsbild des Mannes nach zu urteilen.

»Aber Mary, wie Sie sie nennen, hat den Brief in Ihrem Beisein gelesen. So die Kellnerin, der Sie ein ordentliches Trinkgeld gegeben haben.«

»Mary hat ihn gelesen. Ich nicht.«

»War es ein langer Brief?«

»Was hat die Kellnerin gesagt?«

»Was sagen Sie?«

»Fünf Seiten, handschriftlich. Plus/minus.«

»Und dann sind Sie losgeeilt und haben Briefpapier gekauft. Und Klebestreifen. Und dann?«

»Und dann hat sie einen Brief geschrieben.«

»Den Sie ebenfalls nicht gelesen haben, nehme ich an. An Edward adressiert.«

»Sie hat ihn nicht adressiert. Sie hat mir den unbeschrifteten Umschlag gegeben und gesagt, ich solle ihn Edward geben.«

»Und warum haben Sie sich das Autokennzeichen aufgeschrieben?«

»Ein reiner Impuls. Die Frau war ziemlich beeindruckend. In gewisser Weise besonders. Schätze, ich wollte mehr über sie wissen.«

»Wenn Sie sich die Seite in Ihrem Notizbuch anschauen – siebzehnter April –, dann sehen Sie dort einen Eintrag, den Sie wohl auf der Rückfahrt vorgenommen haben. Sehen Sie das?«

Julian schaute es sich an.

»Dort steht: Es geht mir gut, ich bin gefasst, ich habe meinen Frieden gefunden. Wessen Worte sind das?«

»Marys.«

»Mary hat das zu Ihnen gesagt?«

»Ja.«

»Wohl über sich selbst.«

»Nehme ich an.«

»Und wie sollten Sie damit verfahren?«

»Ich sollte Edward das ausrichten. Um ihn aufzumuntern. Das tat es auch. Er fand es toll. Ich habe zu ihm gesagt, dass Mary schön sei. Das fand er auch toll. Sie war ja auch schön«, fügte er tief in Gedanken versunken hinzu.

»So schön?«, fragte Proctor, zog ein Fotoalbum unterm Stuhl hervor, schlug es auf und zeigte es Julian über den Keramiktisch hinweg.

Eine langbeinige Blondine im Leopardenmantel, die aus einer Limousine steigt.

»Schöner«, entgegnete Julian und reichte das Album zurück.

»So schön?«, gab Proctor es wieder zurück.

Mary vor ein paar Jahren. Mary mit einer schwarz-weißen Kufiya um den Hals. Mary auf einer Bühne, wie sie im Freien zu einem arabischen Publikum spricht. Die glückliche Mary mit erhobener Faust. Die Menge feiert. Die Flaggen vieler Länder. Die der Palästinenser sticht hervor.

»Er hat gesagt, sie sei in Sicherheit«, meinte Julian.

»Wann hat er das gesagt?«

»Vor ein paar Tagen. Bei einem Spaziergang in Orford. Dort ist er gern.«

Wieder Stille.

»Was werden Sie Lily erzählen?«, fragte Proctor.

»Worüber?«

»Worüber wir gerade gesprochen haben. Was Sie gesehen haben. Wer ihr Vater ist. Oder war.«

»Ich habe doch gerade mein Leben verpfändet, oder nicht? Warum sollte ich ihr etwas erzählen?«

»Das werden Sie schon noch. Und was werden Sie ihr dann sagen?«

Julian hatte sich diese Frage schon eine Weile selbst gestellt.

»Ich glaube, Edward hat es ihr auf die eine oder andere Weise bereits gesagt«, meinte er.

Julian hatte völlig vergessen, dass er Lily einen Schlüssel für den Laden gegeben hatte und dass an demselben Bund ein Schlüssel zu seiner Wohnung hing. Es dauerte also einen Augenblick, nachdem er das Licht angemacht hatte, um zu erkennen, dass sie nackt auf seinem Bett lag, dass es keine Traumerscheinung war und dass sie die Arme nach ihm ausstreckte wie eine Ertrinkende, während ihr Tränen über die Wangen liefen.

»Ich dachte, es sei an der Zeit, den Lebenden ein wenig Respekt zu erweisen«, sagte sie eine ganze Weile später zu ihm.

12

»Also hat man Sie endlich auf den Rücksitz eines Dienst-Jaguars verfrachtet«, meinte Battenby halb auf Proctor, halb auf einen Monitor blickend, den Proctor nicht sehen konnte. »Eine Premiere offenbar«, ergänzte er in demselben ausdruckslosen Tonfall.

»Ich habe mich zu Tode gefürchtet«, gestand Proctor. »Hundertsiebzig Sachen auf der A12, also bitte. Das ist doch nichts für mich.«

»Und den Kindern geht es gut?«, fragte Battenby und tippte etwas in den Computer.

»Sehr gut, danke der Nachfrage, Quentin. Und Ihren?«

»Ja, alles sehr schön«, weiteres Tippen. »Ah, Teresa ist im Fahrstuhl. Sie hat ein paar Sondierungen vorgenommen.«

»Oh, gut«, sagte Proctor.

Sondierungen welcher Art? Teresa, Respekt einflößende Leiterin der Rechtsabteilung, die keinerlei Widerspruch gelten ließ, war für den Kampf gerüstet und auf dem Weg in die oberste Etage.

Die beiden befanden sich in Battenbys Büro, Battenby

an seinem leeren Schreibtisch, Proctor in einem schwarzen Ledersessel, der beim Hinsetzen knarzte. Die Wände waren hübsch mit Wurzelulme getäfelt, wie dies einem Abteilungsleiter zukam. In dem dämmrigen Licht wirkten die schwarzen Knoten im Holz wie Einschusslöcher.

Quentin Battenby in seinen besten Jahren. Solange Proctor ihn kannte, war er das schon gewesen. Nach hinten gekämmte blonde Haare, die erst jetzt grau wurden. Das dezent gute Aussehen eines Filmstars. Gute Anzüge, doch das Jackett zog er nie aus. Auch diesmal nicht. Es war noch nie vorgekommen, dass er laut wurde. Er hatte eine vorzeigbare Frau, oder sie hatte ihn, die bei Dienst-Empfängen alle beim Namen kannte und ansonsten unsichtbar blieb. Junggesellenwohnung auf der anderen Seite des Flusses. Ein Haus in St Albans, wo seine Familie und er unter einem anderen Namen lebten. Unpolitisch, galt aber als heißer Kandidat für den Chefposten, sollte er seine Karten richtig ausspielen und die Tories die nächsten Wahlen gewinnen. Keine engen Freunde im Dienst, also auch keine Intimfeinde. Erstklassiger Teamplayer. Die parlamentarische Aufsicht fraß ihm aus der Hand.

So in etwa die Summe des allgemein über ihn Bekannten, und Proctor, der seit fünfundzwanzig Jahren sein Stellvertreter war, konnte dem nur wenig hinzufügen. Battenbys kometenhafter Aufstieg war Proctor von Anfang an ein Rätsel gewesen. Sie waren im selben Alter, im selben Jahrgang, im selben Aufnahmejahr. Sie hatten dieselben Ausbildungskurse belegt, Seite an Seite bei denselben Einsätzen gearbeitet, um dieselben Jobs und

Beförderungen konkurriert, bis Battenby an ihm vorbei-
gezogen war, nach und nach und völlig mühelos, wobei
er in letzter Zeit gar in großen Sprüngen vorangekom-
men war. Entsprechend befand Battenby sich heute, während Proctor sich mit der nationalen Sicherheit abplagte
und diesen Posten bald in Richtung Ruhestand verlassen würde, mit seiner monotonen Stimme und den ruhigen, gut gepflegten Händen in Reichweite der goldenen
Krone. Das mochte munkeln, wer sich traute: womöglich weil Proctor seine Zeit damit zugebracht hatte, die
eigentliche Arbeit zu erledigen.

»Würde es Ihnen etwas ausmachen, Stewart?«

Proctor öffnete gehorsam die Tür. Herein kam, weiten
Schrittes, die groß gewachsene, gefürchtete Teresa im
schwarzen Businessanzug, bei sich eine gelbbraune Akte
mit einem grünen diagonalen Kreuz auf dem Deckel,
dem mächtigsten Symbol des Dienstes für »Finger weg«.

»Ich gehe davon aus, dass wir vollzählig sind, Quentin?«, mahnte sie, setzte sich unaufgefordert in den anderen Ledersessel und zog den schwarzen Rock so weit
hoch, dass sie bequem die Beine übereinanderschlagen
konnte.

»So ist es«, antwortete Battenby.

»Na, das will ich hoffen. Und ich hoffe auch, dass Sie
das hier nicht aufzeichnen oder sonst etwas Schlaues anstellen? Und auch keine andere Person?«

»Ganz bestimmt nicht.«

»Und die Hausmeister haben nicht aus Versehen irgendetwas angelassen? Man kann ja nie wissen.«

»Ich habe nachgeschaut«, sagte Battenby. »Wir sind offiziell noch nicht mal hier. Stewart. Bringen Sie uns auf den neuesten Stand. Können wir?«

»Das wäre auch besser, Stewart, denn ich sage Ihnen, die Krise steht vor der Tür, und ich muss vor dem ersten Hahnenschrei zurück sein. Wie geht es der vorzüglichen Ellen? Hat Sie gut im Griff, hoffe ich?«

»Es geht ihr blendend, danke der Nachfrage.«

»Na, da bin ich aber froh, dass das wenigstens für irgendjemanden gilt«, und damit streckte sie den langen Arm aus und knallte die Akte mit dem grünen Kreuz auf Battenbys Tisch. »Denn was wir hier vor uns haben, ist ein noch nie da gewesener Riesenschlamassel allererster Güte.«

Unter angenehmeren Umständen hätte Proctor mit einem Porträt von Edward Avon begonnen, wie er ihn in den letzten Wochen erlebt hatte: vereinfacht Dinge gerne, übertrieben naiv, von Geburt an erschwerte Bedingungen, gelegentlich eigenwillig und mit einem Übermaß an romantischem Eifer gesegnet, doch im Grunde der loyale Führungsagent für alle Gelegenheiten; er hatte für uns im Kalten Krieg gekämpft und sich der Angelegenheit in Bosnien mit besten Absichten angenommen, bis eine albtraumhafte Geschichte ihn auf Abwege geführt hatte. Doch dies hier war weder das große Publikum noch der Augenblick für ein strafmilderndes Plädoyer. Hier halfen nur Fakten. Und entsprechend setzte er an:

»Ich weiß nicht, wie viel Sie tatsächlich von den fragwürdigen Vorschlägen mitbekommen haben, die Deborahs Thinktank im Vorfeld des zweiten Irakkrieges vorgelegt hatte, Quentin?«

»Wieso?«, fragte Battenby zu Proctors Verwirrung.

»Ziemlich haarsträubendes Zeug, könnte man sagen. Basierte auf bester Spionagearbeit, aber angetrieben von einer politischen Idee, hätte man den Eindruck haben können, nicht von einem zuverlässigen Sinn für die Realität. Simultanes Bombardement islamischer Hauptstädte, Überlassung des Gazastreifens und des Südlibanons an Israel, gezielte Attentatsprogramme auf Staatsoberhäupter, riesige Geheimarmeen aus internationalen Söldnern, die unter falscher Flagge in der Region Chaos verbreiten, im Namen von Personen, die wir nicht mochten ...«

Teresa hatte genug gehört:

»Durchgeknallte Mondgucker, wer hat je daran gezweifelt?«, unterbrach sie ihn ungeduldig. »Der Punkt ist, Stewart, dass genau zu der Zeit, als dieser gefährliche Unsinn sich auf den wilderen Korridoren der Macht verbreitet hat, Deborah Avon zu Ihnen kam und Ihnen halb vertraulich – was immer das sein soll – mitteilte, dass sie ihren geliebten Ehemann dabei ertappt hatte, wie er in ihrer Stahlkammer herumschnüffelte. Deborah Avons Meinung nach hat er nach etwas gesucht, auf das er sich stürzen konnte, und Sie haben sie abblitzen lassen und nur eine halbherzige Notiz in ihrer Akte hinterlassen, in der es heißt, sie wäre in einer schlechten gesundheitlichen Verfassung und zudem überarbeitet, sodass sie schon die Roten unterm Bett sehen würde. Bei einer öffentlichen Anhörung wird da eine ordentliche Klarstellung anfallen.«

Proctor hatte sich auf diesen Augenblick vorbereitet und erwiderte recht tapfer:

»Florian und Deborah hatten einen Streit über die vorliegenden Tatsachen, Teresa. Die Frage ließ sich nicht klären. Deborah war erschöpft, wie ich schrieb, und Florian hatte den ganzen Tag getrunken ...«

»Was Sie nicht notiert haben.«

»Es gab keinerlei weitere Hinweise aus irgendeiner Quelle, dass er seine Frau oder sonst wen ausspionieren könnte, und ich sah es nicht als meine Aufgabe an, als Leiter der nationalen Sicherheit, einen Ehestreit zu schlichten.«

»Und es kam Ihnen nicht in den Sinn, mal darüber nachzudenken, warum Florian sich mitten im Shock and Awe sinnlos betrank? Und heute blicken Sie nicht zurück und denken sich: War das nicht der Zeitpunkt, an dem er sich dort hineinschlich?«, beharrte Teresa.

»Nein«, antwortete Proctor und meinte damit beide Fragen zugleich.

Battenby wollte in seiner ausdruckslosen Stimme wissen, wie es dazu kommen konnte, dass das Observierungsteam in Cheltenham – Gegenstand anhaltenden Misstrauens aufseiten des Dienstes – sich seiner Aufgabe so katastrophal wenig gewachsen gezeigt hatte:

»Und das über einen Zeitraum von zehn Jahren oder mehr?«, fügte er vorwurfsvoll hinzu. »Ich finde, ganz objektiv betrachtet, dass die wesentlich wichtigere Fragen zu beantworten haben, falls es jemals dazu kommen sollte, rechtlich gesehen, denken Sie nicht, Teresa? Wobei ich jeden Gedanken an innerbetriebliche Rivalitäten außen vor lassen möchte, so was gehört ja wohl der Vergangenheit an?«

»Ich habe heute Morgen mit deren Großem Hexenmeister gesprochen, die sind raus aus der Sache. Das war unser Fall, sie hatten keinerlei Anweisungen von uns, wir haben ihnen nicht gesagt, worum es ging, und es gab keinen Grund, Verdacht zu schöpfen. Das alte Argument, was denn Orangen sind. Eine Tonne Orangen könnte für einen Terroristen eine Tonne Handgranaten bedeuten, für einen Gemüsehändler ist es einfach eine Tonne Orangen. Exakt dasselbe gilt für das chinesische Porzellan. Das ging von einem Händler zum nächsten, ganz normale Geschäftsabläufe. Es geht Cheltenham nichts an – zumindest war es so bis letzte Woche –, wer sonst noch mithört, oder welche ethnische oder politische Zugehörigkeit ein bestimmter Händler mitbringt. Und das ist nur Argument Nummer eins«, fuhr sie fort und ignorierte Battenbys erhobene Hand, »denn Cheltenham hat niemals nur ein einziges Argument, wenn es zwei auch tun. Argument Nummer zwei lautet, dass die eingesetzten Wortcodes und andere ähnlich primitive Verschleierungstechniken derart unter ihrem Niveau lagen, dass ein neunjähriges Kind sie auf den ersten Blick hätte entschlüsseln können. Dann besorgen Sie uns mehr neunjährige Kinder, sagte ich zu ihm. Die Hälfte Ihrer Mitarbeiter ist ja eh kaum älter. Und damit basta.«

»Hat Cheltenham explizit etwas über den Grund unserer Ermittlungen erfahren, Stewart?«, fragte Battenby aus weiter Ferne. »Haben wir bei unseren Anweisungen in irgendeiner Weise anklingen lassen, dass es sich um eine Angelegenheit der inneren Sicherheit des Dienstes handeln könnte? Könnten sie das irgendwie spitzgekriegt haben?«

»Auf gar keinen Fall«, antwortete Proctor voller Überzeugung. »Wir haben eine Generalanweisung für den gesamten Ort erteilt, das betraf alles, was mit Porzellan zu tun hatte, mehr nicht. Keinen Inhalt, keinen Grund. Darüber beschweren sie sich ja. Sie sollten außerdem auf potenziell ungewöhnliche Anrufe von Händlern und von Privatanschlüssen aus achten. *Florian* ist gut darin, anderer Leute Telefone zu benutzen. Er bezahlt immer für die Telefonate, alle sollen zufrieden sein. An der Uferpromenade gibt es ein billiges Café. Wird von einer Polin geführt. Achtzehn Telefonate nach Gaza in einem Monat, über insgesamt vierundneunzig Minuten.«

»Mit wem?«, fragte Battenby und berührte seinen Computer.

»Hauptsächlich mit einem Friedensaktivisten namens Felix Bankstead, dem Lebensgefährten von *Florians* früherer Partnerin Ania«, antwortete Proctor, der dankbar war für die Frage, die ihm Gelegenheit bot, von *Florians* größeren Vergehen abzulenken. »*Florian* und Bankstead fühlen sich seit Bosnien verbunden. Bankstead gibt eine Reihe von Newsletters zum Nahen Osten heraus, *Felicitas*, die man abonnieren muss. *Florian* hat seit Jahren unter einer Reihe von Pseudonymen dafür geschrieben. Polemisches Zeug offensichtlich. Bankstead arbeitet als sein Herausgeber und Vertrauensmann.«

Teresa beeindruckte das alles nicht:

»Auch das wird vor dem Tribunal für Lacher sorgen:

Abonnieren Sie für fünfzig Pfund im Jahr, und lesen Sie die neuesten Nachrichten von Großbritanniens Meisterspionen. Ich wette, die Schmankerl hat er sich für Salma aufgehoben. Sie hatte doch die große Auswahl, oder, Stewart?«

»Und inwiefern hat sie davon Gebrauch gemacht, Stewart, so im Großen und Ganzen?«, fügte Battenby hinzu.

»Sie wird die Informationen so verteilt haben, wie sie es für angemessen hielt, würde ich annehmen«, antwortete Proctor abwehrend. »An wen und wie, wissen wir noch nicht. All das, um ihre Friedensbemühungen voranzutreiben, wie abseitig uns das auch vorkommen mag.« Dann sammelte er sich wieder: »Tatsache ist doch, Quentin, dass wir dank Ihrer strikten Anweisungen noch gar nicht auf die Frage nach dem Schaden zu sprechen gekommen sind. Ihr Eindruck war doch, dass die Katze in dem Moment aus dem Sack ist, in dem wir die Analysten des Außenministeriums darauf ansetzen, ganz egal, welche Legende wir ihnen auftischen. Soweit wir wissen, ist es bislang noch nicht dazu gekommen.«

»Inschallah«, murmelte Teresa inständig flehend.

»So wollten Sie es haben, Quentin.«

»Und der allgemeine Ton, Stewart«, sagte Battenby, der beschloss, die letzte Bemerkung zu überhören, »von *Florians* vielen anonymen Beiträgen zu *Felicitas* und Ablegern sah wie aus, was würden Sie sagen?«, und das in seiner spekulativsten, unbestimmtesten Stimmlage.

»Durchaus so, wie man es auch vermuten würde, Vizechef. Amerikas Entschlossenheit, den Nahen Osten zu manipulieren, ganz gleich um welchen Preis, die Gewohnheit der Amerikaner, immer dann einen neuen Krieg anzuzetteln, wenn es dran wäre, sich mit den Auswirkungen des letzten Krieges zu beschäftigen, den sie verzapft haben. Die NATO als Überbleibsel des Kalten Krieges, die mehr Schaden anrichtet, als dass sie Gutes tut. Und das arme, zahnlose, führerlose Großbritannien, das hinterherdackelt, weil es noch immer von der alten Größe träumt und keine Ahnung hat, wovon es sonst träumen soll«, antwortete Proctor und ließ einen Moment der Stille folgen, die von Teresa – offenbar auf ein scharfes Ablenkungsmanöver aus – beendet wurde:

»Hat Stewart Ihnen erzählt, wie unverfroren der Mistkerl war und was er in einem seiner ekelhaften Schundblätter über diesen Geheimdienst vom Stapel gelassen hat?«, fragte sie Battenby.

»Nicht dass ich wüsste, nein«, antwortete Battenby misstrauisch.

»Nun. *Florian* zufolge, der unter dem Namen John Smith oder irgendeinem anderen geschrieben hat, ist das ganze Irak-Schlamassel eine Idee vom feinen britischen Geheimdienst. Und warum? Weil zwei der am meisten gefeierten Spione aller Zeiten – T. E. Lawrence und Gertrude Bell – die Grenzen des Landes an einem einzigen Nachmittag mit Lineal und Bleistift gezogen haben. Er hatte sogar die Nerven, seine Leserschaft daran zu erinnern, dass es dieser Geheimdienst war, der die machtgeile CIA dazu überredet hat, den besten Anführer, den der Iran jemals hatte, rauszukicken und so die ganze gottverdammte Revolution loszutreten.«

Falls dies das Gespräch hätte auflockern sollen, so

hatte diese Darstellung in Proctors Augen auf Battenby die gegenteilige Wirkung; er versank in etwas, das nach intensiver Grübelei aussah: Seine klaren blauen Augen suchten im geschwärzten Fenster nach einer Eingebung, während seine gepflegte Hand an der Unterlippe zupfte.

»Er hätte zu uns kommen sollen«, sagte er. »Wir hätten zugehört. Wir wären für ihn da gewesen.«

»Florian?«, fragte Teresa ungläubig. »Um uns zu bitten, die Politik der Amerikaner zu ändern? Und was dann?«

»Das ist ein historischer Fall. So was wird nie wieder vorkommen, und es gibt keinen erwiesenen Schaden«, sprach Battenby weiter zum Fenster. »Haben Sie denen das gesagt?«

»Tausendmal. Ob sie es mir abkaufen, ist eine andere Sache«, antwortete Teresa.

Proctor hatte entschieden, sich zurückzuhalten. Hatte Florian Pläne des Dienstes ausgeplaudert oder von dessen Lähmung berichtet? Hatte er Quellen verraten? Hatte er gar die Tatsache erwähnt, dass Teile des Geheimdienstes sich einer schwindelerregenden Tollerei durch die wilden Auswüchse kolonialer Fantasien hingegeben hatten? Dass sie die lange übliche Art aufgegeben hatten, objektiven Ratschlägen zu folgen?

Battenby suchte nach Gründen, mit denen sich die ganze Sache abtun ließe. »Und er ist durchaus dubios. Er ist nur halber Brite. Das lässt sich ausbauen. Er war niemals festes Mitglied dieses Geheimdienstes, sondern höchstens gelegentlicher Mitarbeiter. Ein schwarzes Schaf.«

Teresa besänftigte das nicht:

»Quentin. Himmel noch mal. Haben Sie den Nachruf auf Deborah in der *Times* vom Donnerstag gelesen? Ich zitiere: ›*Das letzte Vierteljahrhundert galt Debbie, wie sie von ihren bewundernden Kollegen genannt wurde, als eine der talentiertesten Geheimdienstmitarbeiterinnen des Landes. Es bleibt zu hoffen, dass eines Tages die ganze Geschichte ihres Beitrags zum Wohlergehen des Landes erzählt werden wird.*‹ Florian war ihr Mann, richtig? Nehmen Sie ernsthaft an, dass es an der Presse vorbeigeht, wenn wir ihn vierundzwanzig Stunden nach der Beerdigung seiner Frau verhaften lassen?«

War das denn Battenbys Vorschlag?, fragte sich Proctor. Hatte er überhaupt irgendetwas vorgeschlagen? Wo war er die ganze Zeit? Positionierte er sich überhaupt irgendwo? Oder saß er nur in der Mitte und wartete ab, welche Seite stärker zog?

»Also sind wir hier, zum Wohle des ganzen Geheimdienstes, auf Schadensbegrenzung aus«, sagte Battenby wieder zum Fenster, als wäre ihm so ein sicherer Abstand garantiert.

Seine Stimme war nicht lauter geworden, klang aber auch nicht mehr so farblos, sondern eher, so fand Proctor, nach einer einstudierten Komiteestimme. Als er weitersprach, wurde seine Intention immer deutlicher:

»Wir werden ihm gegenüber äußerst energisch auftreten müssen. Wir erwarten ein eindeutiges, uneingeschränktes Geständnis, in dem alle Aspekte seines Verrats auftauchen. Das wird sich über Wochen, wenn nicht gar Monate hinziehen, damit es möglichst wenig die Runde machen kann. Streng geheim, auf Ministerebene. Jedes kleine Fitzelchen, das er an sie weitergegeben hat, von Anfang an. Was sie seines Wissens nach damit angestellt hat und zu welchem Zweck. Ansonsten gibt es keinerlei Chance auf ein Übereinkommen. Keine. Unsere Bedingungen müssen«, und er schien zu zögern, die Worte zu benutzen, »absolut, drakonisch und nicht verhandelbar ausfallen.«

»Und die Bedingungen aus Whitehall ebenfalls«, ging Teresa wütend dazwischen. »Dort ist man fuchsteufelswild, falls Sie das noch nicht wissen. Dort wird man sich nicht darauf einlassen, am Morgen zu einer Lüge angestiftet zu werden, dass sich die Balken biegen, nur um am Nachmittag mit heruntergelassenen Hosen ertappt zu werden. Können wir, der Geheimdienst, garantieren, dass niemand morgen im *Guardian* ›Florians Abenteuer, Teil I‹ zu lesen bekommt? Wenn wir *Florian* aller möglicher Verbrechen bezichtigen, wird er Farbe bekennen? Denn im Augenblick sieht es nicht danach aus, wenn es nach deren Rechtsgutachten geht. Und wenn Sie meine Meinung dazu hören wollen, dann ist das hier das Beste, was ich erreichen konnte«, und damit schlug sie ihre Akte auf und zückte ein recht offiziell wirkendes Dokument, an dem ein Stück grünes Band baumelte, »das habe ich ihnen vor drei Stunden mit letzter Kraft abgepresst, und daran werden sie kein Komma mehr ändern. Wenn *Florian* nicht unterschreibt, dann ist alles möglich.«

Eine Stunde später. Sollte Proctor angenommen haben, sein Glück sei bereits vollkommen, weiß er noch nichts von den guten Nachrichten, die ihn am Haupteingang erwarten. Nachdem er sein Handy in der Securityabteilung abgeholt hat, findet er eine zwei Stunden alte Nachricht von Ellen vor. Sie ist auf dem Rückflug nach Heathrow. Mit der Grabung ist es wohl doch nicht so weit her, wie es scheint.

13

Proctor verließ London bei dichtem Verkehr gegen neun Uhr früh; er lenkte den Dienst-Ford wie üblich vorsichtig und trug einen besseren Anzug als gewöhnlich. In der Innentasche hatte er das lange, dünne, fast pergament- artige Dokument, das seiner festen Überzeugung nach Edward vor dem ansonsten drohenden Zorn bewahrte. Insgeheim hielt er das Papier für Edwards Gehen-Sie- nicht-ins-Gefängnis-Ereigniskarte. Jetzt ging es nur noch darum, das Dokument zu Edward zu bringen, es ihn durchlesen, darüber nachdenken und unterschrei- ben zu lassen.

Vor einer Stunde, noch am Dolphin Square, hatte er auf Silverview angerufen, doch hatte niemand abgeho- ben. Daraufhin hatte er es umgehend bei Billy probiert, altbewährter Leiter der Abteilung Inlandsbeobachtung, die Florian seit dem Eintreffen von Deborahs Brief auf Schritt und Tritt observierte.

Aus Sicherheitsgründen hatte Billy die Operation klu- gerweise seinem Team gegenüber als eine Übungsspio- nage verkauft und die Zielperson als ehemaliges Mitglied des Führungsstabes, der die Leistung des Teams benoten würde.

Nein, sagte Billy, *Florian* habe sein Haus nicht verlassen und gehe wohl einfach nicht ans Telefon:

»Wahrscheinlich schläft er tief und fest, Stewart. Ich würde das jedenfalls tun. Wir haben ihn gestern nach der Beerdigung nach Hause begleitet. Seine Lily war bei ihm bis zehn nach elf. Wir haben sie bis zum Geschäft ihres Liebhabers verfolgt. *Florian* lief eine Weile auf und ab, wir haben seinen Schatten gesehen. Gegen drei Uhr hat er im Schlafzimmer das Licht ausgemacht.«

»Und die Jungs und Mädels, Billy? Sind nicht übereifrig?«

»Ich sag Ihnen, Stewart, ich war noch nie stolzer als heute.«

Dann hatte Proctor überlegt, ob er nicht Billy oder einen seiner Observanten schicken und Edward wecken lassen sollte, entschied sich aber dagegen. Stattdessen rief er vom Auto aus in der Buchhandlung an und bekam Julian ans Telefon, der ganz höflich klang. Ob Lily wohl in der Nähe sei?

War sie nicht. Lily war zu Tante Sophie in Thorpeness gefahren, um Sam abzuholen und Sophie nach Silverview zu bringen. Könne Julian ihm irgendwie weiterhelfen?

Proctor, seit seinem Treffen mit Lily in der konspirativen Wohnung von Schuldgefühlen geplagt, war sehr erleichtert über diese Nachricht.

Da kam ihm ein Gedanke. Es war ihm wichtig, dass Edward das Dokument, mit dem er sein Leben verpfändete, so bald wie möglich zu lesen bekam. Also ja, wenn er es recht bedachte, dann konnte Julian ihm schon weiterhelfen: Hatte er einen Drucker parat?

»Wofür?«, wollte Julian nicht mehr ganz so höflich wissen.

»Für den Computer natürlich, was denken Sie denn?«

»Aber die haben Sie doch gestohlen, schon vergessen?«

»Na, haben Sie dann wenigstens ein Faxgerät im Geschäft?«, setzte Proctor nach und hätte sich für seine Dummheit in den Hintern beißen können.

»Ja, haben wir, Stewart. Im Lager haben wir ein Faxgerät, ja.«

»Und wer kann das bedienen?«

»Ich kann das machen, wenn Sie das wissen wollen.«

»Das will ich, ja. Können Sie Matthew fortschicken, solange Sie davorstehen?«

»Kann ich machen.«

»Und Lily auch?«, und dann in die tiefe Stille hinein, »ich möchte nicht, dass sie sich deswegen Sorgen macht, Julian. Sie hat schon genug zu verdauen. Ich muss ihrem Vater wichtige Unterlagen zukommen lassen, die nur für ihn bestimmt sind. Etwas, das er unterschreiben muss. Alles sehr positiv und konstruktiv unter diesen Umständen, aber das muss sensibel gehandhabt werden. Verstehen Sie mich?«

»Bis zu einem gewissen Grad.«

»Ich würde Ihnen die Unterlagen gerne per Fax schicken. Ich möchte, dass Sie sie in einen Umschlag stecken, direkt zu Edward bringen und ihm mitteilen, Stewart Proctor habe gesagt, er solle das Dokument genau durchlesen, ich sei schon unterwegs, und wann und wo wir uns treffen könnten, um das alles zu klären. Dann möchte ich, dass Sie mich unter dieser Nummer zurückrufen und mir kurz und knapp Zeit und Ort nennen.«

Proctor war überrascht, festzustellen, dass er Julian ansprach wie einen Grünschnabel im Dienst, aber der Bursche, fand er, war ein geborener Kandidat.

»Und warum schicken Sie keine E-Mail nach Silverview?«, erwiderte Julian.

»Nun, Edward besitzt aus Prinzip keinen eigenen Computer, wie Sie wissen, Julian.«

»Und Deborahs haben Sie ebenfalls gestohlen, nehme ich an.«

»Zurückgeholt. Er hat ihr nie gehört. Und Edward geht nicht ans Telefon, wie Sie ebenfalls wissen. Bleiben nur noch Sie. Wie lautet die Faxnummer?«

Es beunruhigte Proctor nicht sonderlich, als Julian ein wenig Temperament bewies:

»Glauben Sie ernsthaft, ich würde das nicht selbst lesen?«

»Ich nehme an, dass Sie das tun werden, Julian, aber das bereitet mir keine großen Sorgen«, antwortete er leichthin. »Wedeln Sie nur nicht überall damit herum, sonst landen Sie für sehr lange Zeit im Gefängnis. Sie haben ja bereits selbst ein Dokument unterzeichnet. Wie lautet die Faxnummer?«

Dann rief Proctor bei Antonia an, nannte ihr Julians Faxnummer und beauftragte sie, zur Sicherheit nachzuschauen, ob die Nummer auch tatsächlich zu *Lawndsleys Bessere Bücher* gehörte. Falls dem so war, sollte sie umgehend eine Kopie von Edwards Ereigniskarte an diese Nummer faxen.

Antonia hatte Bedenken. Dazu bräuchte sie eine Unterschrift.

»Dann lassen Sie sich die von Teresa geben«, schnauzte Proctor. »Aber sofort.«

Selbst Proctor war beeindruckt von der eigenen Gesetzmäßigkeit, mit der die Ereignisse abliefen, vor allem, wenn man die Größenordnung der Dinge bedachte, die ausgebügelt gehörten, aber er war schon lange genug in dem Job, um zu wissen, dass folgenschwere Geschehnisse durchaus dazu neigten, sich in kleinen Schritten zu entwickeln.

Als er um zehn Uhr fünfundzwanzig die A12 erreichte, hatte Julian ihm bereits Edwards Antwort durchgegeben:

Proctor sollte allein kommen. Sie trafen sich nicht auf Silverview, dort waren sie nicht ungestört. Edward schlug Orford vor. Wenn das Wetter gut war, würde Edward um fünfzehn Uhr am Kai auf ihn warten. Bei schlechtem Wetter im *Shipwreck Café* zwanzig Meter entfernt.

»Wie hat er es aufgenommen?«, fragte Proctor neugierig.

»Allem Anschein nach ziemlich gut.«

»Allem Anschein nach? Sie haben ihn also nicht gesehen?«

»Sophie hat geöffnet. Edward war oben im Bad. Er habe eine unruhige Nacht gehabt, meinte sie. Ich habe ihr den Umschlag gegeben, sie hat ihn nach oben gebracht und kam schließlich mit der Antwort herunter.«

»Schließlich heißt wie lange?«

»Zehn Minuten. Lange genug, dass er das Dokument ein paarmal lesen konnte.«

»Wie lange haben Sie gebraucht, es zu lesen?«, witzelte Proctor.

»Ich habe es lustigerweise gar nicht gelesen.«

Proctor nahm es ihm ab. Es wäre ihm lieber gewesen, wenn Julian den Umschlag persönlich überbracht hätte, doch angesichts der Tatsache, dass Sophie in einem früheren Leben Edwards treu ergebene Unteragentin gewesen war, hätte er sich keine zuverlässigere Botin wünschen können. Und er hielt es für eine gute Idee, dass Sophie sich in dieser heiklen Zeit auf Silverview aufhielt. Wenn Edward unter Stress stand, was ja wohl kaum anders sein konnte, dann hätte sie einen beruhigenden Einfluss auf ihn.

Proctor hielt in einer Parkbucht und gab die Postleitzahl von Orford in sein Navi ein, dann rief er die Direktion an, um Battenby von der Verabredung zu berichten. Battenby war nicht an seinem Schreibtisch. Proctor hinterließ eine Nachricht bei seinem Assistenten. Der nächste Schritt bestand darin, Billy von der neuen Lage zu berichten. Das Team sollte das Haus weiterhin observieren, bis Edward es verließ; daraufhin sollte ein fester Posten die Stellung halten, bis Edward zurückkehrte. Die anderen sollten sich die Zufahrtsstraßen nach Orford vornehmen, den Dorfplatz und die Nebenstrecken.

»Aber ich brauche Raum, bitte, Billy. Er hat eine Lebensentscheidung zu treffen. Niemand, der am Kai herumhängt und Eis kauft, das kennt er alles. Ich will ihn merken lassen, dass wir ungestört sind.«

Anders gesagt, er wollte Edward für sich allein. Es war Mittag. Das Wetter wirkte vielversprechend. In drei Stunden würde Edward am Kai auf ihn warten. Je länger er daran dachte, umso mehr gefiel ihm die Aussicht. Aus operativen Gesichtspunkten war Edward *seine* Beute. Er hatte ihn gejagt und in die Ecke gedrängt, und nun würde er alles aus ihm herauskriegen, eine umfangreiche Offenlegung: Schaden, Unterquellen – falls vorhanden, der *modus operandi*, bekannte oder mutmaßliche Sympathisanten im Dienst –, alles ziemlich theoretisch, nahm Proctor an, da Edward ein ziemlicher Eigenbrötler war. Und das Ziel Nummer eins: Edwards Lesart von Salmas Netzwerk an Endverbrauchern, die Identität der Personen, die sie instruierten und ausfragten, wenn das denn geschehen war, und ihr Netzwerk, wenn sie denn eines hatte.

Und wenn das alles erledigt war, dann würde er ihn ganz unverblümt fragen, von Mann zu Mann: Edward, wer bist du? Du warst so viele verschiedene Personen, hast immer so getan, als wärst du noch ein ganz anderer. Wen finden wir da, wenn wir alle Schleier gelüftet haben? Oder warst du immer nur die Summe deiner Legenden?

Und wenn das so war, wie hast du dann Jahr um Jahr eine lieblose Ehe ertragen, alles für eine größere Liebe, wie zumindest Ania meinte, eine Liebe, die keine Chance hatte, gelebt zu werden?

Anfängerfragen, natürlich. Und wenn Proctor sie tatsächlich stellen würde, liefe er Gefahr, unbeabsichtigt zu viel von sich selbst preiszugeben, und sei es nur aufgrund der Intensität seiner Neugier. Aber die Jagd war vorüber, was gab es da also noch zu verlieren? Alleine die Vorstellung von einer derart verzehrenden Leidenschaft verwirrte ihn, ganz zu schweigen davon, sich ein ganzes Leben lang von dieser Hingabe beherrschen zu lassen. Absolute Hingabe jeder Art schien Proctors geschultem Verstand eine dramatische Sicherheitsbedrohung zu sein. Die gesamte Ethik des Geheimdienstes stand in einem völligen Gegensatz zu solchen Emotionen – beinahe würde er behaupten, das eine schlösse das andere sogar aus –, außer wenn es um die vollkommene Hingabe eines zu führenden Agenten ging, den es zu manipulieren galt.

Doch Edward war aus einem anderen Holz geschnitzt als alle anderen, denen er jemals begegnet war, das stand fest. Neigte man eher zu einer philosophischen Geisteshaltung, was man von Proctor im Allgemeinen nicht behaupten konnte, dann hätte man sagen können, dass Edward die Realität war und Proctor nur ein Konzept, denn Edward hatte schon zahlreiche Untiefen des Lebens durchlaufen, während Proctor nur ein paar davon aus der Anschauung kannte.

Wie musste es wohl sein, fragte Proctor sich, einem Schmelztiegel aus Schuld und Scham zu entstammen? Zu wissen, dass man diesen Fleck auch bei lebenslangen Bemühungen nicht loswerden konnte? Man gab alles Erdenkliche, immer und immer wieder, nur um mit ansehen zu müssen, wie einem alles unter den Füßen weggezogen wurde, ob nun in Polen oder – noch viel gravierender und im buchstäblichen Sinne – in Bosnien?

Proctor erinnerte sich an Barnies ersten Bericht aus Paris zu *Florian*, seinem neuesten und interessantesten

»potenziellen jungen Agenten im Aufbau«, mit Hinweisen auf *Florians* »gut verborgene polnische Vergangenheit«, als wäre die polnische Vergangenheit gar nicht die seines Vaters, sondern Edwards eigene, die er von Geburt an als Bürde angenommen hatte und die nun vor aller Augen zu Grabe getragen wurde, nur nicht vor seinen eigenen. Und am Ende des überschwänglichen Absatzes das Fazit, dass ebendiese versenkte Vergangenheit der Motor sei, »der *Florian* antreiben wird, für uns in jeder Funktion, die uns beliebt, gegen das kommunistische Ziel zu arbeiten«.

Und dieser Motor hatte ihn tatsächlich angetrieben, bis er durch einen anderen, noch stärkeren Motor ersetzt worden war: Salma, tragische Witwe, der ihr Sohn genommen worden war, säkulare Friedensextremistin und auf ewig unerreichbare Liebe.

Rein gedanklich konnte Proctor das nachvollziehen. Und bei ihren ausschweifenden Diskussionen würde er darauf achten, die Tatsache beiseitezuschieben, dass Edward allen objektiven Maßstäben nach nationale Geheimnisse verraten hatte, indem er seine Frau ausspioniert hatte, ein Verbrechen, für das jeder andere zwanzig Jahre kriegen würde.

Und liebte Edward den Geheimdienst immer noch, bei all den Makeln? Auch danach würde Proctor ihn fragen. Und vielleicht tat Edward das ja tatsächlich, so wie wir alle es tun.

Hat Edward den Dienst als das Problem angesehen, nicht als die Lösung? Auch das war bei Proctor manchmal so. Hatte Edward die Befürchtung, beim Dienst könnte man aus Mangel an einer stimmigen britischen Außenpolitik langsam größenwahnsinnig werden? Der Gedanke war Proctor auch schon ein paarmal gekommen, wie er sich unumwunden zugestand.

Ein kurzer Schwenk zurück zu Lily. Zum Glück sah der Horizont in dieser Richtung ein wenig heller aus. Es schien so, als würde das arme Kind eine Bindung mit einem wirklich guten Mann eingehen. Wenn Jack jemals so viel gesunden Menschenverstand beweisen würde, wie er es bei Julian gestern auf der Farm gesehen hatte, dann wäre Proctor mehr als zufrieden. Und wenn Katie, die, neben anderen Vorzügen, über solides praktisches Wissen verfügte, sich selbst einen ähnlich ausgeglichenen Menschen angeln würde, dann käme von ihm nichts als Applaus.

Und nun wandten sich seine Gedanken wieder Ellen zu – als wenn sie dort nicht schon die ganze Zeit gewesen wären – und der Frage, wer oder was sie dazu gebracht hatte, ihre Meinung über die Ausgrabung zu ändern, und ob es dabei wirklich um den attraktiven Archäologen ging? Und wenn ja, war das das erste Mal, oder hatte es noch andere gegeben, von denen er nichts wusste? Manchmal war eine ganze Ehe nichts als eine Legende.

Bis an diesen Punkt kamen seine Gedanken, jedenfalls soweit sich Proctor im Nachhinein erinnern konnte, als er von Billy die verstörende Nachricht erhielt, dass *Florian* noch immer nicht aufgetaucht war. Die Fahrzeit von Silverview nach Orford lag bei mindestens vierzig Minuten. Ihre Verabredung sollte in einer halben Stunde stattfinden.

»Wo ist sein Auto?«, wollte Proctor wissen.

»Steht noch in der Einfahrt. Da stand es schon die ganze Nacht.«

»Ab und zu nimmt er auch ein Taxi, oder nicht? Vielleicht hat er sich ja ein Taxi an die Hintertür bestellt.«

»Stewart. Ich beobachte die Eingangstür, die Hintertür, die Gartentür und die Seitentür, all seine Verandatüren, dazu die oberen Fenster und –«

»Ist Sophie noch da?«

»Rausgekommen ist sie jedenfalls nicht.«

»Und Lily?«

»In der Buchhandlung. Mit Sam.«

»Hat irgendjemand seit Sophies Ankunft geklingelt?«

»Ein pfeifender Postbote, zehn nach elf, wie jeden Tag. Werbung, so wie es aussah. Hat ein Schwätzchen mit Sophie gehalten und ist verschwunden.«

»Wer ist in Orford?«

»Ich bin auf dem Platz, im Pub, im Fenster vom Fischrestaurant. Ich bin nicht am Kai, weil Sie das nicht wollten. Soll ich das ändern oder so lassen?«

»So lassen.«

Proctor hatte jetzt eine Entscheidung zu treffen, und das tat er unverzüglich. Sollte er sich der Observierung von Silverview anschließen und in Billys Lieferwagen hocken? Oder sollte er davon ausgehen, dass Edward irgendwie ausgebüchst war und es auf anderem Wege nach Orford geschafft hatte? Die Möglichkeit, dass Edward sich einfach aus dem Staub gemacht haben könnte, beunruhigte ihn nicht sonderlich. Wenn ein Mann die Ereigniskarte zieht, warum sollte er sie dann nicht auch einsetzen?

Links nach Orford. Fünf Kilometer. Er biegt nach links ab.

Einspurige Straße mit Ausweichbuchten. Rechts taucht die Burg auf. Ein weißer Minibus nähert sich ihm. Er hält an und macht Platz. Fröhliche Rucksacktouristen, er vermutet Billy dahinter, wahrscheinlich war es ein Wachwechsel. Hauptsache, ihr haltet euch alle von meinem Kai fern.

Er erreicht den Hauptplatz. Parkplatz im Zentrum. Ganz links eine Zufahrt zum Kai. Er fährt langsam weiter und bewundert die Bauernkaten links und recht. Ein dünner Strom an Fußgängern in beide Richtungen, doch Edward ist nicht darunter.

Der Kai liegt vor ihm, dahinter kleine Boote, das Naturschutzgebiet Orford Ness, Nebel, die offene See. Das Auto abstellen oder nicht? Er stellt es ab, kümmert sich nicht um die Parkgebühren und eilt einen schmutzigen Fußweg zum Kai hinunter.

Eine kleine Touristenschlange wartet auf die Bootstour. Ein Café mit Außenterrasse. Manche trinken Tee. Andere trinken Bier. Proctor schaut durch die Fenster ins Café und sucht die Terrasse ab. Wenn du hier wärst, würdest du dich nicht verstecken. Du würdest nach mir Ausschau halten.

Durch die offene Tür eines Bootshauses sieht Proctor zwei ansässige Fischer, die ein umgedrehtes Dingi lackieren.

»Sie haben nicht zufällig einen Freund von mir hier in

der Gegend gesehen? Avon, Teddy Avon? Kommt ziemlich oft her, glaub ich.«

Noch nie von ihm gehört, Mann.

Proctor kehrt zum Wagen zurück und ruft Billy an.

Keinen Pieps, Stewart.

Entgegen aller Instinkte trifft Proctor, der Profi, Sicherheitsvorkehrungen und ruft seine Assistentin Antonia an:

»Antonia, wie viele falsche Pässe hat *Florian* gehabt?«

»Einen Augenblick. Vier.«

»Und wie viele davon sind abgelaufen?«

»Keiner.«

»Und wir haben sie nicht einkassiert.«

»Nein.«

»Also hat er sie weiter verlängern lassen, und wir haben nichts dagegen unternommen. Na prächtig. Lassen Sie sie alle für ungültig erklären, auch seinen eigenen Reisepass, geben Sie die Fahndung nach ihm raus, bei Sichtung verhaften.«

Ruf Julian an. Hätte ich schon früher machen sollen.

Als Proctor an den Toren von Silverview eintraf, waren Julian und Lily wie verabredet bereits angekommen. Julians Land Cruiser stand auf dem Vorplatz, und die beiden verließen gerade das Haus. Lily hielt den Kopf gesenkt, als sie an Proctor vorbei zum Wagen ging und sich auf den Beifahrersitz setzte.

»Edward ist nicht zu Hause«, sagte Julian grimmig zu Proctor, als er ihm direkt gegenüberstand. »Wir haben das Haus von oben bis unten durchkämmt. Keine Nachricht, rein gar nichts. Er muss fluchtartig abgehauen sein.«

»Wie?«

»Keine Ahnung.«

»Hat Lily eine Idee?«

»Ich an Ihrer Stelle würde sie jetzt nicht fragen. Aber nein, hat sie nicht.«

»Was ist mit Sophie?«

»Die ist in der Küche«, antwortete Julian kurz angebunden und stieg in den Land Cruiser neben Lily ein.

Die Küche war riesig und düster. Ein Bügelbrett. Die Gerüche eines Waschtags. Sophie saß in einem hölzernen Lehnstuhl mit schottengemusterten Polstern. Struppiges weißes Haar. Das kampfbereite Gesicht einer polnischen Großmutter von der östlichen Grenze.

»Es ist mir ein Rätsel«, sagte sie, als wäre sie erst nach langem Nachdenken auf dieses Wort gekommen. »Als ich ankam, war Edward ganz normal. Er möchte Tee. Ich mache Tee. Er möchte Bad. Er nimmt Bad. Dann kommt Julian. Julian hat wichtigen Brief für Edward. Ich schiebe Brief unter der Tür hindurch. Ein paar Minuten vielleicht liest er das. Alles okay, ruft er zu mir. Alles okay. Drei Uhr okay. Sagen Sie das Julian. Ich bin in Orford um drei Uhr. Alles okay. Nach dem Bad geht er in Garten. Edward geht gern in Garten. Ich bin hier und bügle. Ich sehe keinen Edward. Vielleicht bringt ein Freund einen Wagen und fährt Edward weg. Ich höre nichts. Edward ist so traurig um seine Deborah. Er spricht nicht viel. Sophie, sagt er mir, ich vermisse meine Deborah in meinem Herz. Vielleicht ist er an ihr Grab gegangen.«

Proctor stoppte seinen Wagen auf einem Hügel oberhalb der Ortschaft und wappnete sich für einen Anruf in Battenbys Büro, erwischte wieder nur den Assistenten, sagte ihm, dass *Florian* vermisst würde und daher das vereinbarte Dokument nicht unterzeichnet habe, dass Proctor selbst die Exekutiventscheidung getroffen habe, alle Pässe von *Florian* einzuziehen, auch seinen regulären britischen Pass, und ihn zur Fahndung ausgeschrieben habe.

Er wurde direkt zu Teresa durchgestellt, die unmissverständlich erklärte, dass Edward als Krimineller auf der Flucht zu betrachten sei, und sie schlug vor, umgehend Polizei und Staatsanwaltschaft zu informieren.

»Teresa. Können Sie mir noch ein paar Stunden Zeit geben, für den Fall, dass er nur einen Spaziergang macht?«, flehte Proctor sie an.

»Einen Scheiß werde ich tun. Ich mache mich sofort auf den Weg nach Whitehall.«

Dann rief Proctor wieder bei Billy an, diesmal mit dem Befehl, das gesamte Team loszuschicken und die Gegend zu durchkämmen – ja, auch die Luftaufklärung, wenn nötig. Falls sie ihn fanden, sollten sie ihn festhalten, ohne große Gewaltanwendung, aber ihn unter keinen Umständen an die Polizei oder sonst jemanden ausliefern, bevor nicht Proctor die Gelegenheit gehabt hatte, mit ihm zu sprechen.

»Das ist alles zu viel für ihn, Billy. Er versucht, Zeit zu schinden. Er wird schon auftauchen.«

Glaubte er sich das selbst? Er wusste es nicht. Es war fünf Uhr am Nachmittag. Bald würde es dämmern. Es gab nichts anderes zu tun, als abzuwarten. Und ab und zu

Julian anzurufen, für den Fall, dass Lily oder er etwas von Edward gehört hatten.

Im *Gulliver's* kam das kleinste Geräusch einer Detonation gleich. Nach einer ausgiebigen Zeit auf dem Spielplatz saß Sam tief schlafend in seinem Buggy. Lily hockte auf ihrem Stammplatz und stützte entweder den Kopf in die Hände oder starrte ihr Handy an, um es zum Klingeln zu bewegen. Oder aber sie trat ans Fenster, für den Fall, dass Edward in Homburg und Regenmantel die Straße entlangschlenderte. Zweimal im Laufe der letzten Stunde hatte Proctor angerufen und gefragt, ob es etwas Neues gebe. Nun rief er das dritte Mal an.

»Sag ihm, er soll zur Hölle fahren«, sagte Lily über die Schulter zu Julian. In dieser angespannten Situation ließ sie selbst die ordinäre Sprache im Stich.

Sie wollte sich bereits wieder ihren Grübeleien hingeben, als Matthew auftauchte und sagte, unten im Lager sei der kleine Andy, der Postbote; er habe gerade seine Runde beendet und müsse bitte mit Lily reden, es sei etwas Persönliches.

Lily nahm ihr Handy mit und folgte Matthew die Treppe hinunter. Der kleine Andy, der eins fünfundneunzig groß war, trug Jeans, keine Uniform. Lily kam der Gedanke – und den teilte sie später auch mit Julian –, dass Andy sich ganz schön schnell umgezogen haben musste, wenn er tatsächlich gerade erst seine Runde beendet hatte. Das verstärkte ihre düstere Vorahnung noch. Ihr fiel ebenfalls auf, dass Andy die übliche fröhliche Begrüßung übersprang.

»Also, das ist das Schlimmste, was man anstellen kann, Lily«, legte er unvermittelt los, anstelle eines gewohnten Einstiegs. »Eine unbefugte Person mitzunehmen. Wenn man erwischt wird, fliegt man sofort raus.«

Worüber Andy sich wirklich richtig Sorgen machen würde, sagte er, sei Mr Avons, na gut, Teddys Gesundheitszustand – also, wie er sich in den Lieferwagen geschlichen und hinten aufgetaucht sei wie ein Springteufel und meinte, tut mir leid, Andy, als ob das Ganze ein Witz wäre. Wenn Sophie nicht eine Tasse Tee für Andy gehabt hätte, dann hätte er es gar nicht erst bis in den Lieferwagen geschafft. Wie er das bei seiner Größe hatte bewerkstelligen können, konnte Andy sich beim besten Willen nicht vorstellen.

Julian war an Lilys Seite aufgetaucht und hörte sich ebenfalls Andys Geschichte an:

»Teddy, sag ich zu ihm, raus mit Ihnen. Aber sofort. Mehr sage ich nicht. Dann lässt er sich darüber aus, dass jeden Augenblick seine Schwägerin auf Silverview auftaucht und dass er ihren Anblick einfach nicht ertragen kann – ich will hier nichts gegen Ihre Tante sagen, Lily. Außerdem hat er seinen Wagenschlüssel verloren, was soll er also machen? Mr Avon, sage ich. Ich nenne ihn nicht Teddy. Ist mir egal, wer Sie sind. Wenn Sie nicht sofort aus meinem Lieferwagen aussteigen, drücke ich den Alarmknopf, und das werden Sie bereuen und ich wahrscheinlich auch.«

»Also haben Sie jetzt auf den Knopf gedrückt oder nicht?«, wollte Lily wissen, klang aber in Julians Ohren weniger beunruhigt, als er erwartet hätte.

»Das war haarscharf, das kann ich Ihnen sagen, Lily. Schon gut, Andy, sagt er. Regen Sie sich nicht auf, ich verstehe Sie voll und ganz, und das ist ja auch logisch – Sie wissen ja, wie er ist, wenn er sich anstrengt –, lassen Sie mich einfach nach der Ecke raus, wo mich keiner sehen kann, den Rest gehe ich zu Fuß, das kriegt niemand spitz, ich gebe Ihnen auch einen Zehner, aber den habe ich nicht angenommen. Trotzdem kam mir das Ganze komisch vor, Lily. Na ja, ich meine, ist ja auch kein Wunder, jetzt, wo Deborah von uns gegangen ist? Aber wenn das jemals rauskommt ...«

»Und wohin ist er dann zu Fuß gegangen?«, fragte Lily in einem leicht herrischen Ton.

»Hat er nicht gesagt, Lily, und ich hatte auch keine Gelegenheit, ihn zu fragen. Kaum zu fassen, wie schnell er wieder aus dem Wagen verschwunden war. Er hat nur gesagt, er wolle so weit weg von Ihrer Tante wie möglich, bei allem Respekt. Später bin ich dann noch mal dorthin gefahren.«

»Wohin?«, hakte Lily erneut nach.

»Ich wollte mir noch mal die Stelle ansehen, wo ich ihn abgesetzt habe. Um zu sehen, ob alles in Ordnung ist. Er hätte ja in seinem Alter gestürzt sein können oder sonst was. Aber er hat ein Auto angehalten. Das muss innerhalb von Sekunden gewesen sein.«

»Wer hat ihn denn mitgenommen?«, fragte diesmal Julian, und Lily packte seine Hand.

»Ein kleiner Peugeot. Schwarz. Recht sauber. Man wundert sich, dass jemand heutzutage hier noch jemanden mitnimmt, aber es kommt vor.«

»Haben Sie den Fahrer gesehen, Andy?«, fragte Lily.

»Nur von hinten. Beim Wegfahren. Edward saß vorne; man sagt ja, das sei sicherer, wenn man die Fahrer nicht kennt.«

»Mann oder Frau?«

»Das konnte man nicht erkennen, Lily. An den Haaren erkennt man so was ja heute nicht mehr.«

»Und das Kennzeichen?«, so Julian.

»Nicht von hier, soweit ich weiß. Ich kenne niemanden mit einem schwarzen Peugeot, nicht hier in der Gegend. Wo wurde er nur hingefahren? Und das alles nur wegen Ihrer Tante, Lily. Das ergab für mich überhaupt keinen Sinn. Keine Ahnung, wer ihn mitgenommen hat. Hätte jeder sein können.«

Julian bedankte sich überschwänglich, versprach, Polizei und Krankenhäuser erst dann zu kontaktieren, wenn es nicht mehr anders ging, Andys Namen auf gar keinen Fall zu erwähnen, und brachte ihn zur Tür. Als er wieder nach oben kam, stellte er fest, dass Lily nicht mehr im Café war, sondern im Erkerfenster seines Wohnzimmers stand und aufs Meer hinaussah.

»Sag mir nur, was ich tun soll«, sagte er zu ihrem Rücken. »Soll ich sofort Proctor anrufen oder einfach gar nichts sagen und hoffen, dass er wieder auftaucht?«

Keine Antwort.

»Also, wenn er wirklich in einem schlimmen Zustand ist, dann ist es vielleicht besser, Proctor sucht ihn, damit er ordentlich versorgt wird.«

»Er wird ihn nicht finden«, sagte Lily, drehte sich um und hatte einen derart zufriedenen, ja strahlenden Gesichtsausdruck, dass er sich einen Augenblick lang Sorgen um sie machte. »Dad hat sich auf die Suche nach Salma gemacht«, antwortete sie. »Und das ist das letzte Geheimnis, das ich vor dir bewahre.«

Populismus, Datenmissbrauch und Fake News – was tun, wenn die Welt plötzlich in Flammen steht?

Nat hat seine besten Jahre als Spion hinter sich. Gerade ist er nach London zu seiner Frau zurückgekehrt, da wird ihm ein letzter Auftrag erteilt, denn Moskau wird zunehmend zu einer Bedrohung. Zur Erholung spielt Nat Badminton, seit Neuestem gegen Ed, einen jungen Mann, der den Brexit hasst, Trump hasst, auch seine Arbeit in einer seelenlos gewordenen Medienagentur. Ausgerechnet Ed fordert Nat auch außerhalb des Spielfelds heraus und zwingt ihn, seine Haltung gegenüber dem eigenen Land in Frage zu stellen. Und eine Entscheidung zu treffen, die für alle Konsequenzen hat.

John le Carré
Federball
Roman

Aus dem Englischen von Peter Torberg
Taschenbuch
Auch als E-Book erhältlich
www.ullstein.de

ullstein

»Die Memoiren eines Jahrhundertautors«

Eckart Baier, *Buchjournal*

Was macht das Leben eines Schriftstellers aus? Mit dem Welterfolg *Der Spion, der aus der Kälte kam* gab es für John le Carré keinen Weg zurück. Er kündigte seine Stelle im diplomatischen Dienst, reiste zu Recherchezwecken um den halben Erdball – Afrika, Russland, Israel, USA, Deutschland –, traf die Mächtigen aus Politik- und Zeitgeschehen und ihre heimlichen Handlanger. John le Carré gilt bis heute als ein exzellenter und unabhängiger Beobachter, mit untrüglichem Gespür für Macht und Verrat. Aber auch für die komischen Seiten des weltpolitischen Spiels.

»Mitreißend, unterhaltsam und spannend wie einen Thriller erzählt le Carré in *Der Taubentunnel* sein Leben.« *Buchjournal*

John le Carré

Der Taubentunnel

Geschichten aus meinem Leben

Aus dem Englischen von Peter Torberg
Taschenbuch
Auch als E-Book erhältlich
www.ullstein.de

ullstein